a redoma de vidro

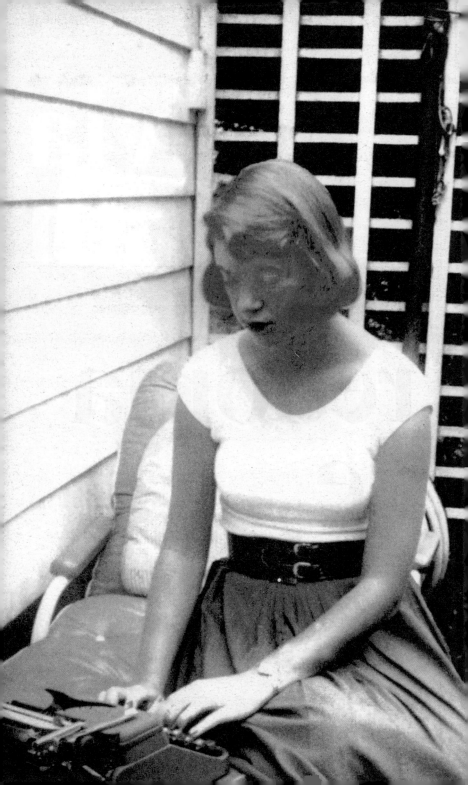

sylvia plath

a redoma de vidro

TRADUÇÃO Chico Mattoso

BIBLIOTECA AZUL

Copyright desta edição © Sylvia Plath, 1963
Copyright da tradução © 2014 by Editora Globo S.A.
First published in 1963 by William Heinemann Limited.
Published in 1966 by Faber and Faber Limited.

Todos os direitos reservados. Nenhuma parte desta edição pode ser utilizada ou reproduzida – em qualquer meio ou forma, seja mecânico ou eletrônico, fotocópia, gravação etc. – nem apropriada ou estocada em sistema de banco de dados sem a expressa autorização da editora.

Texto fixado conforme as regras do novo Acordo Ortográfico da Língua Portuguesa (Decreto Legislativo nº 54, de 1995).

Título original: *The Bell Jar*

Editores responsáveis: Ana Lima Cecilio e Lucas de Sena Lima
Editora assistente: Erika Nogueira Vieira
Assistente editorial: Lara Berruezo
Capa: Bloco Gráfico
Diagramação: Luciana Facchini
Revisão: Tomoe Moroizumi

Imagem de capa: Desenho da autora © Acervo de Sylvia Plath, com permissão de Faber and Faber Ltd.
Foto do miolo: Everett Collection

CIP-BRASIL. CATALOGAÇÃO NA PUBLICAÇÃO SINDICATO NACIONAL DOS EDITORES DE LIVROS, RJ

P716r

    Plath, Sylvia
        A redoma de vidro / Sylvia Plath ; tradução Chico Mattoso. - 2. ed. - Rio de Janeiro : Biblioteca Azul, 2019.
        280 p.

    Tradução de: *The Bell Jar*
    ISBN 978-85-250-6846-0

        1. Literatura americana. 2. Romance. I. Plath, Sylvia. II. Mattoso, Chico. III. Título.

CDD: 810
CDU: 82-31

2ª edição, 2019 – 15ª reimpressão, 2025

Direitos exclusivos de edição em língua portuguesa para o Brasil adquiridos por Editora Globo S.A.
Rua Marquês de Pombal, 25
20230-240 – Rio de Janeiro – RJ
www.globolivros.com.br

Para Elizabeth e David

I

ERA UM VERÃO ESTRANHO, sufocante, o verão em que eletrocutaram os Rosenberg, e eu não sabia o que estava fazendo em Nova York. Tenho um problema com execuções. A ideia de ser eletrocutada me deixa doente, e os jornais falavam no assunto sem parar — manchetes feito olhos arregalados me espiando em cada esquina, na entrada de cada estação de metrô, com seu bafo bolorento de amendoim. Eu não tinha nada a ver com aquilo, mas não conseguia parar de pensar em como seria acabar queimada viva até os nervos.

Eu achava que devia ser a pior coisa do mundo.

Nova York em si já era bem desagradável. Às nove da manhã a falsa e fresca umidade campestre que de alguma maneira se infiltrava durante a noite evaporava como o final de um sonho bom. As ruas quentes cintilavam sob o sol, com sua cor cinza-miragem ao fundo dos desfiladeiros de granito, os capôs dos carros fritando e brilhando, a poeira seca e fina soprando para dentro dos meus olhos e da minha garganta.

Passei tanto tempo ouvindo falar dos Rosenberg no rádio e no escritório que não conseguia mais tirá-los da cabeça. Foi como a primeira vez em que vi um cadáver. Passei as semanas seguintes com a cabeça do cadáver — ou o que tinha restado dela — flutuando entre os ovos e o bacon do café da manhã e atrás da cara de Buddy Willard, o responsável por me fazer vê-la, e logo senti que estava levando a cabeça do cadáver por aí, presa por uma cordinha como um balão preto e sem nariz fedendo a vinagre.

(Eu sabia que havia alguma coisa errada comigo naquele verão, porque não conseguia deixar de pensar nos Rosenberg e em como tinha sido burra em comprar todas aquelas roupas caras e desconfortáveis, penduradas no meu armário feito peixes na feira, e como todas as pequenas vitórias que eu acumulara alegremente na universidade não significavam nada do lado de fora do mármore liso e dos vidros das fachadas da Madison Avenue.)

Eu devia estar me divertindo loucamente.

Eu devia estar causando inveja a milhares de universitárias como eu que, ao redor do país, sonhavam em estar perambulando por aí nos mesmos sapatos de verniz tamanho 35 que eu havia comprado na Bloomingdale's durante um intervalo de almoço, junto com um cinto e uma carteira de couro preto para combinar. E quando a minha foto saiu na revista em que nós doze estávamos trabalhando — bebendo martínis num minúsculo corpete de lamê prateado, preso a uma enorme nuvem de tule branco, na cobertura de luxo de algum hotel, cercada por incontáveis rapazes atléticos contratados ou emprestados para a ocasião —, todo mundo deve ter pensado que eu estava botando para quebrar.

Vejam só do que esse país é capaz, elas diriam. Uma garota vive em uma cidade no meio do nada por dezenove anos, tão pobre que mal pode comprar uma revista, e então recebe uma bolsa para a universidade e ganha um prêmio aqui e outro ali e acaba em Nova York, conduzindo a cidade como se fosse seu próprio carro.

Acontece que eu não estava conduzindo nada, nem a mim mesma. Eu só pulava do meu hotel para o trabalho e para as festas, e das festas para o hotel e então de volta ao trabalho, como um bonde entorpecido. Imagino que eu deveria estar entusiasmada como a maioria das outras garotas, mas eu não conseguia me comover com nada. (Me sentia muito calma e muito vazia, do jeito que o olho de um tornado deve se sentir, movendo-se pacatamente em meio ao turbilhão que o rodeia.)

*

Éramos doze meninas no hotel.

Tínhamos ganhado o concurso de uma revista de moda, escrevendo ensaios e contos e poemas e slogans, e como prêmio nos deram um estágio de um mês em Nova York, tudo pago, além de pilhas de brindes como ingressos para o balé, entradas para desfiles de moda, visitas a cabeleireiros chiques, a oportunidade de encontrar gente bem-sucedida na área de sua preferência e receber conselhos sobre o que fazer com o seu tipo de pele.

Ainda tenho o kit de maquiagem que me deram, sob medida para pessoas com olhos e cabelos castanhos: um rímel marrom com um pincel diminuto, um estojinho arredondado de sombra azul, pequeno o bastante para que você só consiga colocar a ponta do seu dedo, e três batons variando do vermelho ao rosa, tudo dentro da mesma caixinha de metal com um espelho de um dos lados. Também guardo uma caixa branca de plástico para óculos de sol, adornada com conchas coloridas e lantejoulas, além de uma estrela-do-mar de plástico verde costurada nela.

Percebi que recebíamos essa montanha de presentes porque eles funcionavam como propaganda gratuita para as empresas envolvidas, mas eu não conseguia me fazer de desentendida. Eu adorava ser coberta de mimos. Por muito tempo mantive essas coisas guardadas, mas depois, quando voltei a ficar bem, fui atrás delas, e ainda tenho algumas espalhadas pela casa. Uso os batons de vez em quando, e na semana passada tirei a estrela-do-mar da caixa de óculos e dei para o bebê brincar.

Éramos portanto doze garotas no hotel, na mesma ala e no mesmo andar, em quartos individuais, um ao lado do outro, o que me lembrava o dormitório da universidade. Não era um hotel clássico, quer dizer, um hotel em que homens e mulheres se misturam no mesmo andar.

Aquele hotel — o Amazon — era exclusivamente para mulheres, e as hóspedes eram basicamente garotas da minha idade com pais ricos que queriam garantir que as filhas viveriam em um lugar onde os homens não pudessem alcançá-las e fazê-las de bobas. Elas iam todas para aquelas escolas de secretariado metidas a besta, tipo a Katy Gibbs, onde tinham que usar chapéus e luvas, ou haviam acabado de se formar em lugares como a Katy Gibbs e trabalhavam como secretárias de executivos, passeando por Nova York e esperando arrumar um marido carreirista ou algo do tipo.

Aquelas garotas me pareciam terrivelmente entediadas. Eu as via na cobertura, bocejando e pintando as unhas e tentando manter o bronzeado, e elas pareciam estar morrendo de tédio. Conversei com uma delas, que me disse que estava cansada dos iates, das viagens de avião, do esqui na Suíça durante o Natal e dos homens no Brasil.

Garotas assim me deixam muito irritada. Fico com tanta inveja que mal consigo falar. Eu tinha dezenove anos e aquela era a primeira vez que saía da Nova Inglaterra. Era a minha primeira grande chance, mas lá estava eu, imobilizada, deixando a oportunidade escapar entre meus dedos.

Acho que um dos meus problemas era a Doreen.

Eu nunca tinha conhecido uma garota como a Doreen. Ela vinha de uma escola para moças da alta sociedade no sul do país e tinha um cabelo loiro platinado brilhante, que se destacava ao redor da cabeça como algodão-doce, além de olhos azuis que pareciam bolas de gude de ágata transparente, duras, polidas e indestrutíveis, e uma boca que exibia uma espécie de sorriso de escárnio infinito. Não era um sorriso maldoso, mas divertido e misterioso, como se todas as pessoas ao redor fossem meio idiotas e Doreen pudesse contar umas boas piadas sobre elas quando tivesse vontade.

Doreen me escolheu logo de cara. Ela fazia com que eu me sentisse muito mais inteligente do que as outras, e era muito engraçada, de verdade. Costumava se sentar perto de mim na mesa de conferências e, quando as celebridades convidadas estavam falando, ela me sussurrava comentários irônicos.

A escola dela era tão metida a chique, dizia Doreen, que todas as garotas encapavam os cadernos com o mesmo material dos vestidos, de modo que a cada vez que trocavam de roupa tinham um caderno que combinava. Esse tipo de detalhe me impressionava. Aquilo sugeria toda uma vida de decadência maravilhosa e sofisticada, e me atraía como um ímã.

A única coisa que fazia Doreen pegar no meu pé era minha mania de cumprir os prazos dos trabalhos.

— Por que você perde tempo com isso? — dizia Doreen espalhada na minha cama, vestindo um robe de seda cor de pêssego, lixando as unhas amareladas de nicotina enquanto eu datilografava a pauta de uma entrevista com um romancista de sucesso.

Também tinha isso: enquanto a gente vestia camisolas engomadas de algodão e roupões acolchoados, ou talvez atoalhados, que também serviam de saídas de banho, Doreen usava aqueles robes longos de náilon e renda quase transparentes e penhoares cor da pele que grudavam nela por uma espécie de eletricidade. Ela tinha um cheiro interessante, beirando o suor, que me lembrava aquelas folhas de samambaia que você esmaga entre os dedos para sentir a fragrância.

— Você sabe que a Jota Cê não vai dar a mínima se você entregar isso amanhã ou segunda, né? — Doreen acendeu um cigarro e deixou a fumaça escapar pelas narinas, encobrindo os olhos. — Essa Jota Cê é feia como o diabo — continuou. — Aposto que aquele maridão dela apaga a luz antes de deitar, pra não passar mal.

Jota Cê era minha chefe. Eu gostava bastante dela, apesar do que Doreen dizia. Ela não era uma daquelas editoras extravagantes de revistas de moda, com cílios postiços e joias em excesso. Jota Cê tinha cérebro, de modo que aquele visual feioso não fazia muita diferença. Ela sabia ler em várias línguas e conhecia todos os bons escritores do ramo.

Tentei imaginar Jota Cê na cama com seu marido gordo, sem o tailleur austero e o chapéu do trabalho, mas não consegui. Sempre tive dificuldade em imaginar pessoas juntas na cama.

Jota Cê queria me ensinar algo. Todas as mulheres mais velhas que eu conhecia queriam me ensinar alguma coisa, mas de repente comecei a achar que não tinha nada a aprender com elas. Fechei a tampa da minha máquina de escrever.

Doreen sorriu. — Assim é que se faz.

Alguém bateu na porta.

— Quem é? — Nem me dei ao trabalho de levantar.

— Sou eu, a Betsy. Você vai pra festa?

— Acho que sim. — Continuei no meu lugar.

Betsy havia sido trazida direto do Kansas, com seu rabo de cavalo loiro tremelicante e seu sorriso de princesinha da fraternidade. Uma vez nós duas fomos chamadas para o escritório de um produtor de TV. O sujeito, que vestia terno risca-de-giz e tinha a barba por fazer, queria ver se tínhamos alguma pauta para o programa, e Betsy começou a falar do milho macho e do milho fêmea do Kansas. Ela ficou tão animada com o maldito milho que até o produtor ficou com lágrimas nos olhos, mas disse que infelizmente não podia usar aquilo no programa.

Mais tarde, a editora de beleza convenceu Betsy a cortar o cabelo e fez uma capa com ela. Ainda vejo aquela cara sorridente de vez em quando, em anúncios do tipo "Esposa de fulano veste BH Wragge".

Betsy vivia me chamando para fazer coisas com ela e as outras garotas, como se estivesse tentando me salvar de alguma coisa. Ela nunca chamava Doreen. Pelas costas, Doreen a chamava de Vaqueira Poliana.

— Quer carona no nosso táxi? — perguntou Betsy do outro lado da porta.

Doreen balançou a cabeça.

— Tá tudo bem, Betsy — eu disse. — Eu vou com a Doreen.

— Ok. — Dava para ouvir Betsy se afastando no corredor.

— A gente fica lá até encher o saco — disse Doreen, apagando o cigarro na base do meu abajur —, e então vai dar uma volta na cidade. As festas por aqui me lembram os velhos bailinhos da escola. Por que eles sempre chamam o pessoal de Yale? Eles são tão cretinos!

Buddy Willard foi para Yale, mas, pensando bem, o problema dele é que ele era um cretino. Tudo bem, ele até conseguiu boas notas e teve um caso com uma garçonete horrível de Cape Cod chamada Gladys, mas ele não tinha uma gota de intuição. Doreen tinha intuição. Tudo o que ela dizia soava como uma voz secreta falando diretamente dos meus próprios ossos.

a redoma de vidro 13

*

Ficamos presas no trânsito — era a hora da saída dos teatros. Nosso táxi estava bem atrás do táxi de Betsy e na frente de um táxi com outras quatro garotas. Nada se movia.

Doreen estava linda. Vestia um tomara que caia de renda branco fechado sobre um corpete que espremia sua cintura e dava um volume espetacular a seus peitos e quadris. Sua pele tinha um brilho acobreado sob o pó de arroz, e seu cheiro era mais forte que o de uma loja de perfumes.

Eu estava com um vestidinho preto de xantungue que havia me custado quarenta dólares, resultado de um surto de consumismo que tive com o dinheiro da minha bolsa quando soube que estava entre as sortudas que iriam a Nova York. O vestido tinha um corte tão esquisito que eu não podia usar sutiã com ele. Não que isso importasse muito, já que eu era magra e reta como um menino e adorava me sentir quase pelada naquelas noites quentes de verão.

A cidade, porém, havia tirado o meu bronzeado. Eu estava amarela feito um chinês. Eu normalmente ficaria insegura com meu vestido e minha cor esquisita, mas a companhia de Doreen me fazia esquecer essas preocupações. Ao lado dela eu me sentia esperta e cínica como o diabo.

Quando o homem vestindo camisa xadrez azul, calça preta e bota de couro trabalhado começou a andar na nossa direção, saindo debaixo do toldo listrado do bar de onde estava espiando nosso táxi, tive certeza: ele vinha por causa de Doreen. Ele abriu caminho entre os carros parados e se apoiou sedutoramente na janela aberta do nosso táxi.

— Posso saber o que duas garotas tão bonitas estão fazendo sozinhas num táxi numa noite agradável como esta?

Ele tinha um sorriso grande e largo, desses de anúncio de pasta de dente.

— Estamos indo a uma festa — deixei escapar, já que Doreen havia subitamente ficado muda feito um poste e agora, com o maior ar blasé, passava os dedos pela renda branca que cobria sua bolsinha.

— Não parece muito promissor — disse o sujeito. — Por que vocês não vêm tomar uns drinques comigo naquele bar ali? Tenho alguns amigos esperando.

Ele fez um gesto na direção de vários homens refestelados sob o toldo, vestidos informalmente. Eles estavam observando a cena, e quando ele olhou para eles, começaram a gargalhar.

As risadas deviam ter me alertado. Era um risinho baixo, do tipo sabichão, mas o trânsito deu sinais de estar voltando a andar, e eu sabia que, se não fizesse nada, em dois segundos estaria arrependida por não ter aproveitado essa oportunidade de ver uma Nova York diferente daquela que o pessoal da revista tinha preparado com tanto cuidado para a gente.

— O que você acha, Doreen? — perguntei.

— O que você acha, Doreen? — perguntou o homem, abrindo seu grande sorriso. Até hoje tenho dificuldade de visualizar a cara dele sem o sorriso. Acho que ele devia sorrir o tempo inteiro. Devia ser normal para ele, rir daquele jeito.

— Tá bom — disse Doreen. Abri a porta. Saímos do táxi quando ele voltava a se mover e começamos a caminhar para o bar.

Ouviu-se um chiado horrível de freio, seguido por uma pancada abafada.

— Ei, vocês! — Nosso taxista estava com o pescoço para fora da janela, roxo de raiva. — Quê que cês acham que tão fazendo?

Ele tinha freado o carro tão abruptamente que o táxi que vinha atrás bateu na traseira dele, e dava para ver as quatro garotas gesticulando e se debatendo lá dentro.

O homem deu uma risada, foi até o taxista e lhe deu o dinheiro, em meio a uma confusão de gritos e buzinas, e então vimos as garotas da revista se afastando em fila, um táxi depois do outro, como uma festa de casamento em que todas as convidadas fossem damas de honra.

— Chega aí, Frankie — disse o homem para um dos amigos que estava no grupo, e um sujeito baixinho e carrancudo entrou no bar com a gente.

Era o tipo de cara que eu não suporto. Descalça, tenho mais de um metro e setenta, e quando saio com homens pequenos tenho que me inclinar um pouco e dar uma entortada nos quadris para parecer mais baixa. Fico me sentindo desajeitada e defeituosa, como se fosse uma atração de circo.

Por um minuto tive a esperança de que os pares iriam se formar de acordo com o tamanho de cada um, o que me colocaria com o homem que foi até o táxi falar com a gente, já que ele tinha pelo menos um metro e oitenta, mas ele seguiu com Doreen e nunca mais olhou para mim. Fingi não ter visto Frankie andando junto ao meu cotovelo e me sentei perto de Doreen à mesa.

O bar estava tão escuro que eu só conseguia ver Doreen. O cabelo platinado e o vestido branco a deixavam tão clara que ela parecia ser de prata. Acho que ela devia estar refletindo os neons que havia sobre o bar. Me senti derretendo nas sombras como o negativo de uma pessoa que eu nunca vira antes na vida.

— Bom, o que vamos beber? — o homem perguntou com seu grande sorriso.

—Acho que vou querer um *old fashioned* — me falou Doreen.

Pedir drinques me deixava confusa. Eu não sabia a diferença entre uísque e gim e nunca tinha bebido nada de que tivesse gostado de verdade. Buddy Willard e os outros universitários que eu conhecia eram normalmente pobres demais para beber destilados, ou simplesmente desprezavam bebidas alcoólicas. É incrível a quantidade de universitários que não bebem nem fumam. Eu parecia conhecer todos eles. O máximo que Buddy Willard havia feito fora comprar uma garrafa de Dubonnet para a gente, e isso só para mostrar que tinha bom gosto, apesar de ser um estudante de medicina.

— Vou querer uma vodca — eu disse.

O homem olhou para mim com ar curioso. — Com alguma coisa?

— Pura — eu disse. — Eu sempre bebo pura.

Achei que faria papel de boba se dissesse que queria com gelo, soda, gim ou qualquer outra coisa. Tinha visto uma propaganda de vodca uma vez, um copo cheio de vodca em meio a um monte de neve, sob uma luz azul, e a vodca parecia clara e pura como água, e achei que beber vodca pura devia ser ok. Meu sonho era um dia pedir um drinque e descobrir que o gosto dele era maravilhoso.

Então o garçom apareceu, e o homem pediu bebidas para nós quatro. Ele parecia tão à vontade em sua roupa de fazendeiro naquele bar sofisticado que pensei que poderia perfeitamente ser alguém famoso.

Doreen não dizia uma palavra, só brincava com o porta-copo de cortiça e acendia um cigarro de vez em quando, mas o homem não parecia ligar muito. Ficava olhando para ela do jeito que as pessoas olham para as araras no zoológico, esperando que digam algo humano.

Os drinques chegaram e o meu parecia limpo e puro como na propaganda de vodca.

— O que você faz? — perguntei ao homem, para quebrar o silêncio que parecia crescer ao meu redor como mato. — Quer dizer, o que você tá fazendo aqui em Nova York?

Devagar, como se estivesse fazendo um esforço enorme, o homem tirou seus olhos dos ombros de Doreen. — Eu sou DJ — ele disse. — Você deve ter ouvido falar de mim. Meu nome é Lenny Shepherd.

— Eu sei quem você é — disse Doreen subitamente.

— Fico feliz, querida — disse o homem, e soltou uma gargalhada. — Faz sentido. Eu sou famoso pra caramba.

Então Lenny Shepherd lançou um olhar profundo para Frankie.

— Ei, de onde você vem? — perguntou Frankie, se ajeitando na cadeira. — Qual o seu nome?

— Esta aqui é a Doreen. — Lenny deslizou sua mão ao redor do braço nu de Doreen e deu-lhe um apertão.

Doreen não pareceu notar o que ele estava fazendo, o que me surpreendeu. Ela ficou ali, sentada, escura como uma negra com o cabelo descolorido em seu vestido branco, e deu um golinho delicado no drinque.

— Meu nome é Elly Higginbottom — eu disse — e sou de Chicago. — Depois disso me senti mais segura. Eu não queria que nada do que eu dissesse ou fizesse naquela noite fosse associado a mim, ao meu nome verdadeiro ou ao fato de que eu viera de Boston.

— Bom, Elly, o que você acha da gente dançar um pouco?

A ideia de dançar com aquele tampinha de sapato de camurça laranja, camiseta mirrada e casaco esportivo azul me fez rir. Se tem alguma coisa que eu desprezo é homem vestido de azul. Preto ou cinza tudo bem, marrom até vai. Azul me dá vontade de cair na gargalhada.

— Não estou no clima — eu disse friamente, virando de costas para ele e puxando minha cadeira para perto de Doreen e Lenny.

Àquela altura parecia que os dois se conheciam há anos. Doreen estava usando uma colher para pescar nacos de fruta do fundo do copo, e Lenny dava um grunhido a cada vez que ela levava a colher à boca, mordendo o ar como se fosse um cachorro ou algo do tipo, tentando roubar a fruta da colher. Doreen ria e seguia pegando os pedaços de fruta.

Comecei a pensar que talvez vodca fosse o meu tipo de bebida. Não tinha gosto de nada, mas descia para o meu estômago como a espada de um engolidor, fazendo com que eu me sentisse poderosa feito uma deusa.

— Melhor eu ir embora — disse Frankie se levantando.

Eu não conseguia vê-lo direito — o lugar estava escuro demais —, mas pela primeira vez reparei como sua voz era aguda e ridícula. Ninguém deu bola para ele.

— Ei, Lenny, você está me devendo uma coisa. Você lembra, né, Lenny, que você está me devendo, né?

Eu achei estranho que Frankie estivesse lembrando Lenny de uma dívida na nossa frente, mas Frankie ficou ali repetindo aquilo sem parar, até que Lenny enfiou a mão no bolso e tirou um bolo enorme de dinheiro, sacou uma nota e deu para Frankie. Acho que eram dez dólares.

— Cala a boca e some daqui.

Por um momento achei que Lenny estivesse falando comigo também, mas então escutei Doreen dizer, "eu só vou se a Elly for". Era admirável como ela tinha incorporado o meu nome falso.

— Ah, a Elly vai vir com a gente, não vai, Elly? — disse Lenny piscando para mim.

— Claro que vou — eu disse. Frankie havia se perdido na noite, e decidi que iria acompanhar Doreen. Eu queria ver o máximo de coisas possível.

Eu gostava de assistir às pessoas vivendo situações extremas. Se houvesse um acidente rodoviário, uma briga de rua ou um feto num pote de laboratório, eu parava e olhava tão intensamente que nunca mais esquecia daquilo.

Essa atitude certamente me ensinou coisas que eu jamais teria aprendido de outra maneira, e mesmo quando elas me surpreendiam ou enojavam, eu fingia que estava tudo bem, que eu sempre soube que as coisas eram assim.

2

EU NÃO TERIA PERDIDO A CASA DO LENNY POR NADA.
Ela era igual a um rancho, só que dentro de um apartamento nova-iorquino. Alguns cômodos haviam sido derrubados para ampliar o espaço, e as paredes foram revestidas com tábuas de madeira, isso sem falar no balcão de madeira em forma de ferradura. Acho que o piso era de madeira também.

Tapetes brancos de pele de urso se espalhavam aos nossos pés, e os únicos móveis eram várias camas baixas cobertas com tapetinhos indígenas. Em vez de quadros, as paredes eram repletas de chifres de cervos e búfalos, além de uma cabeça de coelho empalhada. Lenny apontou o dedão para aquele dócil focinho cinza com orelhas rígidas.

— Atropelei esse aqui em Las Vegas.

Ele atravessou a sala, suas botas de cowboy ecoando como tiros de pistola. "Acústica", ele disse, e foi diminuindo de tamanho até desaparecer por uma porta no fundo.

Uma música começou a ecoar de todos os cantos do recinto. Então parou, e ouvimos a voz de Lenny dizer "aqui é o seu *disc jockey* da meia-noite, Lenny Shepherd, com um passeio pelos sucessos da parada. O número dez da nossa caravana semanal é ninguém mais, ninguém menos que aquela loirinha de quem vocês têm ouvido falar sem parar ultimamente... A incrível *Sunflower*!".

> *I was born in Kansas, I was bred in Kansas,*
> *And when I marry I'll wed in Kansas...*

— Que figura! — disse Doreen. — Ele não é uma figura?
— Pode crer — eu disse.
— Escuta, Elly, me faz um favor? — Ela parecia achar que eu era realmente Elly a essa altura.
— Claro — eu disse.
— Fica por perto, tá? Eu não vou ter chance se ele quiser dar uma de engraçadinho comigo. Você viu os músculos dele? — riu Doreen.

Lenny saiu do quarto dos fundos.

— Tenho vinte paus de equipamento de gravação ali dentro. — Ele caminhou lentamente até o bar, pegou três copos, um balde de gelo prateado e um grande jarro e começou a misturar bebidas de várias garrafas diferentes.

> *... to a true-blue gal who promised she would wait —*
> *She's the sunflower of the Sunflower State.*

— Incrível, não? — Lenny veio até nós, equilibrando os três copos. Grandes gotas brotavam como suor de cada um deles, e as pedras de gelo estalaram quando ele nos passou a bebida. A música chegou ao fim, e ouvimos a voz de Lenny anunciar o próximo número.

— Nada como ouvir a sua própria voz... Ei! — disse Lenny, me encarando. — Alguém devia estar te acompanhando, já que o Frankie deu no pé. Vou chamar um amigo.

— Estou bem — eu disse. — Você não precisa fazer isso. — Eu não queria ter que abrir o jogo e pedir um sujeito bem maior do que Frankie.

Lenny pareceu aliviado. — Se está tudo bem pra você... Eu só não queria desagradar uma amiga da Doreen. — Ele lançou um grande e imaculado sorriso para ela. — Não é, meu docinho?

Ele estendeu a mão para Doreen e, sem dizer uma palavra, os dois começaram a dançar *jitterbug* enquanto seguravam os copos.

Eu me sentei de pernas cruzadas numa das camas e tentei parecer piedosa e impassível, feito o executivo que vi uma vez assistir a uma argelina fazendo dança do ventre, mas assim que me encostei na parede sob o coelho empalhado a cama começou a deslizar pela sala — e então resolvi me sentar no tapete de pele de urso e apoiar minhas costas na cama.

Meu drinque estava aguado e deprimente. Tinha um sabor de água parada que piorava a cada gole. No meio do copo havia um desenho, um laço rosa com bolinhas amarelas. Bebi até mais ou menos um centímetro abaixo do laço e esperei um pouco, e quando fui dar outro gole a bebida estava acima dele outra vez.

A voz fantasmagórica de Lenny ecoou pela sala: — *Wye, oh wye did I ever leave Wyoming?*

Os dois não paravam de dançar nem nos intervalos entre as músicas. Senti que eu estava encolhendo até me transformar num pontinho preto em meio àqueles tapetes vermelhos e brancos e àquele revestimento de madeira. Me sentia feito um buraco no chão.

Existe algo de desmoralizante em assistir a duas pessoas ficarem cada vez mais loucas uma pela outra, principalmente quando você é a única pessoa sobrando no lugar.

É como ver Paris de um trem expresso que avança na direção contrária — a cidade vai ficando menor a cada segundo, mas você sente que é você quem está encolhendo, ficando cada vez mais solitária, afastando-se a um milhão de quilômetros por hora de todas aquelas luzes e agitação.

De vez em quando Lenny e Doreen trombavam um no outro e se beijavam, para então recuar um passo, dar um bom gole na bebida e se aproximar novamente. Pensei que eu poderia me deitar no tapete e dormir até que Doreen estivesse pronta para voltar ao hotel.

Então Lenny soltou um urro terrível. Me endireitei. Doreen estava com os dentes cravados no lóbulo da orelha esquerda dele.

— Me larga, sua vagabunda!

Lenny inclinou-se, Doreen trepou no ombro dele e o copo abandonou sua mão e, depois de um longo arco, se espatifou contra o revestimento de madeira da parede com um tinido suave. Lenny ainda urrava, girando tão rápido que eu não conseguia ver o rosto de Doreen.

Percebi, daquele jeito banal que você percebe a cor dos olhos de alguém, que os peitos de Doreen tinham pulado para fora do vestido e estavam balançando como melões maduros enquanto ela rodava de barriga para baixo no ombro de Lenny, uivando e esperneando, e então os dois começaram a rir e diminuir a velocidade, e Lenny estava tentando morder os quadris de Doreen através da saia, e foi nesse momento, antes que algo mais sério pudesse acontecer, que escapuli porta afora e desci as escadas me apoiando nos corrimãos e deslizando com a metade do corpo.

Só percebi que o apartamento de Lenny tinha ar condicionado quando pisei na rua. O calor tropical e rançoso que as calçadas haviam absorvido ao longo do dia me acertou a cara feito um último insulto. Eu não tinha a menor ideia de onde estava.

Por um instante considerei a possibilidade de pegar um táxi para a festa, mas desisti da ideia porque àquela altura o baile já estaria no fim e eu não estava disposta a terminar a noite num salão deserto, repleto de confete, bitucas de cigarro e guardanapos amassados.

Segui com cuidado até a esquina mais próxima, tocando a parede dos prédios à minha esquerda com a ponta de um dedo para manter o equilíbrio. Olhei para a placa da rua. Então peguei o mapa de Nova York da minha bolsa. Eu estava a exatos quarenta e três quarteirões do meu hotel.

A caminhada foi tranquila. Só precisei sair caminhando na direção correta e ir contando os quarteirões em voz baixa, e quando entrei no saguão do hotel estava completamente sóbria. Meus pés estavam um pouco inchados, mas isso era culpa minha porque não tinha me dado ao trabalho de colocar meias.

O saguão estava vazio, exceto por um funcionário que cochilava atrás do balcão, entre chaveiros e telefones silenciosos.

Entrei no elevador e apertei o botão do meu andar. As portas fecharam-se como uma sanfona muda. Então meus ouvidos fizeram um barulho estranho e percebi uma chinesa enorme de olhos borrados me encarando com ar idiota. Era eu, claro. Fiquei chocada com o quanto estava enrugada e esgotada.

Não havia uma vivalma no corredor. Entrei no quarto. Estava cheio de fumaça. Primeiro achei que a fumaça tinha se materializado do nada, como uma espécie de julgamento final, mas então lembrei que era do cigarro de Doreen, e apertei o botão que abria a janela de ventilação. As janelas eram vedadas de maneira a impedir que os hóspedes as abrissem e se apoiassem no parapeito, e por algum motivo isso me deixou furiosa.

Se eu ficasse no lado esquerdo da janela e encostasse a bochecha no batente, podia ver o centro da cidade, com o prédio da ONU destacando-se na escuridão feito uma colmeia marciana esverdeada e esquisita. Também podia ver os faróis vermelhos e brancos se movendo pela rua e a iluminação das pontes cujo nome eu não sabia.

O silêncio me deprimia. Não era o silêncio do silêncio. Era o meu próprio silêncio.

Eu sabia perfeitamente que os carros estavam fazendo barulho, e que as pessoas dentro deles e atrás das janelas iluminadas dos prédios estavam fazendo barulho, e que o rio estava fazendo barulho, mas eu não conseguia ouvir nada. A cidade estava dependurada na minha janela, achatada como um pôster, brilhando e piscando, mas poderia perfeitamente não estar lá, já que não me afetava em nada.

O telefone bege na beira da cama poderia estar me conectando com as coisas, mas lá estava, mudo como um defunto. Tentei me lembrar das pessoas a quem eu tinha dado o meu número, para fazer uma lista dos possíveis telefonemas que eu podia estar prestes a receber, mas eu só lembrava de ter dado o meu contato para a mãe de Buddy Willard, que queria repassá-lo a um tradutor simultâneo que ela conhecia na ONU.

Soltei uma risadinha seca.

Fiquei imaginando que tipo de tradutor simultâneo a sra. Willard me apresentaria, quando tudo o que ela queria era que eu me casasse com Buddy, que estava fazendo um tratamento para tuberculose em algum lugar ao norte do estado de Nova York. A mãe de Buddy chegou a me arrumar um trabalho de garçonete no sanatório em que ele estava internado naquele verão, para que ele não se sentisse tão sozinho. Os dois não conseguiam entender por que, em vez disso, eu tinha escolhido ir a Nova York.

O espelho sobre a minha cômoda parecia ligeiramente empenado, prateado demais. O rosto ali parecia um reflexo numa obturação de dentista. Pensei em me enfiar nos lençóis e tentar dormir, mas aquilo me atraía tanto quanto enfiar uma carta suja e rabiscada num envelope novo e limpo. Resolvi tomar um banho quente de banheira.

Deve haver um bocado de coisas que um banho quente não cura, mas não conheço muitas delas. Sempre que fico triste pensando que um dia vou morrer, ou perco o sono de tão nervosa, ou estou apaixonada por alguém que não verei por uma semana, me deixo sofrer até certo ponto e então digo: "vou tomar um banho quente".

Eu medito no banho. A água tem que estar muito quente, tão quente que você mal consegue colocar o pé. Então você vai entrando, centímetro por centímetro, até estar com a água na altura do pescoço.

Lembro do teto que havia sobre cada banheira em que me enfiei. Lembro da textura, das rachaduras, das cores, das manchas de umidade, das luminárias. Lembro também das banheiras: as antigas, com pés em forma de garra; as modernas, com formato de caixão; as mais chiques, de mármore rosa, com vista para tanques de nenúfares. Lembro dos formatos e tamanhos das torneiras e dos diferentes tipos de saboneteira.

Nunca me sinto tão eu mesma como numa banheira de água quente.

Fiquei deitada por cerca de uma hora na banheira no décimo sétimo andar daquele hotel exclusivamente para mulheres, bem acima da agitação e do glamour de Nova York, e senti que voltava a me purificar. Eu não acredito em batismo ou nas águas do rio Jordão ou nada do gênero, mas acho que vejo o banho quente do jeito que as pessoas religiosas veem a água benta.

Eu disse a mim mesma: "Doreen está se dissolvendo, Lenny Shepherd está se dissolvendo, Nova York se está dissolvendo, tudo está se dissolvendo e nada mais tem importância. Eu não os conheço, nunca os conheci, e sou muito pura. Toda aquela bebida e aqueles beijos grudentos que testemunhei, e a sujeira que se instalou na minha pele no meu caminho de volta está voltando a ser algo puro".

Quanto mais tempo eu ficava ali, naquela água clara e quente, mais pura eu me sentia, e quando finalmente saí da banheira e me enrolei numa daquelas toalhas enormes e felpudas de hotel, me senti pura e doce como um bebê.

*

Não sei há quanto tempo estava dormindo quando ouvi as batidas na porta. No início não dei bola porque a pessoa batendo dizia "Elly, Elly, Elly, me deixa entrar", e eu não conhecia nenhuma Elly. Mas então outro tipo de batida, um toc-toc seco, se seguiu à primeira — e uma voz bem mais decidida falou, "Senhorita Greenwood, sua amiga quer falar com você", e eu soube na hora que ela se referia a Doreen.

Levantei num pulo e parei por um instante no meio do quarto escuro, oscilando como uma sonâmbula. Estava irritada por Doreen ter me acordado. Minha única chance de fugir daquela noite infeliz era dormir bem, e ela havia me acordado e estragado tudo. Pensei que se fingisse estar dormindo as batidas iriam parar e me deixar em paz, mas esperei e não adiantou.

"Elly, Elly, Elly", murmurava a primeira voz enquanto a outra sibilava, "Senhorita Greenwood, senhorita Greenwood, senhorita Greenwood", como se eu tivesse dupla personalidade ou algo do tipo.

Abri a porta e franzi os olhos diante do corredor iluminado. Tive a impressão de que não era noite nem dia, mas um hiato sombrio que tinha repentinamente se enfiado entre os dois e agora nunca mais iria chegar ao fim.

Doreen estava apoiada no batente da porta. Quando saí, ela se jogou nos meus braços. Não dava para ver sua cara porque a cabeça estava tombada e o cabelo endurecido, com raízes escuras, caía sobre seu rosto feito uma saia havaiana.

Reconheci a mulherzinha atarracada e bigoduda de uniforme preto: era a faxineira da noite, que passava vestidos e casacos de festa num cubículo no nosso andar. Era difícil entender como ela conhecia Doreen, ou por que quis ajudá-la a me acordar em vez de levá-la em silêncio para o seu quarto.

Ao ver Doreen em meus braços, num silêncio interrompido por soluços ocasionais, a mulher afastou-se pelo corredor rumo a seu cubículo, onde havia uma máquina de costura e uma tábua de passar. Minha vontade era correr atrás dela e dizer que eu não tinha nada a ver com Doreen: a mulher parecia séria, trabalhadora e cheia de senso moral, como uma imigrante europeia à moda antiga, e me lembrava minha avó austríaca.

— Deixa eu deitar, deixa eu deitar — sussurrava Doreen. — Deixa eu deitar, deixa eu deitar.

Minha impressão era que se eu a trouxesse para o meu quarto e a levasse para a minha cama, nunca mais me veria livre dela.

Ela apoiava o peso do corpo no meu braço e estava quente e macia como uma pilha de travesseiros. Seus pés, enfiados em sapatos de salto agulha, se arrastavam de maneira ridícula. Ela era pesada demais para que eu a arrastasse pelo corredor.

Decidi que a única coisa a fazer era largá-la no carpete, trancar minha porta e voltar a dormir. Quando Doreen acordasse, não se lembraria do que aconteceu e pensaria que simplesmente desmaiou na frente da minha porta — e então se levantaria por conta própria e voltaria ao seu quarto como uma pessoa sensata.

Comecei a deitar Doreen delicadamente no carpete verde do corredor, mas ela soltou um gemido baixinho e se projetou para a frente. Um jato de vômito marrom voou da sua boca e se espalhou numa grande poça aos meus pés.

Doreen ficou subitamente mais pesada. Sua cabeça tombou para dentro da poça, os tufos de seu cabelo dourado se encharcando como as raízes de uma árvore num lodaçal, e percebi que ela tinha caído no sono. Recuei. Eu mesma me sentia meio sonada.

Tomei uma decisão sobre Doreen naquela noite. Resolvi que a vigiaria e escutaria o que dissesse, mas lá no fundo eu não teria mais nada a ver com ela. No fundo, eu seria leal a Betsy e suas amigas ingênuas. Era com ela que eu mais me parecia no fim das contas.

Entrei no meu quarto silenciosamente e fechei a porta. Pensei melhor e não a tranquei. Eu não era capaz de fazer aquilo.

Quando acordei em meio ao calor triste e abafado da manhã seguinte, me vesti, lavei o rosto com água fria, passei batom e abri a porta vagarosamente. Acho que ainda esperava ver o corpo de Doreen jogado naquela piscina de vômito como uma testemunha horrível e concreta da minha própria natureza suja.

Não havia ninguém no corredor. O carpete se estendia de uma ponta à outra, limpo e esverdeado, exceto por uma mancha irregular e quase imperceptível diante da minha porta, como se alguém tivesse acidentalmente derrubado um copo de água ali mas prontamente secado o estrago.

3

DISPOSTAS SOBRE A MESA DE BANQUETE DA REVISTA *Ladies' Day* havia metades verde-amareladas de abacate recheadas com caranguejo e maionese, travessas de rosbife malpassado e frango frio, além de tigelas esparsas de caviar. Eu não tinha tido tempo de tomar café da manhã na lanchonete do hotel, exceto por uma xícara de café velho, tão amargo que fez meu nariz se contorcer, e estava morrendo de fome.

Eu nunca tinha comido num restaurante decente antes de vir a Nova York. O Howard Johnson's não conta, já que lá eu só comia batata frita, cheeseburger e frapê de baunilha, acompanhada de gente como Buddy Willard. Não sei direito o motivo, mas não tem nada de que eu goste mais do que comida. Não importa o quanto eu coma, nunca engordo. Mantenho o mesmo peso há dez anos, com uma única exceção.

Meus pratos favoritos são cheios de manteiga, queijo e creme azedo. Fui a tantos almoços de graça em Nova York, com o pessoal da revista e as diversas celebridades que visitavam a redação, que desenvolvi o hábito de passar o olho naqueles imensos cardápios escritos à mão, onde um potinho de ervilhas custa cinquenta ou sessenta centavos, escolher os pratos mais finos e caros e pedir um monte deles.

As contas eram sempre pagas pela empresa, então nunca me senti culpada. Fazia questão de comer tão rápido que nunca deixava as outras pessoas esperando, mesmo as que costumavam pedir apenas uma salada do chef e um suco de toranja porque estavam tentando emagrecer. Quase todo mundo que eu conheci em Nova York estava tentando emagrecer.

— Gostaria de dar as boas-vindas ao grupo de moças mais lindas e inteligentes que já tivemos a sorte de conhecer — arfou em seu microfone de lapela o mestre de cerimônias gordinho e careca. — Este banquete é apenas uma pequena amostra da hospitalidade que a *Ladies' Day*, através da nossa cozinha experimental, gostaria de oferecer em retribuição à sua visita.

Depois de palmas esparsas, delicadas e femininas, nos sentamos diante da enorme mesa coberta por uma toalha de linho.

Éramos onze garotas da revista, junto com quase todas as nossas editoras e toda a equipe da cozinha experimental da *Ladies' Day*, que usava aventais brancos higiênicos, redinhas de cabelo e uma impecável maquiagem cor de torta de pêssego.

Éramos apenas onze garotas porque Doreen tinha faltado. Por alguma razão arrumaram o lugar dela ao lado do meu, e a cadeira ficou vazia. Guardei a plaquinha com seu nome — um espelho de bolso com "Doreen" pintado no alto em letra rebuscada e uma guirlanda de margaridas ao longo da borda, contornando a cavidade prateada em que a imagem dela apareceria.

Doreen estava passando o dia com Lenny Shepherd. Agora ela passava boa parte do tempo livre com Lenny Shepherd.

Antes do nosso almoço na *Ladies' Day* — a grande revista feminina que exibe suculentas fotos de banquetes, coloridas e em página dupla, com tema e locação diferentes a cada mês — havíamos sido apresentadas àquelas cozinhas intermináveis e brilhantes e aprendido como era difícil fotografar uma torta de maçã *à la mode* sob luz forte, uma vez que o sorvete fica derretendo e tem que ser sustentado por trás com palitos de dente e trocado a cada vez que começa a parecer molenga.

    A visão da comida acumulada naquelas cozinhas me deixou tonta. Não que a gente não tivesse o que comer em casa; é que minha avó sempre fazia assados e bolos de carne econômicos e tinha o hábito de dizer, no momento em que você levava a primeira garfada à boca, "espero que você goste, isso custou quarenta e um centavos o quilo", o que sempre me deu a sensação de estar comendo moedas em vez do assado de domingo.

    Enquanto estávamos em pé atrás das nossas cadeiras, ouvindo o discurso de boas-vindas, eu havia curvado a cabeça e secretamente mapeado a posição das tigelas de caviar. Uma delas estava estrategicamente colocada entre mim e a cadeira vazia de Doreen.

    Imaginei que a garota à minha frente não conseguiria alcançá-la, dada a montanha de marzipã no meio da mesa, e que Betsy, que estava à minha direita, era boazinha demais para pedir que eu dividisse o caviar com ela, ainda mais se eu o mantivesse perto do meu cotovelo, junto ao pratinho de pão com manteiga. Além disso, havia outra tigela de caviar à direita da garota ao lado de Betsy, e ela poderia comer dali.

    Meu avô e eu tínhamos uma piada recorrente. Ele era o garçom-chefe de um clube de campo perto da nossa cidade, e todo domingo minha avó pegava o carro e ia buscá-lo para a folga de segunda-feira. Meu irmão e eu nos revezávamos para acompanhá-la, e meu avô sempre servia o jantar de domingo para a minha avó e quem quer que estivesse com ela, como se fôssemos membros do clube. Ele adorava me apresentar a petiscos especiais, e aos nove anos de idade eu já havia desenvolvido um gosto apaixonado por *vichyssoise* fria, caviar e patê de anchovas.

A piada era que no meu casamento meu avô iria providenciar todo o caviar que eu conseguisse comer. Era uma piada porque eu não pretendia me casar nunca, e mesmo que isso acontecesse meu avô não teria dinheiro para pagar por todo aquele caviar, a não ser que roubasse a cozinha do clube de campo e levasse tudo embora numa mala.

Sob o abrigo do tilintar das taças, talheres de prata e peças de porcelana, cobri meu prato com fatias de frango. Passei sobre elas uma grossa camada de caviar, como se estivesse passando manteiga de amendoim num pedaço de pão. Então peguei as fatias uma por uma, enrolei para que o caviar não escapasse e comi tudo.

Eu havia descoberto, depois de muita ansiedade de quais talheres usar, que se você fizer algo de errado à mesa com certa arrogância, como se você soubesse perfeitamente que aquele é o jeito certo de fazer as coisas, ninguém vai achar que você é grosseira ou mal-educada. Vão pensar que você é original e muito espirituosa.

Aprendi esse truque no dia em que Jota Cê me levou para almoçar com um poeta famoso. Ele vestia um paletó de tweed marrom horroroso, todo amassado e manchado, calça cinza e uma malha xadrez azul e vermelha aberta no pescoço, isso num restaurante altamente formal, cheio de fontes e candelabros, onde todos os outros homens vestiam ternos pretos e camisas branquíssimas.

O tal poeta comia a salada com as mãos, folha por folha, enquanto me falava sobre a antítese entre arte e natureza. Eu não conseguia tirar os olhos dos dedinhos brancos e pálidos que viajavam do prato de saladas do poeta para a boca do poeta, uma folha de alface úmida após a outra. Ninguém riu dele, nem cochichou nenhum comentário ofensivo. O poeta fez com que comer salada com as mãos parecesse a coisa mais natural e sensata do mundo.

Como nenhum dos editores da nossa revista ou da equipe da *Ladies' Day* havia sentado perto de mim, e Betsy tinha um ar doce e gentil — ela nem parecia gostar de caviar —, fui ganhando confiança. Quando terminei meu primeiro prato de frango e caviar, preparei outro. Então ataquei o abacate e a salada de carne de caranguejo.

Abacate é minha fruta preferida. Meu avô costumava me trazer um abacate escondido no fundo de sua bolsa todo domingo, debaixo de seis camisas sujas e da seção de quadrinhos do jornal. Ele me ensinou como comer abacate derretendo geleia de uva e molho francês numa frigideira e preenchendo o oco da fruta com o molho. Eu sentia tanta saudade daquele molho. Perto dele, a carne de caranguejo parecia sem gosto.

— Como foi o desfile de peles? — perguntei a Betsy, quando já tinha relaxado em relação à disputa pelo caviar. Raspei os últimos ovinhos pretos e salgados do fundo do prato com a colher de sopa e lambi.

— Foi maravilhoso — sorriu Betsy. — Eles nos mostraram como fazer uma echarpe multiuso com rabo de vison e uma corrente dourada. É o tipo de corrente que você consegue na Woolworth por um dólar e noventa e oito, e assim que acabou o desfile a Hilda correu até uma ponta de estoque e comprou um monte de rabos de vison a preço de banana, depois passou na Woolworth e costurou tudo no ônibus, no caminho pra cá.

Dei uma espiada em Hilda, que estava sentada na frente de Betsy. É claro que ela estava vestindo uma echarpe de pele com ar caríssimo, presa de lado por uma corrente dourada pendente.

Eu nunca entendi Hilda direito. Ela media um metro e oitenta, tinha enormes olhos verdes e amendoados, lábios grossos e vermelhos, uma vaga expressão eslava. Ela fabricava chapéus. Era aprendiz da editora de moda, o que a colocava num patamar diferente de garotas mais literárias como Doreen, Betsy e eu, que escrevíamos colunas, mesmo que algumas delas fossem apenas sobre saúde e beleza. Eu não sei se Hilda sabia ler, mas ela fazia chapéus sensacionais. Ela frequentava uma escola especial de fabricação de chapéus em Nova York e sempre ia para o trabalho com um modelo diferente, feito por ela mesma com pedaços de palha, fita, pele ou gaze, em tons sutis e inusitados.

— Que incrível — eu disse. — Incrível. — Eu sentia falta de Doreen. Ela teria murmurado algum comentário fino e mordaz sobre as peles milagrosas de Hilda, só para me alegrar.

Eu estava me sentindo bem deprimida. Tinha sido desmascarada naquela manhã pela própria Jota Cê e agora sentia que todas as suspeitas desconfortáveis que eu sempre tivera a respeito de mim mesma estavam virando realidade, e eu não conseguiria esconder a verdade por muito mais tempo. Depois de dezenove anos lutando por boas notas, prêmios e bolsas, eu estava me deixando vencer, diminuindo o ritmo, caindo fora da corrida.

— Por que você não veio ao desfile de peles com a gente? — perguntou Betsy. Tive a impressão de ela estar se repetindo, de ter feito a mesma pergunta um minuto antes e eu não ter escutado direito. — Você saiu com a Doreen?

— Não — eu disse. — Eu queria ir ao desfile de peles, mas a Jota Cê me chamou e tive que ir ao escritório dela. — Não era bem verdade que eu queria ir ao desfile, mas agora tentava me convencer que era, só para poder ficar bem chateada com o que a Jota Cê tinha feito comigo.

Contei para Betsy como tinha passado a manhã na cama, me preparando para ir ao desfile de peles. O que eu não contei era que Doreen tinha aparecido no meu quarto mais cedo e dito: "Por que você quer ir àquele desfile horrível? Lenny e eu estamos indo a Coney Island, não quer vir com a gente? Ele pode arrumar um cara legal pra te fazer companhia, o dia vai ser um lixo com aquele almoço e a estreia do filme à tarde, ninguém vai sentir nossa falta".

Por um minuto fiquei tentada. O desfile parecia realmente estúpido. Nunca dei a mínima para peles. O que eu resolvi fazer no fim das contas foi ficar deitada na cama até cansar e então ir ao Central Park e passar o dia jogada na grama mais fofa que eu encontrasse naquela imensidão repleta de lagos com patos.

Falei para Doreen que não iria a nenhum desfile, almoço ou estreia de filme, mas que também não iria a Coney Island, e ficaria na cama. Depois que Doreen foi embora, fiquei me perguntando por que eu não conseguia mais cumprir as minhas obrigações até o fim. Isso me deixou triste e cansada. Então me perguntei por que também não conseguia deixar de cumprir minhas obrigações até o fim, do jeito que Doreen fazia, e isso me deixou mais triste e cansada ainda.

Eu não sabia que horas eram, mas ouvia as garotas agitadas no corredor, chamando umas às outras e preparando-se para o desfile de peles, e então ouvi o corredor ficar silencioso, e, quando deitei de costas na cama e olhei para o teto branco e sem graça, aquele silêncio pareceu crescer e crescer até que pensei que meus tímpanos fossem estourar. Então o telefone tocou.

Olhei para o telefone por um instante. O bocal vibrava levemente sobre a base cor de osso do discador, então dava para saber que estava realmente tocando. Imaginei que eu tivesse dado meu número para alguém em algum baile ou festa, e depois esquecido. Peguei o fone e falei com uma voz rouca e receptiva.

— Alô?

— Jota Cê falando — disse ela rispidamente, com um desembaraço brutal. — Estava aqui pensando: por acaso você está planejando passar pela redação hoje?

Afundei nos lençóis. Eu não entendia por que motivo Jota Cê poderia pensar que eu iria à redação. Tínhamos cartões mimeografados com a nossa agenda, para ficarmos a par de todas as nossas atividades, e passávamos várias manhãs e tardes longe da redação, em compromissos pela cidade. Claro, alguns dos compromissos eram opcionais.

Houve uma pausa longa. Então eu disse, num tom submisso:

— Eu achei que tinha de ir ao desfile de peles. — Claro que não achei nada disso, mas não sabia mais o que dizer.

— Eu disse a ela que estava indo para o desfile de peles — falei para Betsy. — Mas ela me mandou ir à redação, porque queria ter uma conversinha comigo e havia trabalho a fazer.

— Oh-oh! — disse Betsy, solidária. Ela deve ter visto as lágrimas que desabaram sobre meu prato de merengue e sorvete de conhaque, porque empurrou a própria sobremesa intocada e eu comecei a comê-la distraidamente quando acabei a minha. Me senti um pouco constrangida pelas lágrimas, mas elas eram reais. Jota Cê tinha dito coisas terríveis para mim.

*

Às dez da manhã, quando entrei timidamente no escritório, Jota Cê levantou-se e deu a volta na mesa para fechar a porta. Sentei na cadeira giratória diante da minha máquina de escrever, de frente para ela, e ela sentou-se em sua própria cadeira giratória, numa escrivaninha de frente para mim. Uma janela cheia de vasos de planta, espalhados por várias prateleiras, se erguia atrás dela como um jardim tropical.

— Você tem algum interesse pelo seu trabalho, Esther?

— Sim, sim — eu disse. — Tenho muito interesse. — Eu tinha vontade de gritar as minhas respostas, como se aquilo fosse fazer com que eu soasse mais convincente, mas me contive.

Passei a vida dizendo a mim mesma que o que eu queria fazer era estudar, ler, escrever e trabalhar feito uma louca, e isso realmente parecia ser verdade — eu fiz as coisas direitinho e tirei A em tudo, e quando cheguei à universidade não havia nada que pudesse me deter.

Eu era a correspondente universitária do jornal da cidade, editora de uma revista literária, secretária do Comitê de Honra — uma instituição bem popular, que lidava com delitos acadêmicos e sociais e suas punições —, tinha uma conhecida poeta e professora fazendo lobby para que eu conseguisse uma vaga na pós-graduação das maiores universidades da Costa Leste, com promessas de bolsas integrais até o fim do curso, e agora era assistente da melhor editora de uma revista intelectual de moda — e o que eu havia feito senão ficar empacada feito uma pangaré?

— Eu tenho muito interesse por tudo. — As palavras caíram sobre a mesa de Jota Cê com um barulho oco, feito moedas falsas.

— Fico feliz em saber — disse Jota Cê num tom ligeiramente irritado. — Você pode aprender muito neste mês na revista, sabe. Basta arregaçar as mangas. A moça que estava aqui antes de você não ligava muito pra desfiles de moda. Ela saiu daqui direto para a revista *Time*.

— Nossa! — eu disse, no mesmo tom sepulcral. — Que rápido!

— Claro que você ainda tem outro ano na universidade — continuou Jota Cê, agora um pouco mais calma. — O que você planeja fazer depois de se formar?

O que eu sempre achei que planejava fazer era conseguir uma boa bolsa de estudos para a pós-graduação ou para estudar na Europa. Depois eu imaginava que seria professora universitária e escreveria livros de poemas, ou escreveria livros de poemas e seria algum tipo de editora. Normalmente eu tinha essas respostas na ponta da língua.

— Na verdade não sei — eu disse. Senti um choque profundo ao me ouvir dizer aquilo, porque soube, no instante em que falei, que era verdade.

Soava como uma verdade, e eu a reconheci do jeito que você reconhece uma pessoa que rodeia a sua porta durante séculos e um belo dia aparece e diz que é seu pai verdadeiro, e ele é tão parecido com você que você sabe na hora que ele é mesmo seu pai e que a pessoa que você achava que era o seu pai é um impostor.

— Na verdade eu não sei.

— Você nunca vai chegar a lugar algum desse jeito — disse Jota Cê, e fez uma pausa. — Quantas línguas você fala?

— Ah, eu leio um pouco de francês e sempre quis aprender alemão. — Fazia uns cinco anos que eu dizia às pessoas que sempre quis aprender alemão.

Minha mãe falava alemão quando era pequena, e durante a Primeira Guerra as crianças da escola jogavam pedras nela por causa disso. Meu pai, que também falava alemão e morreu quando eu tinha nove anos, veio de um vilarejo deprimente no coração da Prússia. Naquele exato momento meu irmão mais novo estava fazendo intercâmbio em Berlim e falava alemão feito um nativo.

O que eu não disse é que a cada vez que eu colocava as mãos num dicionário ou livro escrito em alemão, aquelas letras pretas, densas e farpadas faziam meu cérebro se fechar como uma concha.

— Eu sempre pensei em trabalhar no mercado editorial — falei, tentando pegar um atalho que me levasse de volta ao meu bom e velho espírito empreendedor. — Acho que o que vou fazer é tentar um emprego em alguma editora.

— Você vai precisar ler francês e alemão — disse Jota Cê, implacável —, e provavelmente várias outras línguas, como espanhol e italiano ou, melhor ainda, russo. Centenas de garotas invadem Nova York todo mês de junho achando que vão ser editoras. Você precisa oferecer algo a mais. Você precisa aprender idiomas.

Não tive coragem de contar a Jota Cê que não havia espaço no meu último ano de faculdade para aulas de idioma. Eu estava fazendo um daqueles programas especiais cujo objetivo é ensinar a pensar com independência, e com exceção de um curso sobre Tolstói e Dostoiévski e outro de composição avançada de poesia, eu passava o tempo inteiro escrevendo coisas obscuras sobre James Joyce. Eu ainda não tinha escolhido o meu tema porque não tinha terminado de ler *Finnegans Wake*, mas meu professor estava muito animado com a minha dissertação e prometeu me dar algumas indicações sobre a questão do duplo.

— Vou ver o que posso fazer — eu disse. — Acho que posso me matricular num daqueles cursos intensivos de alemão básico.

— Na hora até pensei que realmente podia fazer algo assim. Eu tinha um talento para convencer a minha chefe de departamento a me deixar fazer coisas irregulares. Ela me via como uma espécie de experimento curioso.

Na universidade eu tinha matérias obrigatórias em física e química. Eu já tinha feito um curso de botânica e me saído muito bem. Não errei uma única questão o ano inteiro, e por um momento considerei a ideia de virar uma botanista e estudar as gramíneas selvagens nas florestas tropicais da África ou da América do Sul. É muito mais fácil ganhar bolsas para estudar coisas esquisitas como essas do que para estudar arte na Itália ou inglês na Inglaterra; não existe muita competição.

Botânica era legal porque eu adorava cortar pedaços de folhas e colocá-las no microscópio, desenhar diagramas de bolor de pão e daquela folha estranha em forma de coração que faz parte do ciclo reprodutivo das samambaias — tudo aquilo me parecia tão real.

O dia em que coloquei meus pés na aula de física foi a morte. O sr. Manzi, um homem moreno de voz aguda e ciciante, vestindo um terno azul apertado, postou-se de frente para a classe segurando uma pequena bola de madeira. Ele colocou a bola sobre uma rampa e a deixou rolar até a base. Então começou a falar que *a* era igual a aceleração e *t* equivalia ao tempo, e de repente estava rabiscando letras e números e símbolos de igualdade na lousa inteira, e meu cérebro pifou.

Levei o livro de física para o dormitório. Era um livro imenso, mimeografado em papel poroso — quatrocentas páginas sem ilustrações ou fotografias, apenas diagramas e fórmulas, espremidas entre capas vermelhas de papelão. O livro tinha sido escrito pelo sr. Manzi e pretendia explicar as leis da física para universitárias, e se funcionasse com a gente ele tentaria publicá-lo.

Pois bem: eu estudei aquelas fórmulas, fui para as aulas, assistia bolas descendo rampas e ouvi sinos tocando, e no fim do semestre a maioria das outras garotas tinha sido reprovada e eu havia tirado A. Ouvi o sr. Manzi dizer para um grupo que reclamava que o curso era muito difícil: "Não pode ser tão difícil assim, porque uma garota tirou A". "Quem é? Conta pra gente", elas pediram, mas ele balançou a cabeça e não falou nada — só me lançou um sorrisinho cúmplice.

Foi por isso que resolvi fugir da aula de química, que começaria no semestre seguinte. Eu tirei A em física, mas foi em meio a uma crise constante de pânico. Estudar aquilo me deixava doente. Eu não suportava a ideia de reduzir tudo a letras e números. Em vez de formatos de folhas e diagramas ampliados mostrando os buracos pelos quais as folhas respiram, além de palavras fascinantes como caroteno e xantofila, havia aquelas fórmulas hediondas e comprimidas, com letras que pareciam escorpiões, escritas com o giz vermelho especial do sr. Manzi.

Eu sabia que química seria pior, porque tinha visto no laboratório um grande quadro com os noventa e tantos elementos, e todas aquelas palavras perfeitamente aceitáveis como ouro, prata, cobalto e alumínio haviam sido reduzidas a abreviaturas horríveis, com diferentes números decimais ao lado de cada uma delas. Se eu fosse esgotar meu cérebro com mais coisas desse tipo, ficaria maluca. Seria reprovada na hora. Foi só com um esforço terrível que eu havia conseguido me arrastar até o final do primeiro semestre.

Então procurei a chefe do departamento com um plano inteligente.

O plano era o seguinte: eu precisava de tempo para fazer um curso sobre Shakespeare, uma vez que estava me formando em inglês. Ela sabia, assim como eu, que eu acabaria tirando outro A no curso de química, então qual era o sentido de fazer as provas quando podia simplesmente ir às aulas, absorver tudo e deixar essa história de notas e créditos para lá? Era um acordo de cavalheiros, entre pessoas honradas, e o conteúdo valia mais que a forma, e notas eram uma coisa meio besta, ainda mais quando você sabe que vai sempre tirar A, não é mesmo? Meu plano foi fortalecido pelo fato de que a universidade tinha acabado de abolir as matérias obrigatórias de ciência para as novas turmas — a minha era a última a padecer com a regra antiga.

O sr. Manzi concordou totalmente com o meu plano. Acho que ficou lisonjeado com o fato de eu gostar tanto de suas aulas que assistiria a elas sem objetivos materialistas como conseguir crédito ou tirar um A, mas sim pela pura beleza da química. Achei que tinha sido bastante engenhoso de minha parte sugerir acompanhar o curso de química mesmo depois de ter conseguido substituí-lo por Shakespeare. Não havia necessidade disso, e ficou parecendo que eu simplesmente não suportaria ficar longe da química.

É claro que meu plano nunca teria dado certo se eu não tivesse tirado aquele A antes. E se a chefe de departamento soubesse o quanto eu estava assustada e deprimida, e que eu andava pensando seriamente em soluções desesperadas como arrumar um médico que atestasse que eu não tinha condições de estudar química, que as fórmulas me deixavam tonta e tal, tenho certeza de que ela não teria ouvido o meu apelo e me obrigaria a fazer o curso de qualquer jeito.

Pois o conselho docente aprovou meu pedido, e a chefe de departamento me contou depois que vários professores ficaram tocados com o meu gesto. Consideraram um passo importante na minha maturidade intelectual.

Pensar no resto daquele ano me fazia rir. Eu ia ao curso de química cinco vezes por semana, sem perder nenhuma aula. O sr. Manzi ficava no fundo do grande e precário anfiteatro, produzindo chamas azuis, labaredas vermelhas, nuvens amarelas, vertendo o conteúdo de um tubo de ensaio em outro, e eu fingia que a voz dele era só um mosquitinho e me recostava na carteira e admirava as luzes brilhantes e os fogos coloridos e escrevia páginas e páginas de *villanellas* e sonetos.

O sr. Manzi olhava para mim de vez em quando, via que eu estava escrevendo e me lançava um doce sorrisinho de aprovação. Imagino que ele achava que eu estava anotando todas aquelas fórmulas, não para estudar para a prova, como as outras garotas, mas porque a aula dele era tão fascinante que eu não conseguia me conter.

4

NÃO SEI COMO MINHA BEM-SUCEDIDA EVASÃO DA QUÍMICA CALHOU de entrar nos meus pensamentos, ali no escritório de Jota Cê.

Durante todo o tempo em que ela falou comigo, fiquei vendo o sr. Manzi pairando atrás de sua cabeça, segurando a bolinha de madeira e o tubo de ensaio que uma vez, na véspera do feriado de Páscoa, levantou uma grande nuvem de fumaça amarela e produziu um cheiro de ovo podre que fez todas as garotas e o sr. Manzi caírem na risada.

Eu me sentia mal pelo sr. Manzi. Tinha vontade de me ajoelhar na frente dele e pedir desculpas por ser tão mentirosa.

Jota Cê me entregou uma pilha de manuscritos e passou a falar comigo num tom mais ameno. Passei o resto da manhã lendo os contos, datilografando o que achava deles em memorandos cor-de-rosa e enviando-os para o escritório da editora de Betsy, para que ela os lesse no dia seguinte. Jota Cê me interrompia de vez em quando para me dar algum conselho prático ou contar alguma fofoca.

Jota Cê ia almoçar naquele dia com dois escritores famosos, um homem e uma mulher. O homem tinha acabado de vender seis contos para a *New Yorker* e outros seis para Jota Cê. Fiquei surpresa. Eu não sabia que as revistas compravam contos em lotes de seis, e pensar na quantidade de dinheiro que aquilo podia trazer me deixou zonza. Jota Cê disse que precisaria ser bastante cuidadosa durante o almoço, uma vez que a escritora nunca tinha vendido nada para a *New Yorker* e Jota Cê tinha comprado apenas um conto dela nos últimos cinco anos. Jota Cê teria que bajular o escritor mais famoso sem magoar a escritora menos famosa.

Quando os querubins do relógio de parede francês de Jota Cê bateram as asinhas, levaram as pequenas trombetas douradas à boca e silvaram doze notas musicais, uma depois da outra, ela disse que eu tinha trabalhado o suficiente e mandou que eu fosse ao tour da *Ladies' Day*, ao banquete e à estreia do filme. Ela me esperava no dia seguinte bem cedo.

Então ela vestiu um casaco azul sobre a blusa lilás, colocou um chapéu com imitações de lilases na cabeça, passou pó de arroz rapidamente no nariz e arrumou os grossos óculos de grau. Ela estava horrível, mas parecia muito sábia. Ao deixar o escritório, deu um tapinha com uma luva lilás no meu ombro.

— Não deixe essa cidade sórdida te derrubar.

Passei alguns minutos sentada na minha cadeira giratória, pensando em Jota Cê. Tentei me imaginar como Ê Gê, uma editora famosa, num escritório cheio de seringueiras e violetas africanas que minha secretária teria que regar toda manhã. Desejei ter uma mãe como Jota Cê. Aí sim eu saberia o que fazer.

Minha mãe não ajudava muito. Depois que meu pai morreu, ela começou a dar aulas de taquigrafia e datilografia para nos sustentar. Ela secretamente odiava fazer aquilo, assim como odiava meu pai por ter morrido sem deixar um tostão porque não confiava em corretores de seguro. Ela vivia insistindo que eu aprendesse taquigrafia quando saísse da universidade, para que tivesse uma habilidade prática além do diploma. "Até os apóstolos sabiam erguer tendas", ela costumava dizer. "Eles tinham que viver, assim como a gente."

*

Molhei meus dedos na lavanda morna que uma garçonete da *Ladies' Day* havia colocado no lugar dos meus dois pratos vazios de sorvete. Então sequei cada dedo cuidadosamente com meu guardanapo de linho, que ainda estava bem limpo, dobrei-o e levei-o à boca, pressionando meus lábios contra ele. Quando o devolvi à mesa, o vago e rosado contorno dos meus lábios se destacava bem no meio do guardanapo, como um coração diminuto.

Pensei no longo caminho que eu havia percorrido até ali.

A primeira vez que vi uma lavanda foi na casa da minha benfeitora. Era um costume na universidade, me contou a mulherzinha sardenta do Departamento de Bolsas de Estudo, escrever à pessoa que dera a sua bolsa e, se ela ainda estivesse viva, agradecer a ela.

Minha bolsa havia sido concedida por Philomena Guinea, uma escritora rica que havia estudado na universidade no começo do século xx e cujo primeiro romance havia virado um filme mudo com Bette Davis, além de uma radionovela que ainda estava no ar. Descobri que ela estava viva e morava numa grande mansão perto do clube de campo onde meu avô trabalhava.

Então escrevi uma longa carta para Philomena Guinea, em tinta preta sobre um papel cinza timbrado com o nome da universidade em vermelho. Escrevi minhas impressões sobre as folhas do outono quando andava de bicicleta nas colinas, e como era maravilhoso morar num campus universitário em vez de ter que viver em casa e ir de ônibus a uma escola técnica, e como o mundo do conhecimento estava se abrindo diante dos meus olhos e talvez um dia eu fosse capaz de escrever grandes livros como ela.

Eu tinha lido um dos livros da sra. Guinea na biblioteca pública — por algum motivo a biblioteca da universidade não tinha nenhum — e ele estava abarrotado de perguntas longas e cheias de suspense, tipo "Seria Evelyn capaz de perceber que Gladys conhecera Roger no passado? — perguntava-se fervorosamente Hector" e "Como poderia Donald casar-se com ela quando sabia da pequena Elsie, escondida com a senhorita Rollmop numa distante fazenda no interior? — indagava Griselda a seu frio travesseiro sob a luz do luar". Esses livros renderam a Philomena Guinea, que depois me diria que fora uma péssima aluna na faculdade, milhões e milhões de dólares.

A sra. Guinea respondeu à minha carta e me convidou para almoçar em sua casa. Foi lá que vi minha primeira lavanda.

Algumas flores de cerejeira flutuavam sobre a água, e eu achei que aquilo devia ser algum tipo de sopa japonesa de efeito digestivo. Comi tudo, incluindo as florezinhas. A sra. Guinea nunca falou nada, e foi só muito mais tarde, quando contei sobre o jantar a uma caloura na universidade, que descobri o que eu tinha feito.

*

Quando saímos dos escritórios da *Ladies' Day*, tão iluminados que parecia haver um sol lá dentro, as ruas estavam cinzentas e cobertas por névoa e chuva. Não aquela chuva boa, que parece que dá um banho na gente, mas o tipo que imagino que exista no Brasil. Ela caía do céu em gotas do tamanho de pires, atingindo as calçadas quentes com um silvo, soltando nuvens de vapor que se contorciam ao deixar o concreto escuro e reluzente.

Minha esperança secreta de passar a tarde sozinha no Central Park morreu nos vidros das portas giratórias da *Ladies' Day*. Me vi sob a chuva morna e então dentro de um táxi sombrio e trepidante, junto com Betsy, Hilda e Emily Ann Offenbach, uma mocinha empertigada com um coque ruivo que vivia com o marido e três filhos em Teaneck, Nova Jersey.

O filme era muito ruim. Os protagonistas eram uma loira bonita que lembrava a June Allyson mas não era ela e uma morena sexy que parecia a Elizabeth Taylor, mas também era outra pessoa, além de dois trogloditas gigantescos chamados Rick e Gil.

Era uma história romântica em tecnicolor, envolvendo futebol americano.

Eu odeio tecnicolor. Nos filmes em tecnicolor todos parecem se sentir obrigados a usar roupas berrantes e ficar parados como varais de pé diante de árvores muito verdes, campos de trigo muito amarelos ou oceanos muito azuis se estendendo por quilômetros e quilômetros em todas as direções.

A maioria da ação nesse filme se passava em arquibancadas de estádios de futebol, com as duas moças acenando e torcendo em terninhos com crisântemos laranjas do tamanho de repolhos nas lapelas, ou em salões de baile, onde deslizavam com seus pretendentes usando vestidos que pareciam saídos de *E o vento levou*, para então se enfiarem juntas no lavabo e dizerem coisas maldosas e intensas uma para a outra.

Entendi que a moça legal terminaria com o jogador legal e a moça sexy acabaria sozinha, porque o sujeito chamado Gil queria uma amante, não uma esposa, e estava se mandando para a Europa com um bilhete só de ida.

A essa altura comecei a me sentir esquisita. Olhei ao meu redor, para aquelas fileiras repletas de cabecinhas extasiadas, todas com o mesmo brilho prateado na frente e a mesma sombra escura atrás, e elas pareciam nada mais nada menos que um bando de idiotas.

Senti uma vontade horrível de vomitar. Eu não sabia se o enjoo era culpa daquele filme horroroso ou da quantidade de caviar que eu tinha comido.

— Vou voltar pro hotel — sussurrei para Betsy na penumbra.

Betsy estava olhando para a tela com concentração absoluta.

— Você não está se sentindo bem? — ela perguntou quase sem mover os lábios.

— Não — eu disse. — Estou péssima.

— Eu também, vou com você.

Deslizamos para fora das nossas poltronas e saímos dizendo "licença, licença, licença" até o final da nossa fileira. As pessoas resmungavam e suspiravam e tiravam suas botas e seus guarda-chuvas do caminho para nos deixar passar, e eu pisei no maior número de pés que consegui porque aquilo afastava meus pensamentos da enorme vontade de vomitar que pairava ao meu redor.

Quando chegamos à rua, uma garoa morna ainda caía.

Betsy parecia uma assombração. A cor de suas bochechas tinha desaparecido e seu rosto pálido flutuava à minha frente, esverdeado e molhado de suor. Entramos num desses táxis quadriculados que estão sempre esperando na calçada enquanto você decide se deve ou não pegar um táxi, e quando chegamos ao hotel eu já tinha vomitado uma vez e Betsy, duas.

O motorista do táxi fazia as curvas com tanta violência que éramos jogadas de um lado para o outro do banco traseiro. Quando uma de nós ficava enjoada, se dobrava discretamente para a frente, como se estivesse pegando algo que caiu no chão, enquanto a outra cantarolava e fingia que estava olhando pela janela.

Mesmo assim o motorista do táxi percebeu o que estávamos fazendo.

— Ei — ele protestou, após passar um sinal que acabara de ficar vermelho —, vocês não podem fazer isso no meu carro, vão fazer lá fora!

Mas a gente não disse nada, e acho que ele pensou que já estávamos quase no hotel, porque só nos deixou sair do carro quando parou diante da portaria.

Não quisemos nem esperar para saber quanto a corrida sairia. Enfiamos um monte de moedas na mão do taxista, largamos uns lenços de papel para cobrir o estrago no chão e corremos lobby adentro até o elevador. Ainda bem que não havia muito movimento àquela hora. Betsy passou mal outra vez no elevador, e segurei sua cabeça. Então quem passou mal fui eu, e ela segurou a minha.

Normalmente basta vomitar para se sentir bem. A gente trocou um abraço, se despediu e saiu em direções opostas do corredor, para descansar em nossos próprios quartos. Nada melhor do que vomitar com outra pessoa para ganhar intimidade.

No instante em que fechei a porta, tirei a roupa e deitei na cama, porém me senti pior do que nunca. Eu precisava ir ao banheiro. Vesti com dificuldade meu roupão branco com centáureas azuis e me arrastei até lá.

Betsy já estava ali. Eu podia ouvir os gemidos dela atrás da porta, então corri até o banheiro da outra ala. Era tão longe que pensei que fosse morrer.

Sentei no vaso e apoiei minha cabeça na borda da pia. Achei que ia perder minhas tripas junto com o meu jantar. O enjoo vinha em grandes ondas. Depois de cada onda ele desaparecia e me deixava tremendo toda, mole feito uma folha molhada, e então eu sentia aquilo crescendo dentro de mim outra vez e os azulejos que me rodeavam, brancos e brilhantes como numa câmara de tortura, fechavam-se sobre mim e me esmagavam.

    Não sei quanto tempo aquilo durou. Deixei a água correndo na pia, de modo que se alguém aparecesse acharia que eu estava lavando as minhas roupas, e quando me senti minimamente segura, me estiquei no chão e fiquei ali, imóvel.

    Nem parecia que estávamos no verão. Eu podia sentir o inverno chacoalhando meus ossos e fazendo meus dentes baterem, e a grande toalha branca que eu havia trazido do quarto descansava sob a minha cabeça como um monte de neve.

*

A pessoa tinha que ser muito mal-educada para bater daquele jeito na porta do banheiro. Ela podia simplesmente dar a volta e ir a outro banheiro, como eu tinha feito, e me deixar em paz. Mas a pessoa continuou batendo e pedindo para entrar, e eu achei que conhecia aquela voz de algum lugar. Parecia a voz de Emily Ann Offenbach.

    — Só um minuto — falei. As palavras saíam da minha boca grossas feito melaço.

    Me recompus, me levantei lentamente, dei a descarga pela décima vez, limpei a pia, dei uma enrolada na toalha de mão para que as manchas de vômito não ficassem muito aparentes, abri a porta e saí.

    Eu sabia que seria fatal se olhasse para Emily Ann ou qualquer outra pessoa, então fixei meu olhar numa janela no fundo do corredor e saí caminhando, pé ante pé.

*

A próxima coisa que vi foi o sapato de alguém.

Era um sapato pesado de couro preto, bem velho, rachado e sem polimento, com minúsculos furinhos para entrada de ar na ponta. Ele estava voltado na minha direção. Parecia repousar sobre uma superfície verde e dura que estava machucando minha bochecha direita.

Fiquei imóvel, esperando que uma pista qualquer me desse alguma ideia do que fazer. À esquerda do sapato vi um monte de flores azuis sobre uma base branca, e aquilo me deu vontade de chorar. Era a manga do meu próprio roupão de banho, e minha mão esquerda saía dali, pálida feito um bacalhau.

— Está tudo bem com ela agora.

A voz veio de uma região serena e racional muito acima da minha cabeça. Por um momento pensei que não havia nada de errado naquilo, e então comecei a achar estranho. Era uma voz de homem, e homens não eram permitidos no hotel nem de dia nem de noite.

— São quantas no total? — continuou a voz.

Escutei com interesse. O chão parecia maravilhosamente sólido. Era reconfortante saber que eu tinha caído e agora não tinha mais para onde descer.

— Onze, acho — respondeu uma voz de mulher. Imaginei que ela devia pertencer ao sapato preto. — Acho que são onze delas, mas está faltando uma, então só são dez.

— Bom, leva essa aqui pra cama e eu vou dar uma olhada nas outras.

Ouvi uma série de ruídos graves na minha orelha direita, que foram lentamente perdendo força. Uma porta se abriu ao longe, ouvi vozes e gemidos, e a porta voltou a se fechar.

Duas mãos deslizaram sob minhas axilas e a voz feminina disse: "Vem, queridinha, vamos lá"; senti que eu era erguida, e lentamente as portas começaram a passar por mim, uma depois da outra, até que chegamos a uma porta aberta e entramos.

Os lençóis da minha cama haviam sido trocados, e a mulher me ajudou a deitar e me cobriu até o queixo. Ela sentou-se por um minuto na cadeira ao lado da cama, abanando-se com uma mão gorda e rosada. Usava óculos de aro dourado e um quepe branco de enfermeira.

— Quem é você? — perguntei com a voz fraca.

— Sou a enfermeira do hotel.

— O que aconteceu comigo?

— Intoxicação — ela disse laconicamente. — Todas vocês. Nunca vi nada igual. Vômito pra tudo que é lado. O que é que as senhoritas andaram comendo?

— Todo mundo passou mal? — perguntei, cheia de esperança.

— Todas vocês — ela disse alegremente. — Enjoadas feito cachorrinhos e chamando pela mamãe.

O quarto girava ao meu redor delicadamente, como se as cadeiras, as mesas e as paredes tivessem renunciado a seu peso em solidariedade à minha súbita fragilidade.

— O doutor te deu uma injeção — disse a enfermeira já na porta. — Você vai dormir agora.

E a porta tomou o lugar dela como uma folha branca de papel, e então uma folha de papel maior ainda tomou o lugar da porta, e flutuei sorrindo até ela e caí no sono.

*

Havia alguém ao lado da minha cama segurando uma xícara branca.

— Bebe isso — disse a pessoa.

Balancei a cabeça. O travesseiro estalou como um chumaço de palha.

— Bebe isso e você vai se sentir melhor.

A xícara de porcelana chinesa foi colocada sob o meu nariz. Sob uma luz difusa, que podia tanto ser do entardecer como da manhã, contemplei o líquido âmbar. Pedaços de manteiga flutuavam na superfície e um vago aroma galináceo invadiu minhas narinas.

Meus olhos moveram-se com dificuldade rumo à saia atrás da xícara.

— Betsy — eu disse.

— Que Betsy que nada. Sou eu.

Levantei meus olhos e vi a cabeça de Doreen recortada pela luz pálida da janela, um halo dourado formando-se ao redor de seus cabelos loiros. O rosto dela estava na sombra, de modo que era impossível ver sua expressão, mas senti uma espécie de ternura profissional emanando das pontas de seus dedos. Ela podia perfeitamente ser Betsy, ou minha mãe, ou uma enfermeira cheirando a samambaia.

Inclinei a cabeça e tomei um golinho do caldo. Minha boca parecia feita de areia. Tomei outro gole, e outro, e mais outro, até esvaziar a xícara.

Me senti limpa e purificada, pronta para uma nova vida.

Doreen depositou a xícara no parapeito da janela e sentou-se na poltrona. Notei que ela não fez nenhum gesto de pegar um cigarro, o que me surpreendeu, já que Doreen fumava como uma chaminé.

— Bom, você quase morreu — ela disse, finalmente.

— Acho que foi o caviar.

— Que caviar o quê! Foi o caranguejo. Fizeram testes. Estava cheio de ptomaína.

Tive uma visão das cozinhas da *Ladies' Day*, com sua brancura celestial, se estendendo rumo ao infinito. Vi abacate por abacate sendo recheado com caranguejo e maionese e fotografado sob luzes brilhantes. Vi a delicada carne rósea das patas de caranguejo pronunciando-se para fora da cobertura de maionese e a macia concavidade amarelada do abacate com seu anel verde-crocodilo embalando aquele caos.

Tóxico.

— Quem fez os testes? — Imaginei que o médico tivesse bombeado o estômago de alguém e então analisado o material em seu laboratório no hotel.

— Aqueles cretinos da *Ladies' Day*. Assim que vocês começaram a cair como pinos de boliche, alguém ligou pra revista, que ligou pra *Ladies' Day*. Eles fizeram testes com a comida que restou do banquete. Rá rá!

— Rá! — ecoei soturnamente. Era bom voltar a ver Doreen.

— Eles mandaram presentes — ela continuou. — Estão numa caixa grande de papelão no hall de entrada.

— Como isso chegou aqui tão rápido?

— Entrega expressa, o que você acha? Eles não podem correr o risco de ver vocês saindo por aí dizendo que foram intoxicadas num jantar da *Ladies' Day*. Com um advogado decente vocês podiam arrancar até o último centavo deles.

— Quais são os presentes? — Eu estava começando a pensar que, se fosse um presente bom o bastante, eu deixaria o que tinha acontecido para lá. Aquilo tudo me deixara sentindo tão pura, afinal.

— Ninguém abriu a caixa ainda, estão todas de cama. Eu tenho que levar sopa pra todo mundo, já que sou a única que ficou de pé, mas trouxe a sua primeiro.

— Dá uma olhada que presente é esse — implorei. Então me lembrei e disse: — Tenho um presente pra você também.

Doreen foi até o hall. Eu podia ouvir o barulho dos seus passos, e depois o som do papel sendo rasgado. Ela voltou trazendo um livro grosso com uma capa brilhante cheia de nomes de pessoas.

— *Os trinta melhores contos do ano*. — Ela largou o livro no meu colo. — Tem mais onze desses naquela caixa. Imagino que eles quisessem dar algo para vocês lerem enquanto se recuperam. — Ela fez uma pausa. — Cadê o meu presente?

Enfiei a mão na minha bolsa e dei a ela o espelhinho com seu nome emoldurado por margaridas. Doreen olhou para mim, eu olhei para ela, e explodimos numa gargalhada.

— Pode ficar com a minha sopa se você quiser — ela disse. — Eles puseram doze sopas por engano no carrinho, e eu e o Lenny devoramos tantos cachorros-quentes enquanto esperávamos a chuva passar que eu não conseguiria dar nenhuma colherada.

— Pode trazer — eu disse. — Estou faminta.

5

ÀS SETE DA MANHÃ DO DIA SEGUINTE O TELEFONE TOCOU.

Emergi lentamente de um sono profundo. Já havia um telegrama de Jota Cê colado no espelho, dizendo que eu não precisava ir trabalhar, que era melhor descansar o dia todo até ficar completamente bem, e que sentia muito pelo caranguejo estragado. Eu não tinha ideia de quem poderia estar ligando.

Estiquei o braço e coloquei o telefone no meu travesseiro, de modo que o bocal ficasse apoiado na minha clavícula e o fone, no meu ombro.

— Alô?

Uma voz masculina disse: — É a senhorita Esther Greenwood? Detectei um suave sotaque estrangeiro.

— Ela mesma — eu disse.

— Aqui é o Constantin Alguma-Coisa.

Não consegui ouvir o sobrenome, mas era cheio de esses e cás. Eu não conhecia nenhum Constantin, mas não tive coragem de dizer isso a ele.

Então lembrei da sra. Willard e seu tradutor simultâneo.

— Claro, claro! — exclamei, sentando-me na cama e agarrando o telefone com as duas mãos.

Nunca dei o devido crédito à sra. Willard por ter me apresentado a alguém chamado Constantin.

Eu colecionava homens com nomes interessantes. Já conhecia um Sócrates. Era um sujeito grande, feio e culto, filho de um produtor de filmes em Hollywood — ele era católico, o que estragou tudo tanto para ele quanto para mim. Além dele, eu conhecera um russo chamado Átila na Escola de Administração e Negócios de Boston.

Aos poucos fui percebendo que Constantin estava tentando marcar um encontro comigo naquele dia.

— Você gostaria de dar uma olhada na ONU hoje à tarde?

— Eu já consigo olhar a ONU daqui — eu disse, com uma risadinha histérica.

Ele pareceu confuso.

— Dá pra ver da minha janela — expliquei. Talvez meu inglês fosse um pouco rápido demais para ele.

Silêncio.

Então ele disse: — De repente a gente faz uma boquinha depois.

Detectei o vocabulário da sra. Willard e meu coração encolheu. Ela vivia convidando as pessoas para fazer uma boquinha. Lembrei que aquele sujeito tinha sido hóspede na casa da sra. Willard quando chegou aos Estados Unidos. Ela fazia parte de um desses programas em que você hospeda estrangeiros e depois pode ficar na casa deles quando for para o exterior.

Era evidente que a sra. Willard havia trocado uma estada na Rússia por aquela minha boquinha em Nova York.

— Sim, eu gostaria de fazer uma boquinha — eu disse secamente. — A que horas você vem?

— Vou te ligar do carro por volta das duas. É o hotel Amazon, certo?

— Sim.

— Ah, sei onde é.

Por um momento pensei que houvesse um significado especial naquele tom dele. Imaginei que era possível que algumas das garotas do Amazon fossem secretárias na ONU, e que talvez ele já tivesse saído com uma delas. Deixei que ele desligasse primeiro, então desliguei e deitei a cabeça no travesseiro, me sentindo péssima.

Lá estava eu outra vez, construindo a fantasia glamourosa de um homem que se apaixonaria por mim no instante em que me visse, tudo isso baseada em praticamente nada: uma visita guiada à ONU seguida de sanduíches!

Tentei me reanimar.

O tradutor simultâneo da sra. Willard era provavelmente baixinho e feio, e no fim das contas eu o desprezaria do mesmo jeito que desprezava Buddy Willard. Esse pensamento me deu algum prazer. Eu realmente desprezava Buddy Willard, e embora todo mundo ainda achasse que eu me casaria com ele quando acabasse o tratamento para tuberculose, eu sabia que aquilo jamais aconteceria, nem se ele fosse o último homem sobre a terra.

Buddy Willard era um hipócrita.

Claro, no começo eu não sabia que ele era um hipócrita. Achei que ele era o garoto mais fascinante que eu já conhecera. Passei cinco anos adorando-o à distância, antes mesmo dele olhar para mim, e então começou um período lindo em que eu ainda o adorava e ele passou a olhar para mim, e quando ele estava me olhando com cada vez mais intensidade descobri que ele era um imenso hipócrita, e agora ele queria que eu me casasse com ele e eu o odiava profundamente.

A pior parte de tudo é que eu não podia chegar até ele e dizer o que pensava, porque ele pegou tuberculose antes que eu pudesse fazer isso e agora eu tinha que tratá-lo bem até que ele melhorasse e pudesse ouvir a verdade nua e crua.

Resolvi não descer para tomar café. Eu teria que me vestir para isso, e qual o sentido de se vestir quando você vai passar a manhã inteira na cama? Eu poderia ter chamado o serviço de quarto, mas aí teria que dar gorjeta ao funcionário, e eu nunca sabia quanto dar. Eu tivera experiências bastante desagradáveis tentando dar gorjeta a pessoas em Nova York.

Quando cheguei pela primeira vez ao Amazon, um baixinho careca de uniforme carregou minhas malas e abriu a porta do quarto para mim. Claro que corri imediatamente até a janela para olhar a vista. Depois de um instante ouvi o sujeito abrir e fechar as torneiras do banheiro e dizer, "esta é a água fria e essa é a quente". Ele também ligou o rádio e começou a falar o nome de todas as estações de Nova York, e eu comecei a ficar de saco cheio, então dei as costas para ele e disse, "obrigada por ter trazido as minhas malas".

"Obrigada, obrigada, obrigada. Rá!", ele disse num tom desagradável, e antes que eu pudesse me virar ele tinha ido embora, batendo a porta com força atrás de si.

Mais tarde, quando contei a Doreen sobre o comportamento estranho do carregador, ela disse: "Sua boba, ele queria a gorjeta dele".

Perguntei quanto eu devia ter dado e ela disse que pelo menos vinte e cinco centavos, trinta e cinco se a mala fosse muito pesada. Eu poderia perfeitamente ter levado aquela mala para o meu quarto. Só deixei o carregador levar porque ele parecia estar com muita vontade de fazer aquilo. Eu achava que esse tipo de serviço estava incluído no preço do quarto do hotel.

Odeio dar dinheiro para as pessoas fazerem o que eu poderia estar fazendo com facilidade. Me deixa nervosa.

Doreen disse que dez por cento era o quanto se dava de gorjeta, mas por algum motivo eu nunca tinha o troco certo e me sentiria uma besta se desse cinquenta centavos para alguém e dissesse, "quinze centavos são pra você, por favor me dê trinta e cinco de volta".

Na primeira vez em que peguei um táxi em Nova York, dei dez centavos de gorjeta. A corrida tinha custado um dólar, então achei que dez centavos era o valor correto e dei a moeda ao taxista com um pequeno floreio e um sorriso. Mas ele ficou olhando para a moeda na palma da mão, e quando saí do táxi, torcendo para não ter dado a ele dinheiro canadense, ele começou a gritar, "Senhora, eu tenho que viver como você e todo mundo!", tão alto que saí correndo assustada. Ainda bem que o sinal estava fechado, senão acho que ele teria me perseguido com o carro, gritando daquele jeito constrangedor.

Quando perguntei a Doreen sobre isso, ela disse que talvez a porcentagem da gorjeta tivesse subido de dez para quinze por cento desde a última vez que ela pisou em Nova York. Ou isso, ou aquele taxista era um pilantra.

*

Peguei o livro que a *Ladies' Day* tinha mandado.

Quando abri, um cartão caiu. Um dos lados mostrava um poodle vestindo uma camisa de pijama florida, sentado com uma cara triste numa cesta. No outro lado o poodle estava deitado na cesta, dormindo profundamente com um leve sorriso no rosto. Em cima, um bordado dizia: "Descanse e você vai ficar melhor". Na parte inferior do cartão alguém tinha escrito, em tinta cor de lavanda: "Melhoras! De todos os seus amigos da *Ladies' Day*".

Folheei o livro até que cheguei a uma história sobre uma figueira.

Essa grande figueira ficava num gramado entre a casa de um judeu e um convento, e o judeu e uma linda freira morena viviam se encontrando na árvore para colher figos. Um dia eles viram um ninho num dos galhos, no qual havia um ovo começando a rachar. Enquanto acompanhavam o pequeno passarinho abrindo a casca do ovo, os dois encostaram o dorso da mão um do outro, e a partir daí a freira parou de ir colher figos e foi substituída por uma cozinheira católica de cara fechada que contava o número de frutas colhidas pelo homem para se certificar que ele não estava levando mais do que ela. O homem ficou furioso.

Achei a história adorável, principalmente a parte que descrevia a figueira cheia de neve durante o inverno, e depois, na primavera, cheia de frutas verdes. Foi triste chegar à página final. Eu queria me enfiar entre aquelas linhas impressas do jeito que a gente atravessa uma cerca e ir dormir debaixo daquela linda e imensa figueira.

Tive a sensação de que Buddy Willard e eu éramos como aquele judeu e aquela freira, embora, claro, não fôssemos judeus nem católicos mas sim unitaristas. Havíamos nos encontrado sob nossa figueira imaginária, e o que descobrimos não foi um passarinho saindo de um ovo mas um bebê saindo de uma mulher, e então algo terrível aconteceu e tivemos que seguir caminhos opostos.

Deitada, sozinha e fraca na minha cama branca de hotel, imaginei como seria estar naquele sanatório nos Adirondacks e me senti uma canalha da pior espécie. Em suas cartas, Buddy me falava dos poemas que andava lendo, escritos por um poeta que também era médico, e de como havia descoberto que um famoso contista russo, já falecido, também tinha sido médico, o que indicava que médicos e escritores podiam se dar bem no fim das contas.

Era um tom bem diferente daquele que Buddy Willard usara durante os dois anos em que estávamos nos conhecendo. Lembro do dia em que ele sorriu e me disse: — Você sabe o que é um poema, Esther?

— Não, o quê? — eu disse.

— Um grão de poeira. — Ele parecia tão orgulhoso por ter inventado aquilo que eu simplesmente olhei para seus cabelos loiros, seus olhos azuis e seus dentes brancos — ele tinha dentes muito brancos, longos e fortes — e disse, "faz sentido".

Foi só um ano depois, em Nova York, que finalmente pensei numa resposta para aquele comentário.

Passei muito tempo tendo conversas imaginárias com Buddy Willard. Ele era uns dois anos mais velho do que eu. Era um sujeito bem científico, do tipo que sempre pode provar as coisas. Era difícil acompanhá-lo.

Essas conversas que eu tinha na minha cabeça em geral repetiam o começo de conversas que eu tivera com Buddy na vida real — a diferença era que elas terminavam comigo dando uma resposta bem desaforada, e não ficando ali parada e dizendo, "faz sentido".

Agora, deitada na minha cama, imaginei Buddy perguntando, "Você sabe o que é um poema, Esther?".

"Não, o quê?", eu diria.

"Um grão de poeira."

E então, quando ele estivesse sorrindo e começando a ficar orgulhoso, eu diria: "Os cadáveres que você retalha também são, assim como as pessoas que você acha que está curando. Eles são poeira da poeira. Pra mim um bom poema dura muito mais que cem dessas pessoas juntas".

Claro que Buddy ficaria sem resposta, porque aquilo era verdade. As pessoas são feitas de nada mais que poeira, e eu não conseguia entender como tratar de toda aquela poeira era melhor do que escrever poemas que as pessoas lembrariam e repetiriam para si mesmas quando estivessem tristes, doentes ou insones.

O meu problema era que eu levava a sério tudo o que o Buddy Willard dizia. Lembro da primeira noite em que ele me beijou. Foi depois do baile de fim de ano em Yale.

O jeito que Buddy me convidou para aquele baile foi esquisito.

Ele apareceu na minha casa de repente, durante as férias de Natal, vestindo um suéter branco de gola rulê. Estava tão bonito que eu não conseguia tirar os olhos dele. "Talvez eu passe na faculdade pra te ver um dia desses, tá?"

Fiquei passada. Eu só via Buddy na igreja, aos domingos, quando voltávamos da universidade para visitar a família, e mesmo assim à distância. Eu não conseguia entender o que tinha dado nele para querer me ver — ele disse que tinha corrido os três quilômetros de distância entre as nossas casas para praticar um pouco de *cross-country*.

É verdade que nossas mães eram amigas. Tinham estudado juntas, casaram-se com seus professores e se estabeleceram na mesma cidade, mas Buddy sempre estava fora, na escola preparatória durante o outono ou tratando de árvores doentes em Montana para ganhar um troco no verão, de modo que o fato de nossas mães serem velhas colegas de escola não fazia muita diferença.

Não tive mais notícias de Buddy depois daquela visita repentina até uma bonita manhã de sábado, no começo de março. Eu estava no meu dormitório da universidade, estudando sobre Pedro, o Eremita, e Galtério Sem-Bens para uma prova sobre as Cruzadas que faria na segunda-feira, quando o interfone tocou.

As pessoas normalmente se revezavam para atender o interfone do corredor, mas como eu era a única caloura em um andar de veteranas, quase sempre tinha que atender. Esperei um minuto para ver se alguém chegaria primeiro. Então lembrei que era fim de semana, e que todo mundo devia estar viajando ou jogando squash, e fui até lá.

— É você, Esther? — perguntou a garota da portaria, e quando respondi que sim ela disse: — Tem um homem querendo te ver.

Aquilo me surpreendeu. Tive vários encontros naquele ano, mas ninguém jamais me ligou depois. Eu era muito azarada. Odiava ter que descer as escadas todo sábado à noite, curiosa e com as mãos suadas, para ser apresentada ao filho da melhor amiga da tia de alguma colega, e dar com um sujeito pálido e esponjoso, orelhudo, dentuço ou manco. Eu não achava aquilo justo. Eu não era nenhuma aleijada, afinal — apenas estudava demais e não sabia quando parar.

Penteei o cabelo, passei batom e peguei meu livro de história — se fosse alguém horrível, podia dizer que estava a caminho da biblioteca — e desci. Lá estava Buddy Willard, apoiado na mesa da recepção, vestindo jaqueta cáqui, macacão azul e tênis cinza puído, sorrindo para mim.

— Só passei pra dar um oi — ele disse.

Achei estranho que ele tivesse vindo lá de Yale só para dar um oi, mesmo que de carona, como costumava fazer para economizar dinheiro.

— Oi — eu disse. — Vamos lá fora, na varanda.

Eu queria ir para a varanda porque a garota da recepção era uma veterana enxerida e não tirava os olhos de mim. Era evidente que ela achava que Buddy havia cometido um grande erro.

Sentamos lado a lado em duas cadeiras de balanço. Era um dia claro e sem vento, quase quente.

— Só posso ficar alguns minutos — disse Buddy.

— Ah, fica pro almoço, vai — eu disse.

— Não posso. Vim pro baile do segundo ano com a Joan. Me senti uma perfeita idiota.

— E como *tá* a Joan? — perguntei friamente.

Joan Gilling era da nossa cidade natal, ia à mesma igreja que a gente e estava um ano à minha frente na universidade. Ela era um sucesso: líder de classe, formanda em física e campeã de hóquei da faculdade. Joan sempre fez com que eu me sentisse humilhada, com aqueles olhos cor de ágata, aqueles dentes brilhantes feito uma sepultura e aquela voz rouca. Ela era enorme, além de tudo. Comecei a achar que Buddy tinha péssimo gosto.

— Ah, a Joan... — ele disse — ela me convidou pra esse baile dois meses atrás. A mãe dela perguntou pra minha se eu podia ir com ela. O que eu podia fazer?

— Por que você aceitou ir se não queria? — perguntei maldosamente.

— Ah, eu gosto da Joan. Ela não liga se você gasta dinheiro com ela ou não, e gosta de fazer coisas ao ar livre. A última vez que ela foi passar o fim de semana em Yale a gente fez um passeio de bicicleta até East Rock. Foi a única garota que eu não tive que empurrar morro acima. Ela é legal.

Gelei de inveja. Eu nunca tinha ido a Yale, o lugar ao qual as veteranas do meu alojamento mais gostavam de ir aos fins de semana. Decidi não esperar nada de Buddy Willard. Você nunca se decepciona quando não espera nada de alguém.

— Melhor ir procurar a Joan, então — eu disse, decidida. — Tenho um encontro daqui a pouco e acho que ele não vai gostar de me ver sentada aqui com você.

— Um encontro? — Buddy parecia surpreso. — Com quem?

— Na verdade são duas pessoas — eu disse. — Pedro, o Eremita, e Galtério Sem-Bens.

Como Buddy ficou mudo, eu disse: — É o apelido deles. — E continuei: — Eles são da Dartmouth.

Imagino que Buddy não manjasse muito de História, porque sua boca ficou dura. Ele levantou-se num pulo da cadeira de balanço, dando um empurrãozinho desnecessário nela. Então largou no meu colo um envelope azul-claro com o emblema de Yale.

— Essa é uma carta que eu ia deixar aqui caso você não estivesse. Tem uma pergunta nela, que você pode responder pelo correio. Não estou com vontade de perguntar agora.

Depois que Buddy foi embora eu abri a carta. Era um convite para o baile de fim de ano de Yale.

Fiquei tão surpresa que soltei uns gritinhos e corri para o alojamento berrando, "eu vou, eu vou, eu vou". Estava escuro lá dentro, principalmente depois daquele sol forte na varanda, e eu não conseguia ver nada. Quando dei por mim estava abraçando a veterana da recepção. Quando falei que ia para o baile de Yale, ela me tratou com espanto e respeito.

Por mais estranho que possa parecer, as coisas mudaram no alojamento depois disso. As veteranas do meu andar passaram a falar comigo e a atender o interfone de vez em quando, e ninguém mais fez comentários maldosos em voz alta na porta do meu quarto sobre pessoas perdendo os anos dourados da faculdade com o nariz enfiado nos livros.

Pois bem: durante todo o baile de Yale, o Buddy me tratou como uma amiga ou uma prima.

Dançamos a um quilômetro de distância um do outro, até que durante a "valsa da despedida" ele apoiou o queixo sobre a minha cabeça, como se estivesse muito cansado. Então, em meio à escuridão e ao vento frio das três da manhã, percorremos bem lentamente os oito quilômetros até a casa em que eu estava hospedada, dormindo na sala de estar, num colchão pequeno demais porque custava apenas cinquenta centavos e não os dois dólares da maior parte dos lugares com camas decentes.

Me sentia inerte, vazia, repleta de sonhos despedaçados.

Eu havia imaginado que Buddy se apaixonaria por mim naquele fim de semana e que eu não precisaria mais pensar no que iria fazer nas noites de sábado até o fim do ano. Estávamos chegando à casa em que eu estava hospedada quando Buddy disse:

— Vamos até o laboratório de química.

Fiquei pasma.

— O laboratório de *química*?

— Sim. — Buddy pegou minha mão. — Tem uma vista linda atrás dali.

E de fato havia uma espécie de colina atrás do laboratório de química, de onde se via as luzes de algumas casas de New Haven.

Fiquei lá, fingindo que admirava a vista, enquanto Buddy firmava os pés no solo irregular. Mantive os olhos abertos quando ele me beijou, tentando memorizar os intervalos entre as luzes das casas. Não queria esquecer daquilo nunca mais.

Buddy deu um passo para trás. — Uau! — ele disse.

— Uau o quê? — perguntei, surpresa. Tínhamos dado um beijinho áspero e sem graça, e lembro de ter pensado que era uma pena que nossas bocas estivessem tão secas depois de oito quilômetros de caminhada naquele vento gelado.

— Uau, que delícia de beijo!

Fiquei em silêncio, modestamente.

— Você deve sair com vários caras — disse Buddy.

— É, acho que sim. — Eu devia ter saído com um garoto por semana aquele ano.

— Bom, tenho que estudar.

— Eu também — retruquei com rapidez. — Tenho que manter minha bolsa, afinal.

— Mas acho que eu conseguiria te visitar a cada três fins de semana.

— Legal. — Eu estava quase desmaiando e morrendo de vontade de voltar para a faculdade e contar a todo mundo.

Buddy me beijou de novo na frente dos degraus da casa, e no outono seguinte, quando saiu sua bolsa de estudos para a faculdade de medicina, fui visitá-lo lá em vez de ir a Yale. Foi lá que descobri que ele tinha me enganado todos aqueles anos e que era um hipócrita.

Descobri isso no dia em que vimos o bebê nascer.

6

EU VIVIA IMPLORANDO PARA QUE BUDDY ME MOSTRASSE COISAS realmente interessantes no hospital. Uma sexta-feira resolvi faltar à aula e fui passar um fim de semana prolongado com ele — e foi aí que ele me ferrou.

Comecei sentada num banco alto, vestindo um jaleco branco numa sala com quatro cadáveres que eram dissecados por Buddy e seus colegas. Aqueles cadáveres tinham um ar tão inumano que não me incomodavam nem um pouco. A pele era dura feito couro, de um roxo-escuro, e eles cheiravam a velhos potes de picles.

Depois disso Buddy me levou até uma sala onde havia garrafões de vidro cheios de bebês que haviam morrido antes de nascer. O bebê na primeira garrafa tinha uma grande cabeça branca dobrada sobre um corpo diminuto e estava curvado, e era do tamanho de um sapo. Na garrafa seguinte o bebê era maior, na outra maior ainda, até a última, cujo bebê tinha um tamanho normal e parecia estar olhando para mim e sorrindo com ar de porquinho.

Eu estava bastante orgulhosa da calma com que assistia àquelas coisas asquerosas. A única vez que me assustei foi quando apoiei meu cotovelo na barriga de um cadáver, enquanto Buddy me mostrava como se dissecava um pulmão. Depois de uns minutos senti uma espécie de calor no cotovelo e me ocorreu que talvez o cadáver ainda estivesse meio vivo, já que continuava morno — e pulei do banco com um grito. Então Buddy explicou que o calor vinha do líquido conservante, e voltei a me sentar.

Antes do almoço Buddy me levou para uma aula sobre anemia falciforme e outras enfermidades deprimentes. Pessoas doentes eram trazidas para o palco em cadeiras de rodas, respondiam a algumas perguntas e eram levadas para fora, e em seguida alguns slides coloridos eram mostrados.

Lembro que um dos slides exibia uma menina linda e sorridente, com uma verruga preta na bochecha. "Vinte dias depois que essa verruga apareceu a menina morreu", disse o doutor. Todos ficaram calados por um minuto, e então o sinal tocou. Nunca fiquei sabendo o que era a verruga ou por que a menina morreu.

De tarde fomos ver um parto.

Primeiro paramos diante de um armário no corredor do hospital, de onde Buddy pegou um pouco de gaze e uma máscara branca para mim.

Um estudante de medicina alto e gordo, grande como Sydney Greenstreet, descansava por ali e ficou olhando enquanto Buddy enrolava a gaze ao redor da minha cabeça até que meu cabelo estivesse completamente coberto e só meus olhos aparecessem atrás da máscara branca.

O estudante soltou uma risadinha antipática. "Pelo menos sua mãe te ama", ele disse.

Eu estava tão ocupada pensando em como ele era gordo e como devia ser triste para um homem — e mais ainda para um jovem — ser grande daquele jeito, até porque mulher alguma aguentaria se apoiar naquele barrigão para beijá-lo, que na hora não percebi que ele estava me insultando. Quando me dei conta de que ele devia se achar um sujeito muito espirituoso e pensei em retrucar dizendo que só mesmo uma mãe poderia amar um homem tão gordo, ele tinha ido embora.

Buddy estava examinando uma estranha placa de madeira na parede. Havia uma série de buracos nela, o primeiro do tamanho de uma moeda, o último do tamanho de um prato.

— Ótimo, ótimo — ele disse. — Tem alguém prestes a dar à luz.

Na porta da sala de parto havia um estudante magro e encurvado, que Buddy conhecia.

— Olá, Will — disse Buddy. — Quem vai fazer o parto?

— Eu — disse Will num tom sombrio, e notei gotinhas de suor em sua testa pálida. — Eu vou fazer, e é o meu primeiro.

Buddy me contou que Will estava no terceiro ano e tinha que fazer oito partos antes de se formar.

Então notamos uma confusão no final do corredor e vimos homens de gorro e avental verde, seguidos por algumas enfermeiras, avançando na nossa direção em procissão desordenada, empurrando uma mesa de rodinhas sobre a qual havia uma grande protuberância branca.

— Melhor não ver — sussurrou Will em meu ouvido. — Você nunca vai querer ter um bebê. Não deviam deixar mulheres verem isso. Seria o fim da raça humana.

Buddy e eu demos risada. Buddy cumprimentou Will e entramos na sala.

Fiquei tão chocada com a mesa onde estavam colocando a mulher que emudeci. Parecia uma horrenda mesa de tortura, com aqueles estribos de metal numa ponta e fios, tubos e instrumentos que eu não sabia para que serviam na outra.

Buddy e eu ficamos perto da janela, a alguns metros da mulher, de onde tínhamos uma visão perfeita.

A barriga da mulher era tão grande que eu não conseguia ver seu rosto ou a parte de cima de seu corpo. Ela parecia ter apenas um imenso ventre de aranha, além de duas perninhas magricelas escoradas nos estribos, e passou o parto inteiro soltando gemidos inumanos.

Mais tarde Buddy me contou que a mulher estava sob efeito de uma droga que a faria esquecer de toda a dor e que ela não sabia bem o que estava fazendo enquanto xingava e gemia porque estava numa espécie de torpor.

Achei que aquele era o tipo de droga que só um homem podia ter inventado. Ali estava uma mulher passando por um grande tormento, que não gemeria daquele jeito se não estivesse obviamente sentindo cada espasmo de dor, e ela voltaria para casa e faria outro bebê porque a droga a faria esquecer de como a dor tinha sido terrível — tudo isso enquanto, numa parte secreta de seu corpo, aquele corredor de aflição continuaria à sua espera, longo, escuro, sem portas nem janelas, pronto para abrir-se e devorá-la mais uma vez.

O médico responsável, que supervisionava Will, falava para a mulher: "Força, senhora Tomolillo, força, isso, muito bem, força", e então, pela fresta depilada entre suas pernas, pálida de desinfetante, vi uma coisa escura e felpuda aparecer.

— É a cabeça do bebê — sussurrou Buddy, sob os gemidos da mulher.

Mas a cabeça do bebê entalou por algum motivo, e o médico disse a Will que ele teria que fazer um corte. Ouvi a tesoura fechar-se sobre a pele da mulher como sobre um tecido, e o sangue começou a escorrer, de um vermelho vivo e brilhante. Então o bebê pareceu pular para as mãos de Will, azul feito uma ameixa, coberto por um pó branco e banhado em sangue, e Will dizia, com uma voz aterrorizada: "Eu vou derrubar no chão, eu vou derrubar no chão, eu vou derrubar no chão".

— Não, você não vai — disse o médico, pegando o bebê das mãos de Will e começando a massageá-lo, e a cor azulada foi sumindo e o bebê abriu um berreiro rouco e angustiado, e pude ver que era um menino.

A primeira coisa que o bebê fez foi mijar na cara do médico. Mais tarde eu disse a Buddy que não entendia como aquilo podia ter acontecido, mas ele disse que era possível, embora não fosse muito comum.

Assim que o bebê nasceu, as pessoas do quarto se dividiram em dois grupos. As enfermeiras amarraram uma etiqueta no pulso do bebê, limparam seus olhos com algodão, o embalaram e o puseram num berço de lona; o médico e Will começaram a costurar o corte da mulher com uma agulha e uma grande linha.

Acho que alguém disse, "É um menino, senhora Tomolillo", mas a mulher não respondeu nem levantou a cabeça.

— E aí, o que achou? — perguntou Buddy, com uma expressão satisfeita no rosto, enquanto atravessávamos o saguão verde rumo a seu quarto.

— Maravilhoso — eu disse. — Eu poderia assistir a uma coisa dessas todos os dias.

Não quis perguntar se havia outras maneiras de parir. Por alguma razão, achei que a coisa mais importante era ver o bebê saindo de dentro de você e ter certeza que era seu. Se era para sentir tanta dor, pensei, melhor ficar acordada o tempo todo.

Eu sempre me imaginei apoiada nos cotovelos na mesa de parto, depois de tudo terminado — branca como um cadáver, é claro, sem maquiagem depois daquela provação horrorosa, mas sorridente e radiante, meus cabelos soltos até a cintura, estendendo os braços para o meu primeiro bebezinho e falando qualquer que fosse o seu nome.

— Por que o bebê estava coberto de farinha? — perguntei, para não deixar a conversa morrer, e Buddy me falou daquela coisa gosmenta que protege a pele dos bebês.

Quando chegamos ao quarto de Buddy, que me lembrava o claustro de um monge, com suas paredes vazias, sua cama vazia e seu chão vazio, exceto por uma mesa abarrotada de livros grossos e nojentos como a *Anatomia* de Grey, Buddy acendeu uma vela e abriu uma garrafa de Dubonnet. Então deitamos lado a lado na cama, Buddy deu um gole do vinho e li em voz alta "Em algum lugar em que nunca estive" e outros poemas de um livro que eu tinha trazido.

Certa vez Buddy me disse que devia haver algo de interessante na poesia se alguém como eu passava tanto tempo lendo aquilo. Então sempre que a gente se encontrava eu lia alguns poemas para ele e explicava o que tinha visto em cada um. A ideia tinha sido de Buddy. Ele sempre dava um jeito de aproveitar cada minuto dos nossos fins de semana. Seu pai era professor, e acho que Buddy podia ter sido um professor também — ele estava sempre tentando me explicar e apresentar a coisas novas.

De repente, quando terminei de ler um poema, ele falou: — Esther, você já viu um homem?

Eu sabia, pelo jeito que ele falava, que ele não estava se referindo a um homem comum ou a um homem em geral, mas a um homem pelado.

— Não — eu disse. — Só estátuas.

— E você não acha que teria vontade de me ver?

Eu não soube o que dizer. Minha mãe e minha avó andavam dando várias indiretas sobre Buddy Willard ultimamente, falando do quanto ele era um rapaz bom e decente, oriundo de uma família boa e decente, e como todo mundo na igreja achava que ele era uma pessoa exemplar, tão gentil com os pais e com pessoas mais velhas, tão atlético, tão bonito e inteligente.

Tudo o que eu vivia escutando, na verdade, era como Buddy Willard era bom e decente, e como ele era o tipo de pessoa para quem uma garota devia manter-se boa e decente. Logo eu não via problema em nada do que Buddy sugerisse.

— Bom, está certo, acho que sim — eu disse.

Olhei para Buddy enquanto ele abria o zíper de sua calça, tirava e a apoiava numa cadeira. Então ele tirou a cueca, que era feita de uma espécie de redinha de náilon.

— É bem fresco — ele explicou —, e minha mãe disse que é fácil de lavar.

Então ele ficou ali na minha frente e eu continuei olhando para ele. As únicas coisas que me vieram à cabeça foram o pescoço e a papada de um peru, e fiquei muito deprimida.

Buddy pareceu magoado por eu não ter dito nada. — Acho que você devia começar a se acostumar a me ver assim — ele disse. — Agora deixa eu te ver.

Mas tirar a roupa na frente de Buddy de repente me pareceu tão sedutor quanto tirar uma foto para o exame médico do colégio, quando você tem que ficar pelada diante de uma câmera sabendo que uma imagem sua de frente e de perfil ficará no arquivo da escola classificada como A, B, C ou D, dependendo do quanto sua postura for curvada.

— Ah, deixa pra outro dia — eu disse.

— Tá bom. — Buddy colocou a roupa.

Então nos beijamos e nos abraçamos por um tempo e me senti um pouco melhor. Bebi o resto do Dubonnet, me sentei de pernas cruzadas na ponta da cama de Buddy e pedi uma escova emprestada. Comecei a escovar o cabelo para a frente, escondendo meu rosto. De repente eu falei: — Você já teve um caso com alguém, Buddy?

Não sei por que falei aquilo, as palavras simplesmente fugiram da minha boca. Nunca pensei, nem por um minuto, que Buddy pudesse ter tido um caso com alguém. Imaginei que ele fosse dizer, "não, estou me guardando para quando me casar com uma pessoa pura e virgem como você".

Mas Buddy não disse nada, só enrubesceu.

— Você já teve?

— Como assim, um caso? — perguntou Buddy com uma voz cavernosa.

— Você já foi pra cama com alguém?

Continuei escovando o cabelo ritmicamente, agora do lado do meu rosto que estava mais perto de Buddy, e podia sentir os pequenos filamentos elétricos colando-se às minhas bochechas quentes, e queria gritar, "para, para, não conta, não fala nada". Mas eu não fiz nada.

— Bem, sim, eu já tive — disse Buddy, afinal.

Quase caí dura. Buddy Willard sempre fez com que eu me sentisse muito mais sexy e experiente do que ele, desde a primeira noite em que me beijou e disse que eu devia sair com vários garotos, e todos aqueles abraços e beijos e carinhos pareciam coisas que eu o levava a fazer espontaneamente, que ele não conseguia controlar nem sabia como aconteciam.

Agora eu estava percebendo que ele tinha passado o tempo todo fingindo ser inocente.

— Conta mais. — Eu escovava o cabelo vagarosamente, sentindo as cerdas da escova se enterrarem na minha bochecha. — Quem foi?

Buddy pareceu aliviado por eu não estar brava. Pareceu inclusive animado em contar para alguém como tinha sido seduzido.

Claro, alguém tinha seduzido Buddy, ele não tinha começado nada e não tivera culpa alguma. Foi uma garçonete do hotel onde ele trabalhara como ajudante no verão anterior, em Cape Cod. Buddy percebeu que ela o olhava de um jeito estranho, que ficava esfregando os peitos nele no vai e vem da cozinha, até que um dia ele perguntou qual era o problema e ela o encarou profundamente e disse:

— Eu quero você.

— Servido com salsinha? — disse Buddy, rindo inocentemente.

— Não — ela disse. — Uma noite dessas.

E foi assim que Buddy perdeu sua pureza e sua virgindade.

Primeiro achei que ele tivesse ido para a cama com a garçonete só uma vez, mas quando perguntei a respeito, só para garantir, ele disse que não se lembrava muito bem, mas que tinha sido algumas vezes por semana durante todo o verão. Multipliquei três por dez e cheguei a trinta, o que parecia um número totalmente absurdo.

A partir daquele momento algo em mim começou a congelar.

Quando voltei à universidade, perguntei a algumas colegas veteranas o que elas fariam se um garoto com quem estivessem começando a sair de repente contasse que havia dormido trinta vezes com uma garçonete vagabunda durante o verão. Mas elas disseram que a maioria dos garotos era desse jeito e que não se podia culpá-los por nada antes do casamento ou do noivado.

O que me incomodava, na verdade, não era a ideia de Buddy indo para a cama com alguém. Eu já tinha lido histórias sobre todo tipo de gente indo para a cama umas com as outras, e se fosse outro garoto eu teria simplesmente perguntado mais detalhes e talvez saído e ido para a cama com alguém só para ficarmos quites, e não pensaria mais no assunto.

O que eu não suportava era aquela coisa de Buddy ficar fingindo que eu era tão sexy e ele tão puro, quando o tempo todo ele estava tendo um caso com a biscate daquela garçonete e provavelmente rindo da minha cara.

— O que a sua mãe acha dessa garçonete? — perguntei.

Buddy era incrivelmente próximo da mãe. Estava sempre citando frases dela sobre relacionamentos, e eu sabia que a sra. Willard era uma fanática radical tanto no que dizia respeito à virgindade masculina quanto à feminina. Quando fui jantar na casa dela pela primeira vez, ela me deu uma encarada profunda e esquisita, e percebi que estava tentando descobrir se eu era virgem ou não.

Conforme eu previra, Buddy ficou envergonhado.

— Mamãe me perguntou sobre a Gladys — ele admitiu.

— E o que você disse?

— Eu disse que a Gladys era livre, branca e maior de vinte e um anos.

Eu sabia que Buddy jamais falaria com a mãe de um jeito tão grosseiro. Ele vivia repetindo à exaustão as coisas que ela dizia, como "o que o homem quer é uma parceira, o que a mulher quer é segurança infinita" e "o homem é uma flecha rumo ao futuro e a mulher é o lugar de onde essa flecha parte".

Sempre que eu tentava argumentar, Buddy dizia que sua mãe ainda tinha prazer ao lado do pai dele, o que era maravilhoso para pessoas daquela idade e significava que ela provavelmente sabia do que estava falando.

Pois bem, eu havia acabado de decidir que desistiria de Buddy Willard de uma vez por todas, não porque ele tinha dormido com aquela garçonete, mas porque ele não tinha coragem de admitir aquilo para as pessoas e encarar o fato como parte de sua personalidade, quando o telefone do corredor tocou e alguém repetiu uma cantilena conhecida: "É pra você, Esther, de Boston".

Percebi na hora que havia algo de errado, já que Buddy, que era a única pessoa que eu conhecia em Boston, nunca fazia telefonemas interurbanos porque era muito mais caro que mandar cartas. Uma vez ele quis me mandar uma mensagem urgente e ficou na porta da escola de medicina perguntando se alguém estava indo para a minha faculdade naquele fim de semana. Claro que ele encontrou alguém, que pegou o bilhete e me entregou no mesmo dia. Buddy não teve que pagar nem pelo selo.

Era mesmo Buddy ao telefone. Ele me disse que o raio x mostrou que ele tinha tuberculose e agora ele iria para um sanatório nos Adirondacks, onde havia uma bolsa para estudantes de medicina com a doença. Então disse que eu nunca mais tinha escrito, desde aquele nosso fim de semana juntos, e que esperava que tudo continuasse bem entre a gente. Será que eu podia escrever para ele pelo menos uma vez por semana e visitá-lo no sanatório nas férias de Natal?

Eu nunca tinha visto Buddy tão chateado. Ele tinha muito orgulho de sua saúde perfeita e vivia falando que as sinusites que bloqueavam minha respiração eram psicossomáticas. Eu achava que aquela era uma atitude estranha para um médico e que talvez ele devesse ser um psiquiatra, mas claro que nunca lhe disse nada disso.

Falei para Buddy que lamentava muito pela tuberculose e prometi escrever, mas quando desliguei o telefone não estava lamentando coisa nenhuma. Só sentia um alívio maravilhoso.

Pensei que a tuberculose podia ser uma punição pela vida dupla que Buddy levava e por se sentir tão superior aos outros. E achei bem oportuno que aquilo tivesse acontecido, já que agora eu não precisaria anunciar para todo mundo na faculdade que eu havia terminado com ele nem começar a chateação de sair com novos pretendentes.

Eu simplesmente contei a todo mundo que Buddy tinha tuberculose e que estávamos praticamente noivos, e quando eu passava as noites de sábado estudando no quarto as pessoas eram muito gentis comigo porque achavam que eu era muito corajosa, trabalhando daquele jeito só para esconder meu coração partido.

É CLARO QUE CONSTANTIN ERA BAIXINHO DEMAIS PARA MIM, mas até que ele era bonito à sua maneira: tinha cabelo castanho-claro, olhos azul-escuros e uma expressão animada e desafiadora. Ele quase podia passar por um americano, com sua pele bronzeada e seus ótimos dentes, mas percebi na hora que não era o caso. Ele tinha algo que nenhum americano que eu conheci tem: intuição.

Constantin sacou de primeira que eu não era exatamente uma queridinha da sra. Willard. Ergui as sobrancelhas, dei uma risadinha seca, e logo estávamos zombando da cara dela. Eu pensei: "Esse Constantin não vai ligar pro fato de eu ser alta demais, não saber falar muitas línguas ou nunca ter ido à Europa. Ele vai conseguir entender quem eu sou de verdade".

Constantin me levou até a ONU em seu velho conversível verde, com bancos de couro marrom ressecado e a capota aberta. Ele disse que tinha aquele bronzeado porque jogava tênis, e enquanto rasgávamos as ruas sob o sol quente ele pegou minha mão e a apertou. A última vez que eu me sentira tão feliz foi quando tinha uns nove anos e corri por praias brancas e quentes ao lado do meu pai, no verão anterior à sua morte.

    Sentada ao lado de Constantin num daqueles auditórios chiques e silenciosos da ONU, perto de uma russa séria, musculosa e sem maquiagem que também era tradutora simultânea, me ocorreu que era estranho que nunca tivesse me dado conta de que eu só tinha sido completamente feliz até os meus nove anos de idade.

    Depois disso — apesar do escotismo, das aulas de piano, de aquarela, de dança, de vela, de tudo que minha mãe se matava para me proporcionar, apesar da universidade, de remar na bruma antes do café da manhã, das tortas de merengue e chocolate e das pequenas e explosivas ideias que me vinham à cabeça todos os dias — eu nunca tinha sido feliz novamente.

    Olhei com mais atenção para a garota russa em seu casaquinho cinza, recitando expressões idiomáticas em sua língua indecifrável — o que segundo Constantin era a parte mais difícil do trabalho, já que os russos não usam as mesmas expressões que nós —, e desejei ardentemente poder estar no lugar dela e passar o resto da minha vida papagueando expressões idiomáticas. Não que isso fosse me fazer mais feliz, mas ao menos seria uma pedrinha de eficiência em meio a todas as outras.

    Então Constantin, a tradutora russa e o bando de homens negros, brancos e amarelos que tagarelavam detrás de seus microfones pareceram se afastar de mim. Vi suas bocas abrindo e fechando sem som algum, como se eles estivessem no convés de um navio que zarpava, largando-me sozinha no meio de um silêncio imenso.

    Comecei a enumerar as coisas que eu não sabia fazer.

    A primeira era cozinhar.

    Minha avó e minha mãe cozinhavam tão bem que eu deixava que fizessem tudo. Elas viviam tentando me ensinar um prato ou outro, mas eu só olhava e dizia, "sim, sim, entendi", enquanto as instruções escorriam feito água dentro da minha cabeça. Eu sempre estragava o prato no final, para que ninguém me pedisse para fazer de novo.

Lembro-me de Jody, minha melhor e única amiga durante o primeiro ano de faculdade, fazendo ovos mexidos na casa dela certa manhã. Os ovos tinham um gosto estranho, e quando perguntei se havia algum ingrediente a mais ela disse que tinha colocado queijo e sal com alho. Perguntei quem tinha ensinado aquilo a ela. Não tinha sido ninguém, ela improvisou na hora. Mas ela era uma pessoa prática e estudava sociologia.

Outra coisa que eu não sabia fazer era taquigrafia.

Isso significava que eu não poderia arrumar um bom emprego quando acabasse a faculdade. Minha mãe vivia dizendo que ninguém se interessaria por uma pessoa formada em inglês. Mas uma pessoa formada em inglês que soubesse taquigrafia era diferente. Todo mundo iria atrás. Ela seria disputada por todos os jovens promissores e faria transcrições de centenas de cartas arrebatadoras.

O problema é que eu odiava a ideia de ter que trabalhar para homens. Eu queria ditar minhas próprias cartas arrebatadoras. Além do mais, os pequenos símbolos taquigráficos no livro que minha mãe me mostrou pareciam tão terríveis quanto "t equivale ao tempo e s equivale à distância total".

Minha lista cresceu ainda mais.

Eu dançava terrivelmente mal. Era desafinada. Não tinha nenhum senso de equilíbrio, e nas aulas de educação física, quando tínhamos que caminhar sobre uma tábua estreita com um livro na cabeça, eu sempre acabava caindo. Eu não tinha aprendido a andar a cavalo nem a esquiar, duas das coisas que eu mais tinha vontade de fazer, porque era caro demais. Eu não sabia falar alemão ou ler hebraico ou escrever em chinês. Não sabia sequer localizar no mapa a maioria dos países remotos que os homens da ONU à minha frente representavam.

Pela primeira vez na minha vida, sentada no coração à prova de som do prédio da ONU, entre Constantin, que jogava tênis tão bem quanto fazia traduções simultâneas, e a garota russa que sabia várias expressões idiomáticas, me senti totalmente inadequada. Na verdade o problema é que eu sempre fora inadequada, só não tinha pensado nisso ainda.

A única coisa em que eu me destacava era em ganhar bolsas e prêmios, e aquele tempo estava chegando ao fim.

Eu me sentia como um cavalo de corridas em um mundo sem hipódromos, ou um campeão universitário de futebol repentinamente confrontado com Wall Street e um terno de executivo, seus dias de glória reduzidos a um pequeno troféu dourado na prateleira, com uma data gravada como num túmulo.

Eu via minha vida se ramificando à minha frente como a figueira verde daquele conto.

Da ponta de cada galho, como um enorme figo púrpura, um futuro maravilhoso acenava e cintilava. Um desses figos era um lar feliz com marido e filhos, outro era uma poeta famosa, outro, uma professora brilhante, outro era Ê Gê, a fantástica editora, outro era feito de viagens à Europa, África e América do Sul, outro era Constantin e Sócrates e Átila e um monte de amantes com nomes estranhos e profissões excêntricas, outro era uma campeã olímpica de remo, e acima desses figos havia muitos outros que eu não conseguia enxergar.

Me vi sentada embaixo da árvore, morrendo de fome, simplesmente porque não conseguia decidir com qual figo eu ficaria. Eu queria todos eles, mas escolher um significava perder todo o resto, e enquanto eu ficava ali sentada, incapaz de tomar uma decisão, os figos começaram a encolher e ficar pretos e, um por um, desabaram no chão aos meus pés.

O restaurante de Constantin cheirava a ervas, condimentos e creme azedo. Era a primeira vez que eu ia a um restaurante daquele tipo em Nova York. Eu só tinha ido a lugares como o Heavenly Hamburger, onde serviam sanduíches gigantescos, a sopa do dia e quatro tipos de bolo, num balcão limpíssimo diante de um grande espelho brilhante.

Para chegar ao restaurante tivemos que subir sete degraus mal iluminados e entrar numa espécie de sótão.

Pôsteres de viagem cobriam as paredes escuras, janelas abertas para lagos suíços, montanhas japonesas e savanas africanas; as velas nas garrafas empoeiradas pareciam ter passado séculos derramando cera colorida, vermelha, azul e verde, formando um relevo tridimensional que lançava um círculo de luz sobre cada mesa, onde os rostos flutuavam avermelhados, como se fossem chamas também.

Não sei o que eu comi, mas me senti infinitamente melhor depois da primeira garfada. Pensei que a visão da figueira e de todos aqueles frutos enormes que murchavam e caíam no chão podia ter origem no vácuo profundo do meu estômago vazio.

Costantin ficava enchendo nossos copos com um vinho doce grego que tinha gosto de casca de árvore, e me vi contando a ele como aprenderia alemão e iria à Europa e seria correspondente de guerra como Maggie Higgins.

Estava me sentindo tão bem que, quando chegamos ao iogurte com geleia de morango, decidi que deixaria Constantin me seduzir.

*

Eu andava pensando em ir para a cama com alguém desde que Buddy Willard tinha me falado daquela garçonete. Ir para a cama com Buddy não valia, porque ele ainda estaria uma pessoa à minha frente — teria que ser com outro.

O único rapaz com quem eu realmente considerei ir para a cama foi um sulista amargo e de nariz adunco de Yale, que tinha vindo à faculdade um fim de semana e descoberto que a garota com quem estava saindo tinha fugido com um motorista de táxi na véspera. Como a garota morava no meu alojamento e eu era a única a estar em casa naquela noite, era minha missão distrair o sujeito.

No café da região, encolhidos numa daquelas cabines ultraprotegidas com centenas de nomes de pessoas gravados na madeira, bebemos copos e mais copos de café e conversamos abertamente sobre sexo.

Esse garoto — o nome dele era Eric — disse que achava nojento o jeito com que todas as garotas na minha faculdade ficavam se exibindo nas varandas e atrás dos arbustos, deixando-se bolinar até o toque de recolher da uma da manhã, à vista de todos que passavam. Um milhão de anos de evolução, disse Eric amargamente, e o que viramos? Animais.

Então Eric me contou como havia sido sua primeira noite com uma mulher.

Ele tinha estudado numa escola preparatória do sul do país cuja especialidade era graduar cavalheiros de primeira linha, e quando você se formava era esperado que já tivesse conhecido uma mulher. "Conhecido" no sentido bíblico, Eric salientou.

Então num sábado Eric e alguns de seus colegas pegaram um ônibus para a cidade mais próxima e foram a um bordel famoso. A prostituta de Eric não tirou nem o vestido. Uma gorda de meia-idade com cabelo ruivo tingido, lábios duvidosamente grossos e pele cor de rato; ela se recusou a apagar a luz, o que significa que ele teve que possuí-la sob uma lâmpada de vinte e cinco watts infestada de moscas. Foi completamente diferente daquilo que diziam. Tão entediante quanto ir ao banheiro.

Eu disse que se ele amasse uma mulher de verdade talvez não fosse tão entediante, mas Eric disse que a experiência seria arruinada pela impressão de que aquela mulher era um animal como as outras, e que ele jamais iria para a cama com alguém que amasse. Ele visitaria uma prostituta, se tivesse necessidade, e manteria a mulher amada livre de toda aquela sujeira.

Na época, passou pela minha cabeça que Eric talvez fosse uma boa pessoa com quem ir para a cama, uma vez que ele já tinha passado por isso e, ao contrário da maioria dos garotos, não parecia estar só pensando em sacanagem ou besteira quando falava sobre o assunto. Mas então Eric me escreveu uma carta dizendo que achava que talvez conseguisse me amar de verdade, que eu era inteligente e cínica e ao mesmo tempo tinha um rosto bondoso que lembrava o de sua irmã mais velha. Nesse momento eu soube que era inútil, que eu era o tipo de pessoa que ele jamais levaria para a cama, e respondi dizendo que infelizmente eu estava prestes a me casar com um namorado de infância.

*

Quanto mais eu pensava no assunto, mais gostava da ideia de ser seduzida por um tradutor simultâneo em Nova York. Constantin parecia bastante maduro e respeitoso. Eu não conhecia ninguém para quem ele pudesse se gabar, do jeito que universitários faziam quando dormiam com garotas no banco de trás de seus carros, espalhando a notícia para os colegas de quarto ou os amigos do time de basquete. E haveria uma agradável ironia em dormir com alguém que a sra. Willard me apresentara, como se ela fosse, em retrospecto, a responsável pela coisa.

Quando Constantin me perguntou se eu gostaria de subir ao seu apartamento para ouvir alguns discos de balalaica, sorri por dentro. Minha mãe sempre me advertiu para não entrar, sob nenhuma circunstância, no quarto de um homem depois de um encontro, e aquilo só podia significar uma coisa.

— Aprecio muito a balalaica — eu disse.

O quarto de Constantin tinha uma sacada com vista para o rio, e era possível ouvir o barulho dos rebocadores na escuridão. Eu estava emocionada e enternecida, e tinha convicção absoluta do que estava prestes a fazer.

Eu sabia que podia ficar grávida, mas aquele pensamento pairava em algum lugar muito distante e não me incomodava nem um pouco. Um artigo da *Reader's Digest*, que minha mãe havia recortado e me enviado, dizia que não havia método anticoncepcional cem por cento eficaz. Havia sido escrito por uma advogada casada e com filhos e era intitulado "Em defesa da castidade".

O artigo listava todos os motivos por que uma garota devia se guardar para seu marido e só ir para a cama com ele depois do casamento.

O principal argumento do artigo era que o mundo dos homens e o das mulheres são diferentes, assim como suas emoções, e que só o casamento é capaz de unir apropriadamente os dois. Minha mãe dizia que aquilo era algo que as garotas só descobriam quando era tarde demais, e por isso precisavam seguir os conselhos de especialistas, como as mulheres casadas.

A advogada dizia que os melhores homens queriam se manter puros para suas esposas, e mesmo que não fossem puros, queriam poder ensinar sobre sexo para elas. Claro que eles ficavam tentando convencer a mulher a fazer sexo e diziam que o casamento viria em breve, mas assim que ela cedia eles perdiam o respeito e começavam a dizer que, se ela fez aquilo com eles, podia fazer o mesmo com outros homens, e acabavam arruinando sua vida.

A mulher terminava o artigo dizendo que é melhor ser prudente do que arrependida, e que além do mais não havia como garantir que você não ficaria grávida, e que nesse caso você estaria realmente ferrada.

A única coisa que o artigo não parecia levar em conta eram os sentimentos da garota.

Podia até ser legal manter-se pura e casar com um homem puro, mas e se depois do casamento ele confessasse que não era puro, como Buddy Willard tinha feito? Eu não conseguia suportar a ideia da mulher ter que seguir uma vida pura enquanto o homem vivia uma vida dupla, uma pura e outra não.

Então cheguei à conclusão de que, se era tão difícil encontrar um homem inteligente e viril que se mantivesse puro até os vinte e um anos, eu devia esquecer aquela história de pureza e casar com alguém que fosse impuro como eu. Desse jeito, quando ele começasse a arruinar a minha vida, eu poderia arruinar a vida dele também.

Quando eu tinha dezenove anos, a pureza era a grande questão.

Em vez de um mundo dividido entre católicos e protestantes, republicanos e democratas ou brancos e negros, eu só conseguia ver a divisão entre pessoas que foram para a cama com alguém e pessoas que não foram — essa parecia a única grande diferença entre elas.

Eu achava que uma mudança espetacular aconteceria na minha vida quando eu cruzasse aquela fronteira.

Eu achava que seria parecido com o dia em que eu finalmente fosse à Europa. Eu voltaria para casa e, se me olhasse no espelho com atenção, conseguiria ver um pequeno alpe coberto de neve no fundo dos meus olhos. Pois bem: se eu me olhasse no espelho no dia seguinte, veria uma miniatura de Constantin sentado dentro do meu olho, sorrindo para mim.

Passamos uma hora na sacada de Constantin, sentados em duas espreguiçadeiras, com uma vitrola tocando ao fundo e um monte de discos de balalaica empilhados entre nós. Uma luz fraca e leitosa vinha dos postes da rua, ou da lua, ou dos carros, ou das estrelas — era impossível saber. Apesar de segurar minha mão, Constantin não demonstrou desejo algum de me seduzir.

Perguntei se ele era noivo ou tinha namorada, imaginando que talvez fosse esse o problema, mas ele disse que não, que fazia questão de evitar esse tipo de compromisso.

Senti uma sonolência poderosa se espalhando pelas minhas veias, resultado de todo o vinho doce que tinha consumido.

— Acho que vou dar uma deitada lá dentro — eu disse.

Deslizei para dentro do quarto como quem não quer nada e me agachei para tirar meus sapatos. A cama limpa balançava à minha frente como um bote salva-vidas. Me estiquei na cama e fechei os olhos. Então ouvi Constantin suspirar e deixar a sacada. Seus sapatos fizeram um barulho ao cair no chão, e ele deitou-se ao meu lado.

Olhei discretamente para ele, por entre uma mecha de cabelos.

Ele estava deitado de costas, as mãos sob a cabeça, olhando para o teto. Dobradas até o cotovelo, as mangas engomadas de sua camisa branca brilhavam misteriosamente à meia-luz, e sua pele bronzeada parecia quase preta. Achei que ele era o homem mais bonito que eu já tinha visto.

Pensei que se eu tivesse um rosto mais afilado e simétrico, se soubesse discutir política ou fosse uma escritora famosa, talvez

Constantin pudesse me achar interessante o suficiente para querer dormir comigo.

Então me perguntei se, assim que ele começasse a gostar de mim, ele não se transformaria num sujeito comum aos meus olhos, e se quando começasse a me amar eu não acharia defeito atrás de defeito nele, do jeito que fiz com Buddy Willard e os outros garotos.

Era sempre a mesma coisa: eu vislumbrava um homem sem defeitos à distância, mas assim que ele se aproximava eu percebia que não era bem assim.

Essa é uma das razões por que nunca quis me casar. A última coisa que eu queria da vida era "segurança infinita" ou ser o "lugar de onde a flecha parte". Eu queria mudança e agitação, queria ser uma flecha avançando em todas as direções, como as luzes coloridas de um rojão de Quatro de Julho.

*

Acordei com barulho de chuva.

Estava completamente escuro. Depois de uns instantes consegui vislumbrar o contorno vago de uma janela desconhecida. De vez em quando um clarão surgia no ar, atravessava a parede como um dedo fantasmagórico e curioso e se desintegrava novamente.

Então ouvi o som de alguém respirando.

Primeiro achei que fosse eu mesma, que estava deitada na escuridão do meu quarto de hotel depois de ter tido intoxicação alimentar. Segurei a respiração, mas o barulho continuou.

Uma esfera verde reluzia ao meu lado. Estava dividida em quatro partes, como um compasso. Aproximei lentamente minha mão e a agarrei. Junto dela veio um braço, pesado como o de um defunto, mas ainda morno e adormecido.

Eram três horas, segundo o relógio de Constantin.

Ele estava de camiseta, calça e meias, igual a quando caí no sono. Meus olhos se acostumaram com a escuridão, e pude ver suas pálpebras pálidas, o nariz reto, a boca tolerante e bem definida, mas tudo aquilo parecia insubstancial, como se desenhado num nevoeiro. Fiquei inclinada por alguns minutos, estudando-o.

Tentei imaginar como seria se Constantin fosse meu marido.

Eu acordaria às sete, faria ovos, bacon, torradas e café, vagaria pela casa de camisola e bobes na cabeça depois que ele saísse para o trabalho, lavaria os pratos, faria a cama, e quando ele voltasse depois de um dia fascinante e cheio de emoções, a comida estaria na mesa e eu passaria a noite lavando ainda mais pratos sujos até desabar na cama, completamente exausta.

Parecia uma vida melancólica e desperdiçada para uma garota com quinze anos seguidos de notas A, mas eu sabia que os casamentos eram assim, porque cozinhar, limpar e lavar era tudo o que a mãe de Buddy Willard fazia, e olha que ela era casada com um professor universitário e tinha dado aulas numa escola particular.

Uma vez fui visitar Buddy e topei com a sra. Willard tecendo uma manta com lã tirada de um dos ternos do sr. Willard. Ela havia passado semanas trabalhando naquilo, e admirei o trançado marrom, verde e azul formado pelos padrões do tweed. Depois de terminada a manta, porém, em vez de pendurá-la na parede como eu teria feito, a sra. Willard resolveu substituir o tapetinho da cozinha com ela, e em poucos dias aquele tecido estava todo manchado e puído, indistinguível de qualquer desses tapetes que você compra por noventa e nove centavos.

E eu soube que, apesar das rosas e dos beijos e dos jantares que o homem despejava sobre a mulher antes do casamento, o que ele secretamente desejava depois da cerimônia nupcial é que ela se estendesse sob seus pés como o tapetinho de cozinha da sra. Willard.

Minha própria mãe me contou que, assim que ela e meu pai saíram de Reno para a lua de mel — meu pai havia sido casado e precisava oficializar o divórcio —, ele disse, "Ufa, que alívio, será que agora a gente pode parar de fingir e voltar a ser nós mesmos?". Daquele dia em diante minha mãe nunca mais teve um minuto de paz.

Também lembrei de Buddy Willard dizendo com uma voz sinistra e sabichona que depois que tivéssemos filhos eu me sentiria diferente e não teria mais vontade de escrever poemas. E me ocorreu que talvez fosse verdade aquela história de que casar e ter filhos era como passar por uma lavagem cerebral, e que depois você ficava inerte feito um escravo num pequeno estado totalitário.

Olhei para Constantin do jeito que você olha para uma pedrinha brilhante e inalcançável no fundo de um poço. Suas pálpebras se levantaram e ele me encarou, e seus olhos estavam cheios de amor. Um pequeno flash de compreensão brilhou naquele borrão de ternura, e suas enormes pupilas ficaram lustrosas e vazias.

Constantin sentou-se, bocejando. — Que horas são?

— Três — eu disse, num tom seco. — Melhor eu ir pra casa. Tenho que estar no trabalho de manhã cedo.

— Eu te levo.

Sentamos de costas um pro outro, um de cada lado da cama, colocando nossos sapatos sob a luz clara, alegre e terrível do abajur. Senti que Constantin se virava.

— Seu cabelo é sempre assim?

— Assim como?

Ele não respondeu, mas estendeu o braço e enfiou a mão nos meus cabelos, correndo os dedos até a ponta dos fios como uma escova. Uma pequena descarga elétrica atravessou meu corpo e me sentei bem ereta. Sempre amei, desde pequena, sentir que alguém escovava meus cabelos. Fazia com que eu me sentisse sonolenta e em paz.

—Ah, sei o que é — disse Constantin. — Você acabou de lavar.

E se agachou para amarrar os cadarços.

Uma hora depois eu estava deitada na cama do meu quarto de hotel, ouvindo a chuva. Nem parecia barulho de chuva, parecia uma torneira aberta. Voltei a sentir a dor no meio da minha canela esquerda e abandonei toda esperança de dormir antes das sete, quando o alarme do rádio-relógio me colocaria de pé com suas versões açucaradas de John Philip Sousa.

Toda vez que chovia minha velha perna quebrada parecia lembrar que existia, e essa lembrança era traduzida numa dor vaga.

Então pensei: "Buddy Willard me fez quebrar essa perna".

Então pensei: "Não, eu a quebrei. Quebrei de propósito pra me punir por ser tão canalha".

8

O SR. WILLARD ME LEVOU DE CARRO ATÉ OS ADIRONDACKS.
    Era o dia seguinte ao Natal e um céu cinza debruçava-se sobre nós, abarrotado de neve. Eu me sentia estufada, apática e desiludida, como sempre me sinto depois do Natal. Era como se as promessas dos ramos de pinheiro, das velas, dos presentes com laços dourados e prateados, da lareira, do peru assado e das canções ao piano nunca chegassem ao fim.
    No Natal eu quase tinha vontade de ser católica.
    O sr. Willard dirigiu primeiro, depois assumi o volante. Não lembro o que conversamos, mas fui ficando cada vez mais melancólica ao longo do caminho, enquanto atravessávamos aquela paisagem desolada com campos carregados de neve e colinas cinzentas repletas de abetos que avançavam até a beira da estrada, de um verde tão escuro que pareciam pretos.
    Tive vontade de pedir que o sr. Willard fosse sozinho. Eu pegaria uma carona de volta para casa.
    Mas bastou uma rápida olhada para o rosto do sr. Willard — o cabelo grisalho, de corte rente e infantil, os olhos azul-claros,

as bochechas rosadas, tudo congelado como um bolo de noiva sob uma expressão inocente e crédula — para que eu soubesse que não poderia fazer aquilo. Eu teria que ir até o fim naquela visita.

No meio do dia o cinza empalideceu um pouco, e paramos em um desvio congelado para dividir os sanduíches de atum, os biscoitos de aveia, as maçãs e o café que o sr. Willard tinha preparado para o nosso almoço.

O sr. Willard me olhou com compaixão. Então pigarreou e limpou algumas migalhas do colo. Eu sabia que ele estava prestes a dizer algo sério, porque era muito tímido e eu o tinha visto pigarrear daquele jeito uma vez, antes de dar uma palestra importante sobre economia.

— Nelly e eu sempre quisemos ter uma filha.

Por um minuto de insanidade achei que o sr. Willard iria dizer que a sra. Willard estava esperando uma bebezinha. Então ele falou:

— Mas eu não vejo como uma filha poderia ser mais legal que você.

O sr. Willard deve ter achado que eu estava chorando de felicidade por ele querer ser um pai para mim.

— Está tudo bem — ele disse enquanto dava tapinhas no meu ombro e pigarreava mais um par de vezes. — Acho que a gente se entende.

Então ele abriu a porta do carro e deu a volta até o meu lado, sua respiração formando sinais de fumaça retorcidos no ar cinzento. Fui para o banco do passageiro, ele ligou o carro e seguimos em frente.

Não sei o que eu esperava do sanatório de Buddy.

Acho que esperava uma espécie de chalé de madeira no topo de uma pequena montanha, com rapazes e moças de bochechas rosadas, todos muito atraentes, com olhos brilhantes e febris, sentados sob grossos cobertores em espreguiçadeiras a céu aberto.

"Ter tuberculose é como viver com uma bomba no pulmão", Buddy havia me escrito certa vez. "Você só tem que ficar deitado e calmo e esperar que ela não exploda."

Eu achava difícil imaginar Buddy deitado e calmo. Sua filosofia de vida se baseava em manter-se de pé, aproveitando cada segundo. Mesmo quando íamos à praia no verão, ele nunca se deitava sob o sol como eu. Ficava correndo de um lado para o outro, jogando bola ou fazendo séries rápidas de flexões de braço para passar o tempo.

O sr. Willard e eu esperamos na recepção até o fim do repouso da tarde.

A paleta de cores do sanatório parecia ter sido inspirada no fígado. Madeira escura e sisuda, cadeiras de couro marrom-queimado, paredes que pareciam ter sido brancas um dia, mas que haviam sucumbido a uma infestação doentia de mofo ou umidade. Um linóleo marrom manchado cobria o chão.

Em uma mesa de centro, cheia de manchas circulares e semicirculares no verniz escuro, havia alguns exemplares carcomidos das revistas *Time* e *Life*. Folheei a que estava mais próxima. O rosto de Eisenhower saltou aos meus olhos, careca e inexpressivo como um feto em uma garrafa.

Depois de um tempo comecei a reparar num leve barulho de água vazando. Por um segundo pensei que as paredes tinham começado a eliminar a própria umidade, mas então vi que o barulho vinha de uma pequena fonte no canto da sala.

Um pedaço tosco de cano fazia a água jorrar alguns centímetros e se espalhar pelo ar, e os pingos desabavam num recipiente de pedra repleto de um líquido amarelado. O recipiente era revestido de azulejos brancos hexagonais, daqueles que se vê em banheiros públicos.

Uma campainha soou. Portas se abriram e fecharam, e então Buddy apareceu.

— Oi, pai.

Buddy abraçou o pai e prontamente, com um vigor terrível, veio até mim e estendeu sua mão. Eu a apertei. Era úmida e gorda.

O senhor Willard e eu nos sentamos num sofá de couro. Buddy empoleirou-se no braço de uma poltrona escorregadia. Ele sorria sem parar, como se os cantos de sua boca estivessem sendo puxados por fios invisíveis.

A última coisa que eu esperava era que Buddy estivesse gordo. Sempre que o imaginava no sanatório, pensava em sombras sob as maçãs do rosto e olhos ardentes brotando de cavidades quase desencarnadas.

Mas tudo que havia de côncavo em Buddy tinha repentinamente se tornado convexo. Uma barriguinha se pronunciava para fora da camisa branca justa de náilon, e as bochechas estavam redondas e coradas como marzipã. Até sua risada parecia meio balofa.

Os olhos de Buddy encontraram os meus. — É de tanto comer — ele disse. — Eles enchem a gente de comida e depois nos fazem ficar deitados por aí. Mas a partir de agora vou ter direito a algumas horas de caminhada, então não se preocupe, em poucas semanas estarei magro de novo. — Ele se levantou num pulo, sorrindo como um anfitrião satisfeito. — Querem ver o meu quarto?

Acompanhei Buddy, seguida pelo sr. Willard. Passamos por algumas portas pivotantes de vidro fosco e atravessamos um corredor escuro e cor de fígado cujo cheiro era uma mistura de cera para piso, desinfetante e um odor mais sutil, como o de gardênias esmagadas.

Buddy abriu uma porta marrom e nos enfiamos em seu quarto apertado.

Uma cama desarrumada, coberta por uma colcha fina, branca e com listras azuis, ocupava a maior parte do espaço. Perto dela havia uma mesinha de cabeceira com um jarro e um copo de água, além da pontinha prateada de um termômetro saindo de um frasco de desinfetante cor-de-rosa. Uma segunda mesa, coberta com livros, papéis e potes meio rústicos de argila — assados e pintados, mas não esmaltados — se espremia entre o pé da cama e a porta do armário.

— Bem — suspirou o sr. Willard —, parece bastante confortável.

Buddy riu.

— O que é isso? — perguntei, pegando um cinzeiro de argila em forma de ninfeia, com os veios cuidadosamente desenhados em amarelo sobre um verde bem escuro. Buddy não fumava.

— É um cinzeiro — disse Buddy. — Pra você.

Coloquei o cinzeiro de volta. — Eu não fumo.

— Eu sei — disse Buddy. — Mas achei que você ia gostar.

— Bem — disse o sr. Willard, apertando os lábios finos. — Acho que vou indo. Melhor deixar os dois jovens sozinhos…

— Legal, pai. Pode ir.

Fiquei surpresa. Pensei que o sr. Willard iria passar a noite lá e me levar de volta para casa no dia seguinte.

— Eu vou junto?

— Não, não — disse o sr. Willard, tirando algumas notas da carteira e dando o dinheiro a Buddy. — Arrume um bom assento para a Esther no trem. Ela vai ficar um ou dois dias, provavelmente.

Buddy acompanhou o pai até a porta.

Senti que o sr. Willard havia me abandonado. Imaginei que ele tivesse planejado aquilo com antecedência, mas Buddy disse que não, seu pai simplesmente não suportava ver toda aquela gente doente, especialmente o filho, porque ele achava que toda doença era na verdade um problema de força de vontade. O sr. Willard nunca tinha ficado doente na vida.

Sentei na cama de Buddy. Não havia nenhum outro lugar para sentar.

Buddy remexia seus papéis feito um executivo. Então me passou uma revista fina e cinzenta.

— Olha a página onze.

A revista tinha sido impressa em algum lugar do Maine e era cheia de poemas em estêncil e parágrafos descritivos separados um do outro por asteriscos. Na página onze encontrei um poema chamado "Amanhecer na Flórida". Passei os olhos por imagens de luzes cor de melancia, palmeiras verde-tartaruga e conchas em forma de flauta, inspiradas na arquitetura grega.

— Nada mal. — O poema era horrível.

— Quem escreveu? — perguntou Buddy com um sorriso estranho e afetado.

Olhei o nome no canto inferior direito da página. B. S. Willard.

— Não sei. — Então eu disse: — Claro que sei, Buddy. Foi você.

Buddy se inclinou sobre mim.

Me inclinei para trás. Eu não sabia muito sobre tuberculose, mas me parecia uma doença bem sinistra, por conta do jeito invisível que atacava as pessoas. Imaginei que Buddy trazia consigo uma aura de germes pequena e mortal.

— Não se preocupe — riu Buddy. — Eu não sou positivo.

— Positivo?

— Você não vai pegar nada.

Buddy parou para tomar ar, do jeito que as pessoas fazem quando estão escalando algo muito íngreme.

— Quero te fazer uma pergunta. — Ele andava com esse hábito novo e inquietante de me encarar profundamente, como se estivesse entrando na minha cabeça e analisando o que acontecia dentro dela.

— Pensei em perguntar por carta.

Tive a visão fugaz de um envelope azul-claro com o emblema de Yale no verso.

— Mas então decidi que seria melhor esperar você aparecer e perguntar pessoalmente. — Ele fez uma pausa. — Bem, você não quer saber o que é?

— O quê? — perguntei, num tom baixo e desinteressado.

Buddy sentou-se ao meu lado. Enlaçou minha cintura e tirou o cabelo de trás da minha orelha. Não me mexi. Então o ouvi perguntar:

— O que você acharia de virar a senhora Buddy Willard?

Tive uma vontade terrível de cair na gargalhada.

Pensei que aquela pergunta teria me deixado louca se tivesse sido feita durante os cinco ou seis anos em que adorei Buddy Willard à distância.

Buddy percebeu que eu hesitava.

— Eu sei que não estou em forma — ele disse rapidamente. — Ainda estou em recuperação e pode ser que ainda perca uma ou duas costelas, mas estarei de volta à faculdade de medicina no próximo outono. No máximo na próxima primavera...

— Acho que preciso te contar uma coisa, Buddy.

— Já sei — disse Buddy, rígido. — Você conheceu outra pessoa.

— Não, não é isso.

— É o quê, então?

— Eu nunca vou me casar.

— Você está louca — disse Buddy, recuperando o ânimo. — Você vai mudar de ideia.

— Não. Eu já me decidi.

Mas Buddy parecia cada vez mais animado.

— Lembra aquela vez — perguntei — que a gente voltou de carona para a universidade depois do show de comédia?

— Lembro.

— Lembra quando você me perguntou onde eu preferia morar, se na cidade ou no interior?

— E você disse...

— E eu disse que queria morar na cidade e no interior ao mesmo tempo?

Buddy assentiu com a cabeça.

— E você — continuei, com súbita energia — riu e falou que eu tinha o perfil de uma neurótica de verdade e que aquela pergunta tinha sido tirada de um questionário da aula de psicologia?

O sorriso de Buddy desapareceu.

— Bem, você tinha razão. Eu *sou* neurótica. Eu jamais conseguiria viver com tranquilidade *nem* no interior *nem* na cidade.

— Você poderia viver entre um lugar e outro — sugeriu Buddy, tentando me ajudar. — Aí você conseguiria ir pra cidade e pro interior de vez em quando.

— Pois bem, e o que tem de neurótico nisso?

Buddy não respondeu.

— Hein? — disparei, pensando: "não é bom dar mole para esses doentes, é pior para eles, que ficam mimados demais".

— Nada — disse Buddy numa voz fraca e pacífica.

— Neurótica, rá! — eu disse, soltando uma gargalhada de desprezo. — Se ser neurótico é querer ao mesmo tempo duas coisas mutuamente excludentes, então eu sou uma baita de uma neurótica. Vou ficar correndo de uma coisa mutuamente excludente pra outra pelo resto da minha vida.

Buddy colocou a mão sobre a minha.

— Deixa eu correr com você.

*

Eu estava no topo da pista de esqui do monte Pisgah, olhando para baixo. Não tinha nada o que fazer lá. Eu nunca tinha esquiado na vida. Mas achei que podia aproveitar a vista enquanto tinha chance.

À minha esquerda, o cabo de reboque depositava os esquiadores no cume nevado do monte que, depois de ser pisado e repisado por tanta gente e de ter sido levemente derretido pelo sol do meio-dia, havia endurecido e agora tinha consistência e brilho de vidro. O ar frio castigava meus pulmões e minhas narinas com sua pureza ilusória.

Ao meu redor, o vermelho, o azul e o branco das jaquetas dos esquiadores rasgavam a pista como pedaços em fuga da bandeira americana. Do sopé da pista de esqui, a imitação de chalé rústico assobiava canções populares silêncio adentro.

Gazing down on the Jungfrau
From our chalet for two...

A melodia e o ritmo me atravessavam como um riacho invisível em meio a um deserto de neve. Bastaria um gesto, descuidado e magnífico, e eu seria arremessada ladeira abaixo rumo ao pequeno ponto bege da lateral, em meio aos espectadores, chamado Buddy Willard.

Buddy tinha passado a manhã inteira me ensinando a esquiar.

Ele começou pegando emprestado esquis e bastões de um amigo na vila, botas da mulher de um médico cujos pés eram só um número maior que os meus e uma jaqueta vermelha de uma estudante de enfermagem. Sua persistência diante da teimosia alheia era impressionante.

Então lembrei que Buddy Willard havia ganhado um prêmio na escola de medicina por convencer o maior número de parentes de pessoas mortas a autorizar que seus corpos fossem dissecados, precisassem eles ou não, em benefício da ciência. Esqueci qual era o prêmio, mas ainda podia ver Buddy em seu jaleco branco, com o estetoscópio saindo do bolso lateral como se fosse parte de sua anatomia, sorrindo e curvando-se e convencendo aqueles parentes anestesiados e atordoados a assinarem os papéis.

Depois, Buddy pegou um carro emprestado de seu próprio médico, que também tivera tuberculose e era bastante compreensivo, e saímos na hora em que a campainha que anunciava o período de passeio ecoou nos corredores sem sol do sanatório.

Buddy, que também nunca tinha esquiado, disse que os princípios básicos eram bem simples e que, como vivia observando os instrutores de esqui e seus alunos, ele poderia me ensinar tudo o que eu precisava saber.

Passei a primeira meia hora escalando obedientemente uma pequena encosta, ganhando impulso com os bastões e deslizando para baixo. Buddy parecia satisfeito com os meus progressos.

— Muito bem, Esther — ele disse, enquanto eu subia a rampa pela vigésima vez. — Agora vamos tentar lá em cima.

Parei onde estava, corada e ofegante.

— Mas Buddy, eu nem sei fazer zigue-zague ainda. Essa gente descendo lá de cima sabe como fazer zigue-zague.

— Ah, você só vai até a metade. Assim você não pega muita velocidade.

E Buddy me acompanhou até o cabo de reboque, mostrou como fazer a corda correr entre as minhas mãos, falou para eu segurar firme e subir.

Em nenhum momento me ocorreu dizer não.

Agarrei aquela cobra áspera que era a corda, que se arrastava e feria meus dedos, e comecei a subir.

Mas o cabo me puxava tão rapidamente, vibrando e balançando, que eu não consegui saltar na metade do caminho. Havia um esquiador na minha frente e outro atrás de mim, e se eu tivesse soltado a corda teria sido derrubada pelos esquis e bastões. Como eu não queria causar problemas, me mantive agarrada ao cabo, quieta.

Quando cheguei lá em cima, porém, me arrependi.

Buddy logo me avistou, hesitante dentro da jaqueta vermelha. Seus braços cortavam o ar como as hastes de um moinho de vento. Então percebi que ele fazia sinal para que eu descesse por um caminho que se abrira entre os esquiadores que ziguezagueavam. Mas quando consegui me equilibrar, apreensiva, com a garganta seca, a suave trilha branca que separava meus pés dos dele pareceu se borrar.

Um esquiador cruzou a trilha vindo da esquerda, outro da direita, e os braços de Buddy continuaram vibrando levemente feito antenas, do outro lado de um campo repleto de minúsculos animaizinhos que se moviam como micróbios ou pontos de exclamação inclinados e brilhantes.

Ergui os olhos para além daquele anfiteatro agitado.

O olho cinza e imenso do céu me encarou de volta, o sol enevoado realçando todas as distâncias claras e silenciosas que brotavam de cada ponto do horizonte, montanha atrás de montanha, até chegarem aos meus pés.

A voz interior exigindo que eu não fosse burra — que eu salvasse a minha pele tirando os esquis e descendo a pé, protegida pelos pinheiros que margeavam a rampa — afastou-se de mim como um mosquito deprimido. A ideia de que eu poderia acabar morta desabrochou com indiferença em minha cabeça, como uma árvore ou uma flor.

Calculei com os olhos a distância até Buddy.

Seus braços estavam cruzados agora, e ele parecia em perfeita harmonia com a cerca atrás dele — inerte, marrom e irrelevante.

Avancei lentamente até a beira do precipício, finquei a ponta dos bastões na neve e me lancei em um voo que eu sabia que não poderia interromper, nem por habilidade, nem por qualquer força de vontade tardia.

Mirei para baixo.

Um vento cortante, que estivera escondido até então, acertou em cheio a minha boca e fez meus cabelos se projetarem para trás. Eu estava descendo, mas o sol branco não subia mais — mantinha-se dependurado sobre as ondas suspensas das montanhas, um pivô inanimado sem o qual o mundo deixaria de existir.

Um pontinho no meu corpo ouvia o chamado e voava em sua direção. Senti meus pulmões inflarem, invadidos pelos elementos da paisagem: ar, montanhas, árvores, pessoas. Pensei comigo: "ser feliz é isso".

Mergulhei a toda velocidade entre os esquiadores em zigue-zague, os aprendizes, os experts, atravessando todos os anos de duplicidades, sorrisos e concessões, rumo ao meu próprio passado.

As pessoas e as árvores recuavam dos dois lados, como as paredes escuras de um túnel, enquanto eu me precipitava em direção ao ponto imóvel e brilhante que havia no final, à pedrinha no fundo do poço, ao doce bebê branco aninhado na barriga de sua mãe.

Meus dentes trituraram algo parecido com cascalho. Água gelada desceu pela minha garganta.

O rosto de Buddy pairava acima de mim, próximo e imenso, como um planeta fora de órbita. Outros rostos apareceram ao fundo. Atrás deles, pontinhos pretos enchiam a brancura do espaço.

Pedaço por pedaço, o mundo voltava ao seu lugar, como se estivesse sob as ordens da varinha de condão de uma fada estúpida.

— Você estava indo bem — disse no meu ouvido uma voz familiar — até aquele homem atravessar o seu caminho.

As pessoas soltavam minhas travas e recolhiam meus bastões, que estavam fincados em diferentes montinhos de neve, tortos e apontando para o céu. Minhas costas se apoiavam na cerca de madeira.

Buddy se agachou para tirar minhas botas e os vários pares de meia de lã branca que acolchoavam meus pés. Sua mão gorda fechou-se sobre meu pé esquerdo e então subiu para o tornozelo, tateando e examinando, como se procurasse uma arma escondida.

Um sol branco e frio brilhava no alto do céu. Eu queria que ele me afiasse até eu ficar fina, sagrada e essencial como a lâmina de uma faca.

— Vou subir — eu disse —, vou tentar de novo.

— Não, você não vai.

Uma expressão estranha de satisfação surgiu no rosto de Buddy.

— Não, você não vai — ele repetiu, com um sorriso definitivo. — Sua perna está quebrada em dois lugares. Você vai ter que usar gesso por meses.

— QUE BOM QUE ELES VÃO MORRER.

Hilda arqueou seus membros felinos em um bocejo, enterrou a cabeça nos ombros e voltou a dormir na mesa de conferência. Um tufo de palha verde como bílis repousava em sua testa como um pássaro tropical.

Verde-bílis. Era a tendência do outono, e Hilda, como sempre, estava seis meses à frente de todas nós. Verde-bílis com preto, verde-bílis com branco, verde-bílis com verde-nilo, seu primo distante.

Slogans de moda prateados e vazios borbulharam no fundo do meu cérebro, emergindo com um estalo oco.

Que bom que eles vão morrer.

Amaldiçoei o acaso, que fizera com que eu chegasse à lanchonete do hotel na mesma hora que Hilda. Eu tinha ido dormir tarde e me sentia zonza demais para inventar uma desculpa que me devolvesse ao quarto, atrás de uma luva, um lenço, um guarda-chuva ou um caderno. Meu castigo foi a longa e tediosa caminhada das portas de vidro congelado do Amazon até o mármore avermelhado da entrada na Madison Avenue.

Hilda caminhava como uma modelo na passarela.

— Uma graça esse chapéu, você que fez?

Eu meio que esperava que Hilda virasse e me dissesse, "você parece doente", mas ela apenas esticou e retraiu seu pescoço de cisne.

— Sim.

Na noite anterior eu havia assistido a uma peça cuja heroína era possuída por um demônio, e quando ele falava através dela a voz era tão profunda e cavernosa que ficava impossível saber se era de homem ou de mulher. Pois bem, a voz de Hilda soava igual a voz daquele demônio.

Ela encarou o próprio reflexo na vitrine reluzente de uma loja, como se precisasse se certificar, a cada momento, que continuava a existir. O silêncio entre nós era tão profundo que achei que devia ser culpa minha.

Então falei: — Não é horrível essa história dos Rosenberg?

Os Rosenberg seriam eletrocutados naquela noite.

— Sim! — disse Hilda, e eu finalmente achei que tinha encontrado algo de humano naquele coração de pedra. Foi só quando paramos para esperar as outras, sob a luz tumular da sala de conferência, que Hilda desenvolveu aquele "sim".

— É horrível que pessoas daquele tipo continuem vivas.

Ela então bocejou, e sua boca pálida e alaranjada abriu-se revelando uma escuridão profunda. Fascinada, olhei fixamente para a caverna que se escondia em seu rosto, até que os dois lábios se encontraram e o demônio falou de dentro de seu esconderijo: — Que bom que eles vão morrer.

*

— Vamos lá, só um sorriso.

Eu estava sentada na namoradeira de veludo rosa do escritório de Jota Cê, segurando uma rosa de papel e olhando para o fotógrafo da revista. Fui a última das doze a posar para a foto. Eu havia tentado me esconder na sala de maquiagem, mas não funcionou. Betsy descobriu meus pés sob a porta.

Eu não queria tirar a foto porque sabia que ia chorar. Eu não sabia o motivo, mas sabia que se qualquer pessoa falasse comigo ou me olhasse de perto as lágrimas pulariam dos meus olhos e os soluços pulariam da minha garganta e eu choraria por uma semana. Podia sentir as lágrimas se acumulando e se agitando, como água na borda de um copo cheio e instável.

Era a última série de fotos antes da revista ir para a gráfica e nós todas voltarmos a Tulsa, Biloxi, Teaneck, Coos Bay ou qualquer que fosse o lugar de onde tivéssemos vindo, e devíamos ser fotografadas com adereços que mostrassem o que queríamos ser.

Betsy foi fotografada com uma espiga de milho para mostrar que queria ser mulher de fazendeiro, Hilda com a cabeça careca e sem rosto de um manequim de chapelaria para mostrar que queria desenhar chapéus, e Doreen com um sári bordado a ouro para mostrar que queria fazer trabalho social na Índia (depois ela me contou que na verdade não queria isso — só queria botar as mãos num sári).

Quando me perguntaram o que eu queria ser, eu disse que não sabia.

— Ah, claro que você sabe — disse o fotógrafo.

— Ela quer ser tudo — disse Jota Cê, espirituosa.

Eu disse que queria ser poeta.

Então eles começaram a imaginar que objeto eu poderia segurar.

Jota Cê sugeriu um livro de poemas, mas o fotógrafo disse que não, era óbvio demais. Devia ser algo que inspirava os poemas. Foi aí que Jota Cê me deu a rosa solitária de papel de caule longo, que estava presa em seu mais novo chapéu.

O fotógrafo passou um tempo preparando a iluminação.

— Mostre pra gente como escrever um poema te deixa feliz.

Encarei o céu azul através das folhas de seringueira na janela de Jota Cê. Algumas nuvens cenográficas viajavam da direita para a esquerda. Fixei o olhar na maior delas, como se, quando ela saísse de vista, eu pudesse ter a sorte de desaparecer junto.

Achei que era muito importante manter minha boca nivelada.

— Dá um sorriso pra gente.

Enfim, obedientes, meus lábios começaram a curvar-se para cima, como a boca de um boneco de ventríloquo.

— Ei — protestou o fotógrafo, numa súbita premonição —, assim parece que você vai chorar.

Não consegui segurar.

Enterrei o rosto no veludo rosa do sofá de Jota Cê e, com imenso alívio, as lágrimas salgadas e os barulhos miseráveis que vinham se acumulando dentro de mim toda a manhã espalharam-se pela sala.

Quando levantei a cabeça, o fotógrafo tinha desaparecido, assim como Jota Cê. Me senti frágil e traída, como a pele que um animal terrível deixa para trás. Era um alívio ter me livrado do animal, mas parecia que ele tinha levado consigo o meu espírito e tudo o que suas patas conseguiram agarrar.

Remexi minha bolsa procurando o estojo com o rímel, o pincel, a sombra, os três batons e o espelhinho. O rosto que me encarou de volta parecia estar me espiando detrás das grades de uma cela, depois de passar por uma sessão de espancamento. Estava castigado, inchado, repleto de cores estranhas. Era um rosto que precisava de sabão, água e tolerância cristã.

Desanimada, comecei a me maquiar.

Depois de um bom intervalo, Jota Cê voltou carregada de manuscritos.

— Isso vai te distrair — ela disse. — Boa leitura.

Toda manhã uma avalanche de manuscritos engordava as pilhas de papel empoeirado no escritório da Editora de Ficção. Secretamente, em gabinetes, sótãos e salas de aula em todo o país, pessoas deviam estar escrevendo. Digamos que a cada minuto alguém terminasse um manuscrito; em cinco minutos seriam cinco manuscritos sobre a mesa da editora de ficção. Em uma hora seriam sessenta, amontoados no chão. E em um ano...

Sorri ao imaginar um manuscrito imaculado flutuando no ar, com "Esther Greenwood" datilografado no canto superior direito. Eu havia me candidatado a um curso de verão com um escritor famoso, o qual faria depois daquele mês na revista. Você tinha que enviar o manuscrito de um conto e ele dizia se você tinha talento suficiente para participar da oficina.

Claro que bem poucos alunos eram admitidos, e eu havia mandado meu conto há muito tempo e não tivera resposta alguma, mas tinha certeza de que encontraria a carta de aceitação me esperando em casa, na mesa das correspondências.

Decidi que surpreenderia Jota Cê e mandaria sob pseudônimo alguns dos contos que eu escreveria nessa oficina. Então um dia a editora de ficção entraria na sala de Jota Cê, jogaria os contos sobre sua mesa e diria, "eis algo muito acima da média", e Jota Cê concordaria e convidaria o autor para almoçar — e o autor seria eu.

*

— É sério — disse Doreen —, esse vai ser diferente.

— Fala mais dele — pedi, séria.

— Ele é peruano.

— Eles são baixinhos — eu disse. — São feios como os astecas.

— Não, não, não, querida, eu já o vi pessoalmente.

Estávamos sentadas na minha cama, num caos de vestidos de algodão sujos, meias-calças desfiadas e calcinhas cinzentas, e fazia dez minutos que Doreen tentava me convencer a ir a um baile num clube de campo com o amigo de um amigo de Lenny, o que, ela insistia, era muito diferente de um amigo de Lenny, mas eu pegaria o trem para casa às oito da manhã seguinte e sentia que era hora de começar a arrumar as minhas coisas.

Eu também tinha a ligeira impressão de que, se passasse a noite inteira andando sozinha pelas ruas de Nova York, algo do mistério e do esplendor da cidade acabaria finalmente passando para mim.

Mas deixei a ideia para lá.

Estava ficando cada vez mais difícil decidir fazer as coisas naqueles últimos dias. E quando eu finalmente *decidia* fazer algo, como arrumar minhas malas, eu só conseguia arrancar minhas roupas caras e encardidas das cômodas e dos armários, espalhá-las sobre a cama, as cadeiras e o chão, sentar e ficar olhando para elas, absolutamente perplexa. As roupas pareciam ter uma identidade própria, independente e obstinada, que se recusava a ser lavada, dobrada e guardada.

— São as roupas — eu disse a Doreen. — Eu não vou conseguir enfrentar isso quando voltar.

— Isso é fácil.

E com seu lindo jeito despachado Doreen começou a recolher calcinhas, meias, o elaborado sutiã sem alças, cheio de aros de metal — um presente da Companhia de Espartilhos Primrose, que eu nunca tivera coragem de usar — e, enfim, um por um, o triste conjunto de vestidos excêntricos de quarenta dólares cada...

— Ei, deixa esse fora. Vou usar.

Doreen libertou um pedaço de pano preto do monte de roupas e o jogou no meu colo. Então juntou o resto em uma bolota macia e compacta e socou tudo embaixo da cama.

*

Doreen bateu na porta verde com maçaneta dourada.

Ouvimos barulho de pés se arrastando e uma risada de homem, interrompida no meio, vindo lá de dentro. Então um garoto alto e loiro, em mangas de camisa, abriu uma fresta da porta e olhou para fora.

— Baby! — ele urrou.

Doreen desapareceu em seus braços. Imaginei que fosse o tal conhecido do Lenny.

Fiquei parada ali mesmo, em meu vestidinho preto e minha estola preta com franjas, mais pálida do que nunca, sem expectativa alguma. "Sou uma observadora", disse a mim mesma enquanto via Doreen sendo levada pelo garoto loiro até outro homem, também alto, só que moreno, com o cabelo ligeiramente mais comprido. Esse sujeito estava vestindo um terno branquíssimo, uma camisa azul-clara e uma gravata amarela de cetim com um alfinete brilhante.

Eu não conseguia tirar meus olhos daquele alfinete.

Ele parecia emitir uma luz forte e branca, que iluminava toda a sala. Então a luz retraiu-se até virar uma pequena gota de orvalho num campo de ouro.

Entrei vagarosamente.

— É um diamante — disse alguém, e várias pessoas caíram na gargalhada.

Minha unha tamborilava numa superfície vítrea.

— É o primeiro diamante dela.

a redoma de vidro

— Dá pra ela, Marco.
Marco fez uma reverência e depositou o alfinete na minha mão. Ele brilhava e cintilava sob a luz, como um cubo de gelo celestial. Rapidamente o coloquei na minha bolsinha de contas falsas de azeviche e olhei ao redor. Os rostos eram vazios como pratos e ninguém parecia estar respirando.
— Felizmente — uma mão seca e forte envolveu meu braço — estou acompanhando uma senhorita pelo resto da noite. Talvez — o brilho nos olhos de Marco se apagou e eles ficaram pretos — eu possa realizar um pequeno serviço...
Alguém riu.
— ... digno de um diamante.
A mão apertou meu braço.
— Ai!
Marco retirou a mão. Olhei para o meu braço. Uma marca arroxeada de dedão se formava. Marco olhou para mim. Então apontou para a parte interna do meu braço.
— Olha ali.
Olhei e vi quatro marcas de dedo.
— Viu só, eu falo sério.
O sorrisinho trêmulo de Marco me lembrou uma cobra que eu tinha provocado no zoológico do Bronx. Quando bati o dedo no vidro, ela abriu mecanicamente suas mandíbulas e pareceu sorrir. Então deu botes repetidos contra a vidraça invisível até eu me afastar.
Eu nunca tinha conhecido um misógino antes.
Dava para perceber que Marco era um misógino porque, apesar de todas as modelos e vedetes de televisão presentes na sala, ele só prestava atenção em mim. Não por bondade ou curiosidade, mas porque calhou de eu ter sido oferecida a ele como uma carta de um baralho em que todas as cartas são idênticas.

*

Um homem da banda do clube foi até o microfone e começou a balançar aqueles chocalhos com sementes, que indicavam que aquela era uma música sul-americana.

Marco tentou pegar minha mão, mas eu me agarrei ao meu quarto daiquiri e me mantive imóvel. Eu nunca tinha tomado daiquiri antes. Só estava tomando agora porque Marco tinha feito o pedido para mim, e fiquei tão agradecida por ele não ter perguntado que drinque eu queria que não disse nada e passei a beber um daiquiri atrás do outro.

Marco olhou para mim.

— Não — eu disse.

— Como assim "não"?

— Não sei dançar esse tipo de música.

— Não seja idiota.

— Quero ficar aqui sentada e terminar o meu drinque.

Marco se inclinou na minha direção com um sorriso frio, e num instante meu drinque levantou voo e foi pousar num vaso de palmeira. Então ele agarrou minha mão com tanta força que tive que escolher entre acompanhá-lo até a pista ou ter meu braço arrancado.

— É um tango — disse Marco, enquanto me guiava entre os dançarinos. — Adoro tangos.

— Eu não sei dançar.

— Você não precisa dançar. Deixa que eu te levo.

Marco engatou o braço na minha cintura e me espremeu contra seu resplandecente terno branco. Então disse:

— Finge que você está se afogando.

Fechei meus olhos e a música precipitou-se sobre mim como uma tempestade. A perna de Marco deslizou contra a minha, a minha perna deslizou para trás. Eu parecia estar pregada a seu corpo, membro por membro, fazendo os mesmos movimentos que ele, sem saber como ou por que, e depois de alguns instantes pensei, "não é preciso duas pessoas para dançar, basta uma", e me deixei dobrar e esticar como uma árvore ao vento.

— O que foi que eu te disse? — o bafo de Marco queimava minha orelha. — Você é uma dançarina bem respeitável.

Comecei a entender como os misóginos conseguiam fazer as mulheres de bobas. Eles eram como deuses: invulneráveis e poderosos. Eles desciam à terra e desapareciam. Era impossível colocar as mãos neles.

Depois da música sul-americana houve um intervalo.

Marco me conduziu até o jardim por uma porta envidraçada. Luzes e vozes escapavam da janela da pista de dança, mas bastaram alguns passos e a escuridão construiu uma barricada e impediu seu avanço. Sob o brilho infinitesimal das estrelas, as árvores e as folhas propagavam seus odores frescos. Não havia lua.

As cercas vivas fechavam-se atrás de nós. Um campo de golfe vazio se estendia na direção das colinas repletas de árvores, e eu senti toda a familiaridade desolada daquela cena — o clube de campo, a pista de dança, o gramado com seu grilo solitário.

Eu não sabia onde estava, mas era em algum ponto dos subúrbios endinheirados de Nova York.

Marco tirou do bolso um charuto fino e um isqueiro prateado com formato de bala de revólver. Ele colocou o charuto entre os lábios e inclinou-se sobre a chama diminuta. Seu rosto, com aquelas zonas de luz e sombra exageradas, parecia estranho e cheio de dor, como o de um refugiado.

Fiquei olhando para ele.

— Por quem você está apaixonado? — perguntei finalmente.

Marco ficou em silêncio por um instante. Apenas abriu a boca e deixou escapar um anel de fumaça azulado.

— Perfeito! — ele riu.

O anel se expandiu até perder a forma, pálido, na escuridão.

Então ele disse: — Estou apaixonado pela minha prima.

Aquilo não me surpreendeu.

— Por que você não casa com ela?

— Impossível.

— Por quê?

Marco deu de ombros.

— Ela é minha prima-irmã e vai virar freira.

— Ela é bonita?

— Ninguém chega aos pés dela.

— Ela sabe que você está apaixonado por ela?

— Claro.

Fiz uma pausa. Aquele obstáculo me pareceu irreal.

— Se você a ama — eu disse —, vai amar outra pessoa algum dia.

Marco esmagou o charuto com o pé.

O movimento fez com que algo atingisse meu vestido. A lama sujou meus dedos. Marco esperou até que eu me levantasse um pouco, então colocou as mãos nos meus ombros e me empurrou para trás.

— Meu vestido...

— Seu vestido! — A lama se espalhou atrás dos meus ombros. — Seu vestido! — O rosto de Marco aproximou-se do meu com ar sinistro. Algumas gotas de saliva atingiram meus lábios. — Seu vestido é tão preto como a sujeira.

Então ele abaixou o rosto e lançou-se sobre mim, como se fosse me atravessar com seu corpo até tocar a lama.

"Está acontecendo", eu pensei. "Está acontecendo. Se eu ficar aqui quietinha e não fizer nada, vai acontecer."

Marco deu uma dentada na alça e rasgou meu vestido até a cintura. Vi a brancura da minha pele, como um véu pálido separando dois adversários com sede de sangue.

— Vadia!

A palavra zumbiu nos meus ouvidos.

— Vadia!

A poeira baixou, e pude ter uma visão completa da batalha. Comecei a me contorcer e dar mordidas.

Marco me apertou ainda mais contra o chão.

— Vadia!

Dei um golpe na perna dele com o salto afiado do meu sapato. Ele se virou, acusando a dor.

Então fechei meu punho e dei um soco no seu nariz. Foi como acertar o casco de um navio de guerra. Marco sentou-se. Eu comecei a chorar.

Marco tirou um lenço branco do bolso e levou ao nariz. O tecido se encheu de um líquido escuro como tinta.

Levei os nós dos meus dedos à boca. Estavam salgados.

— Cadê a Doreen?

O olhar de Marco atravessava os campos de golfe.

— Cadê a Doreen? Quero ir pra casa.

— Vadias, são todas vadias. — Marco parecia estar falando consigo mesmo. — Sim ou não, é sempre igual.

Cutuquei o ombro de Marco.

— Cadê a Doreen?

Marco bufou. — Vai até o estacionamento. Olha no banco de trás dos carros.

Então ele se virou na minha direção.

— Meu diamante.

Me levantei e achei minha estola no meio da escuridão. Comecei a me afastar. Marco ergueu-se e bloqueou minha passagem. Então, deliberadamente, limpou o sangue de seu nariz com o dedo e, com duas pinceladas, sujou minhas bochechas.

— Eu ganhei meu diamante de volta com esse sangue. Devolve.

— Eu não sei onde ele está.

Eu sabia perfeitamente que o diamante estava na minha bolsa e que, quando Marco me derrubou, ela havia saído voando, como um pássaro noturno, em meio à escuridão. Achei que podia despistá-lo e depois voltar sozinha e procurar pela bolsa.

Eu não sabia o quanto valia um diamante daquele tamanho, mas isso não importava: eu sabia que era bastante.

Marco agarrou meus ombros com as duas mãos.

— Fala onde está — ele disse, dando ênfase a cada palavra. — Fala ou eu quebro o seu pescoço.

Subitamente parei de ligar para o diamante.

— Está na minha bolsinha de azeviche falso — eu disse. — Em algum lugar no meio da lama.

Me afastei deixando Marco ali, de quatro, engatinhando no escuro à procura de outra coisa escura que escondia a luz do diamante de seus olhos furiosos.

Doreen não estava nem na pista nem no estacionamento.

Fui andando pela sombra para ninguém perceber a grama grudada ao meu vestido e aos meus sapatos, a estola preta cobrindo meus ombros e seios nus.

Felizmente o baile estava quase acabando, e grupos de pessoas saíam rumo ao estacionamento. Abordei vários carros até achar um que tinha lugar e que poderia me deixar no centro de Manhattan.

Naquela hora indefinida entre a escuridão e a alvorada, a cobertura do Hotel Amazon estava deserta.

Quieta como um ladrão em meu roupão repleto de centáureas, me arrastei até o parapeito. Ele era quase da altura nos meus ombros, e peguei uma das cadeiras dobráveis que estavam apoiadas na parede, abri e subi no assento precário.

Uma brisa densa levantou meu cabelo. Aos meus pés, a cidade adormecida tinha as luzes apagadas, os prédios negros como se estivessem vestidos para um funeral.

Era a minha última noite.

Peguei o pacote que eu trazia e apanhei uma fita clara, que se afundou na minha mão. Era a tira de uma roupa íntima, que tinha perdido a elasticidade com o uso. Comecei a balançá-la, como uma bandeira branca, uma vez, duas... Até que a brisa quis levá-la para longe, e eu deixei.

O floco branco flutuou pela noite e começou sua queda suave. Fiquei me perguntando em que rua ou telhado pousaria.

Remexi o pacote outra vez.

O vento fez um esforço para ajudar, mas acabou falhando, e uma sombra parecida com um morcego mergulhou no jardim de uma cobertura do outro lado da rua.

Peça por peça, ofereci meu guarda-roupa ao vento noturno, e os farrapos flutuaram como as cinzas de uma pessoa amada, pousando aqui, ali, em lugares que eu jamais conheceria, no coração escuro de Nova York.

O ROSTO NO ESPELHO PARECIA O DE UMA ÍNDIA DOENTE.

Larguei o estojo de maquiagem na minha bolsa e olhei pela janela do trem. Como um ferro-velho colossal, os pântanos e terrenos baldios de Connecticut passavam velozes, em fragmentos arruinados e desiguais.

Que grande bagunça era o mundo!

Olhei para a roupa estranha que eu usava.

A saia era verde e franzida, de estilo camponês, com minúsculas formas pretas, brancas e azuis espalhadas pelo tecido, e tinha uma armação que a deixava parecida com um abajur. Em vez de mangas, a camisa branca de renda tinha babados nos ombros, moles feito as asas de um anjo recém-nascido.

Eu tinha esquecido de separar algumas roupas entre aquelas que fiz voar sobre Nova York, e Betsy me cedeu a saia e a camisa em troca do meu roupão de centáureas.

Meu reflexo pálido, com as asas brancas e o rabo de cavalo castanho, pairava sobre a paisagem como um fantasma.

— Vaqueira Poliana — eu disse em voz alta.

Uma mulher sentada à minha frente tirou os olhos da revista e me encarou.

Eu havia desistido, na última hora, de limpar as duas linhas diagonais de sangue seco que marcavam as minhas bochechas. Elas carregavam algo de comovente e um tanto espetacular, e achei que podia levá-las comigo, como a lembrança de um amante morto, até que desaparecessem por vontade própria.

É claro que, se eu sorrisse ou mexesse demais a cara, o sangue iria rachar e cair rapidamente, então eu tentava manter meu rosto imóvel e só falar entre os dentes, sem mexer os lábios.

Eu não entendia por que as pessoas me olhavam.

Várias delas pareciam bem mais esquisitas do que eu.

Minha mala cinza estava no compartimento acima da minha cabeça. Estava vazia, exceto pelos *Trinta melhores contos do ano*, uma caixa branca de óculos escuros e duas dúzias de abacates, um presente de despedida da Doreen.

Os abacates estavam verdes e aguentariam bem a viagem. Cada vez que eu erguia ou carregava minha mala eles balançavam e faziam um barulho particular.

— Estação um-dois-oito! — berrou o condutor.

A floresta domesticada de pinheiros, bordos e carvalhos estacionou como um quadro ruim na moldura da janela do trem. Minha mala chiava e chacoalhava enquanto eu avançava pelo longo corredor.

Deixei para trás o ar condicionado do vagão, desci para a plataforma e fui envolvida pelo bafo maternal dos subúrbios. Cheirava a irrigadores de jardim, caminhonetes, raquetes de tênis, cachorros e bebês.

Uma tranquilidade veranil pousava sua mão sobre as coisas, relaxante como a morte.

Minha mãe estava esperando ao lado do Chevrolet cinza.

— Amorzinho, o que aconteceu com o seu rosto?

— Cortei — eu disse brevemente e me enfiei no banco de trás, junto com a minha mala. Não queria que ela ficasse me olhando durante o caminho inteiro para casa.

O estofamento estava limpo e escorregadio.

Minha mãe sentou-se ao volante, jogou algumas cartas no meu colo e virou para a frente.

O carro roncou e voltou à vida.

— Acho melhor falar logo — disse ela, e eu podia antever as más notícias pela rigidez de seu pescoço. — Você não entrou naquela oficina de ficção.

O ar fugiu do meu estômago.

Aquele curso havia se estendido à minha frente durante todo o mês de junho, como uma ponte brilhante e segura sobre o abismo tedioso do verão. Agora eu via aquilo oscilar e dissolver, e um corpo vestindo blusa branca e saia verde mergulhava no precipício.

Minha boca se espremeu amargamente.

Eu já esperava por aquilo.

Deslizei as costas pelo banco, deixando meu nariz na altura da moldura da janela, e observei as casas da periferia de Boston passando. Quanto mais familiares ficavam as casas, mais eu deslizava para baixo.

Senti que era muito importante não ser reconhecida.

O forro cinza e acolchoado do carro fechava-se sobre a minha cabeça como o teto de uma viatura policial, e as casas brancas de madeira, todas idênticas e brilhantes, com seus intervalos de grama bem cuidada, passavam como barras de uma cela enorme mas indevassável.

Eu nunca tinha passado um verão nos subúrbios antes.

*

O rangido agudo das rodas de um carrinho machucou os meus ouvidos. O sol, infiltrando-se por entre as venezianas, enchia o quarto de uma luz infernal. Eu não sabia o quanto tinha dormido, mas meu corpo parecia tomado pela exaustão.

A cama ao lado da minha estava vazia e desarrumada.

Às sete eu havia escutado minha mãe levantar-se, vestir-se e sair do quarto na ponta dos pés. Ouvi o barulho do espremedor de laranjas, e o cheiro de café e de bacon entrou por baixo da porta. Água começou a correr da torneira, e as louças tilintavam enquanto minha mãe as secava e as devolvia ao armário.

Então a porta da frente foi aberta e fechada, a porta do carro foi aberta e fechada, o motor fez vruuum-vruuum e, depois de unir-se ao ruído do cascalho, foi diminuindo de intensidade até desaparecer na distância.

Minha mãe estava ensinando taquigrafia e datilografia para várias alunas de escola técnica e só voltaria para casa no meio da tarde.

As rodas passaram de novo sob a janela. Alguém parecia estar empurrando um carrinho de bebê de um lado para o outro da rua.

Saí da cama e engatinhei cautelosamente para ver quem era.

Morávamos numa casinha de madeira branca, no meio de um pequeno gramado na esquina de duas ruas tranquilas dos subúrbios, mas apesar dos pequenos bordos plantados simetricamente ao redor da propriedade, qualquer pessoa passando pela calçada podia olhar para as janelas do segundo andar e ver o que estava acontecendo lá dentro.

Quem me chamou a atenção para isso foi a nossa vizinha do lado, uma mulher rancorosa chamada sra. Ockenden.

A sra. Ockenden era uma enfermeira aposentada que acabara de se casar pela terceira vez — seus outros dois maridos haviam morrido em circunstâncias curiosas — e que passava a maior parte do tempo espiando a rua detrás das cortinas brancas e engomadas de suas janelas.

Ela já havia chamado duas vezes a atenção da minha mãe a meu respeito — uma para contar que eu tinha passado uma hora beijando alguém dentro de um Plymouth azul parado na frente de casa, outra para dizer que era melhor eu baixar as venezianas do meu quarto porque certa noite, enquanto levava seu terrier escocês para passear, ela havia me visto seminua enquanto eu me preparava para dormir.

Com muito cuidado, levantei a cabeça até o peitoril da janela.

Uma mulher com menos de um metro e meio de altura, com uma barriga enorme e grotesca, empurrava um velho carrinho preto de bebê pela rua. Duas ou três crianças de vários tamanhos, todas pálidas, com caras e joelhos encardidos, corriam ao seu redor.

O rosto da mulher era iluminado por um sorriso sereno, quase religioso. Sua cabeça pendia alegremente para trás, como um ovo de pardal depositado sobre um ovo de pato, e ela sorria sob o sol.

Eu conhecia bem aquela mulher.

Era Dodo Conway.

Dodo Conway era uma católica que havia estudado em Barnard e se casado com um arquiteto, também católico, formado pela Columbia. Eles moravam na nossa rua, numa casa grande e desconjuntada, num terreno cercado por uma fachada mórbida de pinheiros e repleto de mobiletes, triciclos, carrinhos de boneca, caminhões de brinquedo, tacos de beisebol, redes de badminton, aros de críquete, gaiolas de hamsters e filhotes de cocker spaniel — toda a parafernália, enfim, da infância suburbana.

Dodo atiçava a minha curiosidade, mesmo contra minha vontade.

A casa dela era diferente de todas as outras da vizinhança por alguns motivos: pelo tamanho (era muito maior), pela cor (o segundo andar era feito de madeira marrom-escura e o primeiro, de estuque cinza, cravejado com pedrinhas cinzas e roxas) e pelo fato dos pinheiros bloquearem totalmente a visão da casa, o que era considerado antissocial em nossa comunidade de gramados contíguos e cercas vivas baixas e amigáveis.

Dodo criava seus seis filhos — e certamente criaria o sétimo — à base de cereais matinais, sanduíches de manteiga de amendoim e marshmallow, sorvete de creme e infinitos galões de leite. O leiteiro da região lhe dava um desconto especial.

Todo mundo adorava Dodo, embora o tamanho crescente de sua família fosse assunto corrente na vizinhança. As pessoas mais velhas, como minha mãe, tinham dois filhos, e as mais novas e prósperas tinham quatro, mas ninguém estava prestes a ter o sétimo como Dodo. Mesmo seis era considerado um número excessivo, e só se explicava, diziam, porque Dodo era católica.

Fiquei assistindo Dodo levar o Conway caçula de um lado para o outro. Ela parecia estar fazendo aquilo em minha homenagem.

Crianças me causavam repulsa.

Uma tábua do assoalho rangeu e eu me agachei de novo, no momento exato em que o rosto de Dodo Conway, por algum instinto ou capacidade sobrenatural de audição, virou-se sobre o pequeno eixo do pescoço.

Senti o olhar dela atravessar a madeira branca e as rosas do papel de parede até me descobrir ali, agachada atrás do aquecedor de metal.

Engatinhei de volta à cama e cobri minha cabeça com os lençóis. Como isso não afastou a luz, enterrei o rosto sob a escuridão do travesseiro, fingindo que ainda era noite. Eu não via motivo para me levantar.

Eu não ansiava por nada.

Depois de um tempo comecei a ouvir o telefone tocando lá embaixo. Pressionei o travesseiro contra os ouvidos e esperei uns cinco minutos. Então ergui a cabeça, e o barulho tinha parado.

Quase na mesma hora o telefone recomeçou a tocar.

Desci as escadas descalça, maldizendo o amigo, parente ou desconhecido que havia farejado minha volta para casa. O aparelho preto sobre a mesa do hall trinava histericamente, como uma ave nervosa.

Peguei o fone.

— Alô — eu disse, disfarçando a voz.

— Alô, Esther? O que aconteceu, você está com laringite?

Era minha velha amiga Jody, ligando de Cambridge.

Naquele verão Jody estava trabalhando na cooperativa e fazendo um curso livre no departamento de sociologia. Ela e duas outras garotas da minha faculdade tinham alugado um apartamento bem grande de quatro estudantes de direito em Harvard, e eu planejava ir morar com elas quando minha oficina de ficção começasse.

Jody queria saber quando eu iria me mudar.

— Eu não vou — eu disse. — Não fui aceita no curso.

Houve uma pequena pausa.

— Ele é um babaca — disse Jody. — Não sabe reconhecer uma coisa boa quando ela aparece.

— É exatamente o que eu sinto. — Minha voz soava estranha e cavernosa aos meus ouvidos.

— Vem mesmo assim. Faz outro curso.

A ideia de estudar alemão ou psicopatologia passou rapidamente pela minha cabeça. Eu tinha economizado quase todo o salário que ganhei em Nova York, afinal, e podia pagar por outro curso.

Mas a voz cavernosa disse: — Não conte comigo.

— Bem — começou Jody —, tem essa outra garota que queria morar com a gente se alguém desistisse...

— Legal. Chama ela.

Bastou desligar o telefone para perceber que eu devia ter dito que ia. Mais uma manhã ouvindo o carrinho de bebê de Dodo Conway e eu ficaria louca. Isso sem dizer que eu havia prometido a mim mesma nunca mais morar na mesma casa que a minha mãe por mais de uma semana.

Estendi a mão para pegar o telefone.

Minha mão avançou alguns centímetros, então retraiu-se e desabou. Tentei de novo, mas a mão parou no meio do caminho outra vez, como se tivesse se chocado contra uma vidraça.

Andei até a sala de jantar.

Sobre a mesa encontrei um grande envelope comercial do curso de férias e um envelope fino e azul, timbrado com o símbolo de Yale e endereçado a mim com a caligrafia clara de Buddy Willard.

Abri o envelope do curso de férias com uma faca.

A carta dizia que, como eu não havia sido aceita na oficina de ficção, eu poderia fazer outra, mas devia ligar para a secretaria naquela mesma manhã, já que os cursos estavam quase todos lotados.

Liguei para a secretaria e escutei minha voz de zumbi deixando uma mensagem que dizia que a srta. Esther Greenwood estava cancelando sua presença em qualquer oficina do curso de férias.

Então abri a carta de Buddy Willard.

Buddy dizia que achava estar se apaixonando por uma enfermeira, também portadora de tuberculose, mas que sua mãe tinha alugado um chalé nos Adirondacks em julho e que se eu fosse junto talvez ele descobrisse que aqueles sentimentos pela enfermeira não passavam de uma paixão passageira.

Peguei um lápis e risquei a carta de Buddy. Então virei o papel e escrevi no verso que estava noiva de um tradutor simultâneo e não queria vê-lo nunca mais, muito menos dar aos meus filhos um pai hipócrita como ele.

Enfiei a carta no mesmo envelope, fechei-o com uma fita adesiva e enviei-a de volta sem colocar um novo selo. Achei que ela não valia mais que os três centavos que Buddy havia pagado.

Então decidi que passaria o verão escrevendo um romance.

Aquilo colocaria várias pessoas em seus devidos lugares.

Voltei à cozinha, quebrei um ovo, misturei com carne moída crua numa xícara e comi. Então instalei a mesa de carteado na passagem coberta entre a casa e a garagem.

Uma grande moita de jasmins bloqueava a visão da frente, as paredes da casa e da garagem tampavam os lados, e um grupo de bétulas e uma cerca viva me protegiam da sra. Ockenden ao fundo.

Peguei trezentas e cinquenta folhas de papel do estoque que minha mãe escondia no armário do corredor, sob uma pilha de chapéus de feltro, escovas de roupa e cachecóis de lã.

De volta à passagem coberta, coloquei a primeira folha virgem na minha velha máquina de escrever portátil e girei o rolo.

De uma distância imaginária, vi a mim mesma sentada na passagem, rodeada por duas paredes de madeira branca, uma moita de jasmins, um grupo de bétulas e uma cerca viva, pequena como uma boneca numa casa de bonecas.

Uma ternura preencheu meu coração. Minha heroína seria eu, só que disfarçada. Ela se chamaria Elaine. Elaine. Contei as letras com meus dedos. Esther também tinha seis letras. Parecia um bom sinal.

> *Elaine sentou-se na passagem coberta, com a velha camisola amarela de sua mãe, esperando que algo acontecesse. Era uma manhã sufocante de julho, e gotas de suor escorriam pelas suas costas, uma após a outra, como insetos vagarosos.*

Recostei-me na cadeira e li o que tinha escrito.

Parecia verdadeiro o bastante, e fiquei orgulhosa da parte das gotas de suor que pareciam insetos, mas tive a ligeira impressão de que tinha lido aquilo em algum lugar, muito tempo atrás.

Fiquei sentada por mais ou menos uma hora, tentando pensar no que viria depois, e na minha imaginação a boneca descalça vestindo a camisola amarela da mãe também estava sentada e olhava para o infinito.

— Querida, por que você nunca quer se vestir?

Minha mãe tinha o cuidado de nunca me mandar fazer nada. Ela só argumentava em tom suave, como se fôssemos duas pessoas inteligentes e maduras.

— São quase três da tarde.

— Estou escrevendo um romance — eu disse. — Não tive tempo de ficar trocando de roupa.

Deitei no sofá que havia na passagem coberta e fechei os olhos. Eu podia ouvir minha mãe retirando a máquina de escrever e os papéis da mesa de carteado e colocando a louça do jantar, mas não me mexi.

> *A inércia infiltrava-se nos membros de Elaine feito melaço. Deve ser assim que a gente se sente quando pega malária, ela pensou.*

Naquele ritmo eu escreveria no máximo uma página por dia.

Então percebi qual era o problema.

Eu precisava de experiência.

Como é que eu poderia escrever sobre a vida se nunca tivera um caso amoroso ou um filho ou vira alguém morrer? Uma garota que eu conhecia havia acabado de ganhar um prêmio por um conto sobre suas aventuras entre os pigmeus na África. Como é que eu podia competir com esse tipo de coisa?

Ao final do jantar minha mãe havia me convencido a estudar taquigrafia à noite. Desse jeito eu estaria matando dois coelhos com uma cajadada só, escrevendo um romance e aprendendo algo prático. E ainda economizaria um monte de dinheiro.

Naquela mesma noite minha mãe desenterrou um velho quadro-negro do porão e o montou na passagem coberta. Então se instalou na frente dele e começou a fazer pequenos floreios com o giz enquanto eu observava da minha cadeira.

No início fiquei otimista.

Pensei que poderia aprender taquigrafia rapidamente, e quando a mulher sardenta do Departamento de Bolsas de Estudo me perguntasse por que eu não havia trabalhado durante julho e agosto, como se espera de qualquer bolsista, eu poderia dizer que tinha feito um curso grátis de taquigrafia para me sustentar quando saísse da faculdade.

O problema era que quando eu tentava me imaginar em algum emprego, rabiscando alegremente linhas e linhas de taquigrafia, minha mente travava. Não havia um só trabalho que eu tivesse vontade de fazer que precisasse de um taquígrafo. E à medida que eu observava o quadro-negro, aquelas garatujas escritas em giz iam se borrando até perderem o sentido.

Falei para minha mãe que estava com uma dor de cabeça terrível e fui para a cama.

Uma hora depois a porta se abriu lentamente e ela entrou silenciosamente no quarto. Ouvi o farfalhar de suas roupas enquanto ela se despia. Ela deitou-se na cama e sua respiração foi ficando mais lenta e regular.

Sob a luz fraca do poste, que se infiltrava pelas venezianas fechadas, eu podia ver os grampos na cabeça da minha mãe brilhando como uma sequência de pequenas baionetas.

Decidi que deixaria o romance de lado até ir à Europa e arrumar um amante, e que jamais aprenderia uma só palavra de taquigrafia. Se eu nunca aprendesse, nunca teria que colocar aquilo em prática.

Resolvi que passaria o verão lendo *Finnegans Wake* e escrevendo minha tese.

Assim eu estaria bem adiantada quando as aulas recomeçassem em setembro e poderia curtir meu último ano de faculdade em vez de ficar estudando feito uma louca, sem maquiagem na cara e com o cabelo todo pegajoso, vivendo à base de café e Benzedrina, como a maioria dos formandos fazia para terminar suas teses.

Então pensei que também poderia trancar a faculdade por um ano e virar aprendiz de ceramista.

Ou dar um jeito de mudar para a Alemanha e trabalhar como garçonete até aprender a língua.

E assim minha cabeça foi se enchendo de planos, um depois do outro, como uma família de coelhos distraídos.

Vi os anos da minha vida se estendendo como postes telefônicos ao longo de uma estrada, ligados um ao outro através de fios. Contei um, dois, três... dezenove postes, os fios balançando no ar, e por mais que tentasse eu não conseguia ver poste algum depois do décimo nono.

O quarto se iluminou e me perguntei onde a noite tinha se enfiado. Minha mãe deixara de ser um tronco de árvore nebuloso e se transformara numa mulher adormecida de meia-idade, a boca ligeiramente aberta, um ronco escapando de sua garganta. Aquele barulho suíno era irritante, e por um momento me pareceu que a única maneira de silenciá-lo seria pegar a coluna de pele e tendões de onde o som brotava e esganá-la com as minhas mãos.

Fingi dormir até minha mãe sair para a escola, mas nem minhas pálpebras ajudavam a barrar a luz. Elas estendiam a tela crua e vermelha de suas veiazinhas diante de mim como uma ferida. Me enfiei no espaço entre o colchão e o estrado e deixei o colchão cair sobre mim como uma lápide. Era escuro e seguro ali embaixo, mas o colchão não era pesado o bastante.

Eu precisaria de mais uma tonelada para conseguir dormir.

> "riocorrente, depois de Eva e Adão, do desvio da praia à dobra da baía, devolve-nos por um commodius vicus de recirculação de volta a Howth Castle Ecercanias..."[1]

O livro grosso fazia uma pressão desagradável na minha barriga.

> "riocorrente, depois de Eva e Adão..."

Pensei que o começo com letra minúscula significava que nada jamais começava para valer, mas apenas fluía do que acontecera antes. Eva e Adão eram Adão e Eva, claro, mas provavelmente significavam alguma outra coisa também.

---

[1] Frase de abertura de *Finnegans Wake*, de James Joyce, na tradução de Augusto de Campos. No original: "riverrun, past Eve and Adam's, from swerve of shore to bend of bay, brings us by a commodius vicus of recirculation back to Howth Castle and Environs". (N. T.)

Talvez fosse o nome de um pub em Dublin.

Meus olhos mergulharam naquela sopa de letrinhas até a longa palavra no meio da página:

bababadalgharaghtakamminarronnkonnbronntonnerronntuonn-
thunntrovarrhounawnskawntoohoohoordenenthurnuk!

Contei as letras. Eram exatamente cem. Imaginei que aquilo devia ser importante.

Por que cem letras?

Hesitante, tentei ler a palavra em voz alta.

Aquilo soou como um objeto bem pesado de madeira caindo escada abaixo, bump bump bump, degrau após degrau. Ergui o livro e lentamente folheei as páginas diante dos meus olhos. As palavras, embora ligeiramente familiares, estavam todas retorcidas, como rostos numa sala de espelhos, e passaram sem deixar impressão alguma na superfície vítrea do meu cérebro.

Encarei a página com o olhar meio estrábico.

As palavras ganharam barbas e chifres de carneiro. Vi que elas se separavam uma das outras, agitando-se estupidamente. Então elas se associaram em formas fantásticas e intraduzíveis, como árabe ou chinês.

Resolvi deixar minha tese para lá.

Resolvi deixar para lá todo o currículo especial e virar uma simples aluna de inglês. Fui conferir quais eram os requisitos para ser uma simples aluna de inglês na minha universidade.

Havia diversos requisitos, e eu não havia cumprido nem a metade. Um deles era um curso sobre o século XVIII. Eu odiava a ideia do século XVIII ter existido, com todos aqueles homens presunçosos escrevendo dísticos elegantes e pensando que a razão era tudo na vida. Eu tinha pulado aquela matéria. No currículo especial dava para fazer isso, você era bem mais livre. Eu havia sido tão livre que passara a maior parte do meu tempo lendo Dylan Thomas.

Uma amiga minha, que também estava fazendo o currículo especial, tinha conseguido jamais ler uma única palavra de Shakespeare. Mas era uma especialista nos *Quatro quartetos*.

Percebi que seria impossível e embaraçoso tentar deixar a liberdade do meu programa e mudar para um muito mais rígido. Então fui ver quais eram os requisitos para alunos de inglês na escola técnica onde minha mãe dava aula.

Eles eram piores ainda.

Você tinha que saber inglês arcaico, a história da língua inglesa e uma seleção representativa de tudo o que havia sido escrito desde Beowulf até hoje.

Aquilo me surpreendeu. Eu sempre desprezei a faculdade da minha mãe, por misturar meninos e meninas e ser cheia de pessoas que não conseguiam bolsas de estudos para as grandes universidades do Leste.

Agora eu via que mesmo a pessoa mais burra da faculdade da minha mãe sabia mais do que eu. Eles não me deixariam sequer passar pela porta, o que dirá me oferecer uma bolsa de estudos polpuda como a que eu tinha na minha universidade.

Pensei que seria melhor ir trabalhar por um ano e refletir sobre as coisas.

Mas que tipo de trabalho eu teria, se não sabia taquigrafia?

Eu poderia ser garçonete ou datilógrafa.

Mas eu não suportava nenhuma das duas ideias.

*

— Você quer mais pílulas para dormir, é isso?
— Sim.
— Mas as que eu te dei semana passada são bem fortes.
— Elas não estão mais funcionando.

Pensativa, Teresa me encarou com seus olhos grandes e pretos. Eu podia ouvir as vozes de seus três filhos brincando no jardim sob a janela do consultório. Minha tia Libby havia se casado com um italiano; Teresa era cunhada dela e a médica da nossa família.

Eu gostava da Teresa. Ela tinha um jeito delicado e intuitivo.

Imaginei que fosse porque era italiana.

Houve uma pequena pausa.

— Qual é o problema? — disse Teresa.
— Não consigo dormir. Não consigo ler. — Tentei falar com uma voz calma e controlada, mas o zumbi que havia dentro de mim tomou conta da minha garganta e me sufocou. Virei as palmas das mãos para cima.

— Eu acho — Teresa arrancou uma folha de seu bloquinho e escreveu um nome e um endereço — que você devia ir ver um médico que conheço. Ele vai poder te ajudar mais do que eu.

Olhei para o que ela tinha acabado de escrever, mas não consegui ler.

— Doutor Gordon — disse Teresa. — É um psiquiatra.

A SALA DE ESPERA DO DR. GORDON ERA BEGE E SILENCIOSA.

As paredes eram bege, o carpete era bege, o forro das cadeiras era bege, os sofás eram bege. Não havia quadros nem espelhos nas paredes, apenas certificados de diferentes escolas de medicina, com o nome do dr. Gordon escrito em latim. Samambaias pálidas e plantas espinhentas, de um verde bem escuro, enchiam os vasos de cerâmica espalhados pelas mesinhas de centro, de canto e de revistas.

Fiquei me perguntando por que aquele lugar parecia tão seguro. Então me dei conta de que era porque não tinha janelas.

O ar condicionado me dava arrepios.

Eu ainda estava usando a saia rodada e a blusa branca de Betsy. Estavam meio caídas agora, já que eu não as lavara nas três semanas em que estive em casa. O suor acumulado no algodão produzia um cheiro azedo mas acolhedor.

Também fazia três semanas que eu não lavava o cabelo.

E sete noites que não dormia.

Minha mãe disse que eu devia ter dormido um pouco, que era impossível ficar tanto tempo acordada, mas se isso aconteceu foi com os olhos abertos. Eu tinha ficado olhando para o verde luminoso dos ponteiros do relógio ao lado da cama, acompanhando seus círculos e semicírculos, toda noite, a semana inteira, sem perder um só segundo, minuto ou hora.

Eu não tinha lavado minhas roupas ou o cabelo porque aquela me parecia uma ideia estúpida.

Eu via os dias do ano se estendendo diante de mim como uma série de caixas brancas e brilhantes, separadas uma da outra pela sombra escura do sono. Só que agora a longa perspectiva das sombras, que distinguia uma caixa da outra, tinha subitamente desaparecido, e eu via os dias cintilando à minha frente como uma avenida clara, larga e desolada até o infinito.

Eu achava estúpido lavar algo num dia para no dia seguinte ter que lavar de novo.

Ficava cansada só de pensar naquilo.

Queria fazer as coisas de uma vez e me ver livre de tudo.

*

Os dedos do dr. Gordon brincavam com uma caneta prateada.

— Sua mãe diz que você anda nervosa.

Me encolhi na enorme cadeira de couro e encarei o dr. Gordon do outro lado de uma quilométrica mesa polida.

O dr. Gordon esperou. Ele batucou com a caneta — tap, tap, tap — na superfície verde de seu mata-borrão.

Seus cílios eram tão longos e grossos que pareciam de mentira: um canavial de plástico preto rodeando duas lagoas verdes e glaciais.

Os traços do dr. Gordon eram tão perfeitos que ele era quase bonito.

Eu o odiei no instante em que abri a porta.

Tinha imaginado um homem afável, feio e intuitivo, que olharia para mim e diria "ah!" de maneira encorajadora, como se pudesse ver algo que eu não podia, e então eu encontraria palavras para descrever por que estava tão assustada, como se estivesse sendo enfiada cada vez mais fundo num saco escuro, sem ar e sem saída.

Ele se encostaria na cadeira e uniria as pontas dos dedos e me explicaria por que eu não conseguia dormir, ler ou comer, e por que tudo que as pessoas faziam me parecia estúpido, uma vez que todo mundo morre no final.

E então pensei que ele me ajudaria, passo a passo, a voltar a ser eu mesma.

Mas o dr. Gordon estava longe de ser alguém assim. Ele era jovem e bonitão, e percebi de cara que se achava o máximo.

Havia uma foto com moldura prateada em sua mesa, voltada metade para o doutor, metade para mim. Era uma foto de família e mostrava uma linda mulher de cabelos pretos, que podia perfeitamente ser a irmã do dr. Gordon, sorrindo sobre a cabeça de suas crianças loiras.

Acho que era um menino e uma menina, mas pode ser que ambos fossem meninos ou meninas — é difícil saber com crianças tão pequenas. Talvez também houvesse um cachorro na parte de baixo da imagem, um terrier ou um golden retriever, mas podia ser apenas a estampa da saia da mulher.

Por algum motivo aquilo me enfureceu.

Eu não entendia por que a foto tinha que estar ligeiramente virada na minha direção, a não ser que ele estivesse tentando me mostrar logo de cara que era casado com uma mulher deslumbrante e que era melhor eu ir tirando o meu cavalinho da chuva.

Então pensei, como é que aquele dr. Gordon poderia me ajudar, com uma mulher linda e crianças lindas e um lindo cachorro ao redor dele como anjinhos num cartão de natal?

— Que tal tentar me contar o que você acha que está errado?

Desconfiada, deixei as palavras rolarem dentro da minha cabeça, como pedrinhas redondas e polidas que de uma hora para outra pudessem desenvolver garras e se transformar em alguma outra coisa.

O que eu *achava* que estava errado?

Aquilo dava a entender que nada estava *realmente* errado, eu só *achava* isso.

Numa voz desanimada e monótona — para mostrar que eu não tinha me impressionado com sua aparência ou sua foto de família —, contei ao dr. Gordon a minha dificuldade para dormir, comer e ler. Não falei nada da minha caligrafia, que era o que mais me incomodava de tudo.

Aquela manhã eu havia tentado escrever uma carta para Doreen, que estava em West Virginia, perguntando se eu poderia ir morar com ela e talvez arrumar um trabalho de garçonete em sua faculdade ou algo do tipo.

Quando peguei a caneta, minha mão começou a desenhar letras gordas e tremidas, como as de uma criança. As linhas desciam quase diagonalmente pela página, da esquerda para a direita, como se fossem um barbante que alguém tivesse espalhado pelo papel.

Eu sabia que não podia enviar uma carta daquele jeito, então a rasguei e guardei os pedacinhos na minha bolsa, perto do pó compacto, para o caso de o psiquiatra pedir para vê-los.

Claro que o dr. Gordon não quis vê-los: eu não tinha sequer mencionado a história, e comecei a ficar orgulhosa da minha inteligência. Pensei que só precisava contar a ele o que quisesse. Isso controlaria a imagem que ele faria de mim, e ele continuaria se achando muito esperto.

O dr. Gordon manteve a cabeça baixa enquanto eu falava, como se estivesse rezando, e o único barulho que se ouvia além da minha voz desanimada e monótona era o tap, tap, tap de sua caneta no mesmo lugar do mata-borrão, como uma bengala empacada.

Quando terminei, o dr. Gordon levantou a cabeça.

— Onde mesmo você falou que faz faculdade?

Perplexa, contei a ele. Eu não entendia o que minha faculdade tinha a ver com aquilo.

— Ah! — disse o dr. Gordon, inclinando-se na cadeira e olhando para o vazio sobre a minha cabeça com um sorriso nostálgico.

Pensei que ele fosse me dar um diagnóstico, e que talvez eu tivesse sido severa e indelicada demais ao julgá-lo. Mas ele disse apenas:

— Lembro bem da sua faculdade. Estive lá durante a guerra. Tinha uma unidade feminina do Exército por lá, não? Ou era da Marinha?

Eu disse que não sabia.

— Sim, era do Exército, estou me lembrando. Eu fui médico por lá, antes de embarcar para a Europa. Que lindas garotas eram aquelas!

O dr. Gordon riu.

Num movimento suave, ele levantou-se e contornou a mesa lentamente na minha direção. Eu não sabia o que ele queria, então me levantei também.

O dr. Gordon pegou a minha mão direita, que estava dependurada ao lado do meu corpo, e a apertou.

— A gente se vê semana que vem, então.

Os olmos largos e frondosos formavam um túnel de sombra sobre as fachadas amarelas e vermelhas da Commonwealth Avenue, e um bonde seguia rumo a Boston pelos trilhos estreitos e prateados.

Esperei o bonde passar e atravessei a rua até o Chevrolet cinza que me esperava na outra calçada.

Eu podia ver o rosto da minha mãe, ansioso e esverdeado feito uma fatia de limão, me examinando de trás do para-brisa.

— E aí, o que ele disse?

Puxei a porta do carro, mas ela não fechou direito. Abri e puxei de novo, e ela deu uma pancada surda.

— Ele disse que a gente se vê na semana que vem.

Minha mãe suspirou.

O dr. Gordon custava vinte e cinco dólares a hora.

*

— Oi, qual é o seu nome?

— Elly Higginbottom.

O marinheiro apressou o passo e veio caminhar ao meu lado, e eu sorri.

Devia haver tantos marinheiros quanto pombos no Common Park. Eles pareciam vir de uma casa de recrutamento no final da avenida, cercada e entupida de cartazes azuis e brancos onde se lia "Aliste-se na Marinha".

— De onde você é, Elly?

— Chicago.

Eu nunca tinha ido a Chicago, mas conhecia um ou dois garotos que haviam estudado lá. Parecia o tipo de lugar de onde pessoas excêntricas e perturbadas poderiam ter saído.

— Você está bem longe de casa.

O marinheiro pôs o braço ao redor da minha cintura e por algum tempo caminhamos pelo parque, ele acariciando meu quadril sobre a saia de estilo camponês, eu sorrindo misteriosamente e tentando não dizer nada que revelasse que eu era de Boston e poderia a qualquer momento trombar com a sra. Willard ou alguma amiga da minha mãe atravessando o parque depois de um chá em Beacon Hill ou de compras no Filene's Basement.

Se algum dia eu conseguisse ir a Chicago, pensei, eu poderia trocar meu nome para Elly Higginbotton de vez. Aí ninguém saberia que eu joguei fora uma bolsa de estudos em uma grande universidade feminina da Costa Leste, desperdicei um mês em Nova York e não quis me casar com um estudante de medicina bastante respeitável, que um dia seria membro da Associação Americana de Medicina e ganharia rios de dinheiro.

Em Chicago, as pessoas me veriam como eu realmente era.

Eu seria simplesmente Elly Higginbotton, a órfã. As pessoas gostariam de mim por minha natureza delicada e silenciosa. Elas não ficariam pedindo que eu lesse livros e escrevesse longos trabalhos sobre a questão do duplo em James Joyce. E um dia eu poderia me casar com um mecânico viril e carinhoso e ter uma grande família, como Dodo Conway.

Isso se eu tivesse vontade.

— O que você quer fazer quando sair da Marinha? — perguntei subitamente.

Foi a frase mais longa que eu dissera até então, e o marinheiro pareceu surpreso. Ele puxou o quepe de lado e coçou a cabeça.

— Não sei, Elly — ele disse. — Talvez eu vá pra universidade, com uma bolsa pra veteranos.

Fiz uma pausa e disse, sugestivamente:

— Já pensou em abrir uma oficina mecânica?

— Não — disse o marinheiro. — Nunca.

Dei uma espiada nele com o canto do olho. Ele não parecia ter mais de dezesseis anos.

— Sabe quantos anos eu tenho? — perguntei, em tom acusatório.

O marinheiro abriu um sorriso. — Não, e isso não me importa.

Me ocorreu que ele era muito bonito. Tinha um ar nórdico e virginal. Virar uma cretina fez com que eu começasse a atrair pessoas limpas e bonitas.

— Bom, eu tenho trinta — eu disse e esperei.

— Nossa, Elly, você não parece. — Ele apertou meu quadril.

Então ele deu uma olhada rápida para os lados.

— Olha só, Elly, se a gente der a volta naquela escada, debaixo do monumento, eu posso te dar um beijo.

Nesse momento percebi uma figura de terninho e sapatilhas marrom vindo na nossa direção. Não dava para ver o rosto dela, que de longe tinha o tamanho de uma moeda, mas eu sabia que era a sra. Willard.

— Você poderia me dizer onde fica o metrô? — eu disse em voz alta.

— Hã?

— Aquele metrô que vai até a prisão de Deer Island...

Quando a sra. Willard se aproximasse, eu fingiria que estava só pedindo informações e não conhecia aquele sujeito.

— Tira as mãos de mim — sussurrei.

— Que é isso, Elly, o que foi?

A mulher se aproximou e passou direto, sem olhar para a gente. Claro que não era a sra. Willard. Ela estava em seu chalé nos Adirondacks.

Fixei meu olhar vingativo nas costas da mulher que se afastava.

— Ei, Elly...

— Pensei que fosse uma pessoa que conheço — eu disse. — Uma maldita senhora de um orfanato de Chicago.

O marinheiro enlaçou minha cintura outra vez.

— Quer dizer que você não tem pai nem mãe, Elly?

— Não. — Deixei cair uma lágrima, que parecia pronta para isso. Ela desceu quente pela minha bochecha.

— Ei, Elly, não chora. Essa senhora te tratou mal?

— Ela era... Ela era *terrível*!

As lágrimas começaram a cair em abundância e, enquanto o marinheiro me abraçava sob o abrigo de um olmo americano, secando meu rosto com um enorme e imaculado lenço de linho, pensei no quanto a senhora de terninho marrom tinha sido terrível comigo, e em como ela, sabendo disso ou não, fora responsável pelas minhas escolhas erradas e por tudo de ruim que aconteceu comigo a partir de então.

*

— Bem, Esther, como você está se sentindo essa semana?

O dr. Gordon embalava sua caneta como uma longa e fina bala de prata.

— Igual.

— Igual? — Ele levantou uma sobrancelha, como se não acreditasse em mim.

Então contei de novo, naquela mesma voz monótona e desanimada, só que desta vez um pouco mais irritada — já que ele parecia ter dificuldade de compreensão —, que fazia catorze noites que eu não dormia e que não conseguia ler, escrever ou comer direito.

O dr. Gordon não pareceu muito impressionado.

Enfiei a mão na minha bolsa, encontrei os pedacinhos da carta que eu escrevera para Doreen e os atirei sobre o impoluto mata-borrão verde do dr. Gordon. Lá eles ficaram, inertes como pétalas de margarida no campo durante o verão.

— O que você acha disso? — perguntei.

Achei que ele veria imediatamente como a caligrafia era horrível, mas ele disse:

— Acho que gostaria de falar com a sua mãe. Tudo bem?

— Sim. — Mas eu não gostava nem um pouco da ideia do dr. Gordon falar com a minha mãe. Achava que ele diria a ela que eu devia ser internada. Recolhi os pedacinhos da minha carta, para evitar que o dr. Gordon pudesse colá-los e descobrir que eu estava planejando fugir, e saí do consultório sem dizer mais nenhuma palavra.

*

Observei minha mãe ir diminuindo de tamanho até passar pela porta do prédio do dr. Gordon e desaparecer. Então, mais tarde, a vi crescendo até chegar ao carro.

— E aí? — Dava para perceber que ela tinha chorado.

Sem olhar para mim, minha mãe deu a partida no carro.

Então, enquanto deslizávamos sob a sombra fresca e submarina dos olmos, ela disse:

— O doutor Gordon acha que você não teve melhora alguma. Ele acha que você devia passar por um tratamento de choque na clínica dele em Walton.

Senti uma pontada de curiosidade, como se tivesse acabado de ler uma manchete terrível sobre outra pessoa no jornal.

— Ele quer que eu *more* lá?

— Não — disse minha mãe, e seu queixo tremeu.

Achei que ela devia estar mentindo.

— Diz a verdade — eu disse —, ou nunca mais vou falar com você.

— Eu *sempre* falo a verdade, não falo? — disse minha mãe, e caiu em prantos.

SUICIDA É RESGATADO EM PARAPEITO NO SÉTIMO ANDAR!

Depois de duas horas em um parapeito estreito no sétimo andar, diante de uma multidão que se acotovelava em um estacionamento, o sr. George Pollucci foi resgatado pelo sargento Will Kilmartin, do departamento de polícia da Charles Street, que o trouxe de volta à segurança através de uma janela vizinha.

Abri um amendoim do saquinho de dez centavos que eu comprara para alimentar os pombos e comi. Não tinha gosto de nada, feito um pedaço de casca de árvore.

Aproximei o jornal dos meus olhos para ver melhor o rosto de George Pollucci, iluminado como uma lua crescente contra um fundo indefinido de tijolos e céu negro. Sentia que ele tinha algo importante a me dizer. O que quer que fosse, devia estar estampado em sua cara.

Mas os desfiladeiros encardidos das feições de George Pollucci se dissolviam à medida que eu os examinava, transformando-se num padrão regular de luz, sombra e pontinhos cinzas.

O texto impresso no jornal não dizia por que Pollucci estava no parapeito, ou o que o sargento Kilmartin fez com ele quando finalmente conseguiu puxá-lo para dentro do prédio.

O problema de um pulo como aquele era que, se você não saltasse da altura certa, podia estar vivo quando atingisse o chão. Imaginei que sete andares era uma distância segura.

Dobrei o jornal e o enfiei entre as ripas de madeira do banco do parque. Era o que minha mãe chamava de "folha de escândalos", cheia de assassinatos, suicídios, espancamentos e assaltos, e em cada página havia uma mulher seminua com peitos pulando do vestido e pernas que revelavam o elástico das meias.

Eu não sabia por que nunca tinha comprado um daqueles jornais antes. Eles eram a única coisa que eu conseguia ler. Os pequenos parágrafos entre as fotos acabavam antes que as letras pudessem começar a se revoltar e a se contorcer. O único jornal disponível lá em casa era o *Christian Science Monitor*, que aparecia diante da porta às cinco da manhã todos os dias (menos aos domingos) e que ignorava a existência de suicídios, crimes sexuais e acidentes de avião.

Um grande cisne branco repleto de criancinhas se aproximou do meu banco, circundou uma ilhota arborizada cheia de patos e desapareceu sob o arco escuro da ponte. Tudo que eu olhava parecia brilhante e minúsculo.

Vi, como se espiasse pelo buraco da fechadura de uma porta que eu não conseguia abrir, meu irmão menor e eu, os dois bem pequenos segurando balões com orelhas de coelho, embarcando num pedalinho em forma de cisne e lutando por um lugar na beirada, sobre a água repleta de cascas de amendoim. Minha boca tinha gosto de menta e limpeza. Se nos comportássemos direito no dentista, minha mãe nos presenteava com uma volta no pedalinho.

Circundei o jardim público — sobre a ponte e sob os monumentos verde-azulados, passando pelo canteiro de flores no formato da bandeira americana e pela entrada onde se podia tirar uma foto por vinte e cinco centavos numa cabine de pano com listras laranjas e brancas — lendo os nomes das árvores.

Minha favorita era o salgueiro-chorão. Imaginei que viesse do Japão. Os japoneses entendiam bem as questões do espírito.

Eles enfiavam uma faca nas próprias entranhas quando alguma coisa ia mal.

Tentei imaginar como eles faziam isso. A faca devia ser extremamente afiada. Não, provavelmente eram duas facas extremamente afiadas. Eles deviam se sentar no chão, de pernas cruzadas, uma faca em cada mão. Então cruzavam as mãos e apontavam cada faca para um lado do estômago. Tinham que estar pelados, caso contrário a faca ficava presa em suas roupas.

Então, num golpe rápido, antes de terem tempo de pensar duas vezes, eles enfiavam as facas na barriga e faziam duas curvas, uma para cima e outra para baixo, até formar um círculo perfeito. Aí a pele do estômago se soltava como um prato, as entranhas caíam para fora e eles morriam.

Era preciso bastante coragem para morrer daquele jeito.

O problema é que eu odiava ver sangue.

Resolvi passar a noite no parque.

Na manhã seguinte Dodo Conway pegaria o carro e, ao lado de minha mãe, me levaria para Walton. Se eu queria fugir antes que fosse tarde demais, a hora era agora. Conferi minha bolsa e encontrei uma nota de um dólar e setenta e nove centavos em moedas.

Eu não tinha ideia de quanto custava ir a Chicago e não ousaria ir ao banco sacar meu dinheiro porque imaginei que o dr. Gordon já teria pedido ao gerente para me interceptar caso eu fizesse algo suspeito.

Pensei em pedir carona, mas não sabia quais eram as estradas que iam de Boston a Chicago. É fácil se localizar em um mapa, mas eu tinha pouquíssima noção de espaço quando estava perdida no meio do nada. Sempre que eu tentava descobrir para que lado era o leste e o oeste parecia ser meio-dia, estava nublado ou era noite, e com exceção de algumas estrelas das constelações da Ursa Maior e Cassiopeia, eu não entendia nada de astronomia, uma falha que sempre decepcionou Buddy Willard.

Decidi caminhar até o terminal de ônibus e descobrir o preço da passagem para Chicago. Então poderia ir ao banco e sacar exatamente aquele valor, o que não levantaria muita suspeita.

Eu tinha acabado de passar pelas portas de vidro do terminal e estava analisando a banquinha com cronogramas e folhetos de turismo quando me dei conta de que o sol estava se pondo e que o banco estaria fechado — eu só conseguiria tirar dinheiro no dia seguinte.

Minha consulta em Walton era às dez da manhã.

Naquele momento, o alto-falante voltou à vida e começou a anunciar as paradas de um ônibus que estava prestes a sair da plataforma. A voz no alto-falante começou a tagarelar daquele jeito incompreensível, e então, em meio à estática, identifiquei um nome familiar, claro como uma nota lá no piano em meio à afinação dos instrumentos de uma orquestra.

Era uma parada a duas quadras da minha casa.

Saí correndo em meio à tarde quente e poeirenta de fim de julho, suando, com a boca seca, como se estivesse atrasada para uma entrevista de emprego, e subi no ônibus vermelho, cujo motor já estava ligado.

Paguei a passagem para o motorista e a porta fechou-se silenciosamente atrás de mim.

A CLÍNICA PARTICULAR DO DR. GORDON FICAVA NO ALTO DE UM MORRO verdejante, no fim de uma estrada longa e isolada, pavimentada com conchinhas brancas quebradas. As paredes amarelas da grande casa de madeira, cercadas por uma varanda, brilhavam sob o sol, mas não havia ninguém caminhando pelo cume verde do gramado.

À medida que minha mãe e eu nos aproximamos da casa, o calor do verão desabou sobre nós e uma cigarra começou a cantar, como um cortador de grama aéreo, no coração de uma faia cor de cobre. O som da cigarra só servia para destacar o silêncio gigantesco.

Uma enfermeira nos recebeu na porta.

— Esperem na sala de estar, por favor. O dr. Gordon estará com vocês em um minuto.

O que me incomodava é que tudo o que envolvia aquela casa parecia normal, embora eu soubesse que ela devia estar cheia de gente maluca. Não havia grades visíveis nas janelas, nem ruídos selvagens e inquietantes. A luz do sol projetava retângulos regulares sobre um carpete vermelho, puído mas macio, e uma lufada de brisa cheirando a grama recém-cortada perfumava o ar.

Parei na porta da sala de estar.

Por um minuto tive a impressão de que aquela era a réplica da sala de uma pensão em que fiquei hospedada certa vez, numa ilha na costa do Maine. As portas envidraçadas deixavam entrar uma luminosidade ofuscante, um piano de cauda ocupava um canto, e pessoas vestindo roupas de verão espalhavam-se ao redor de mesas de carteado e em cadeiras de vime, como se vê em hoteizinhos fuleiros de beira-mar.

Então percebi que nenhuma daquelas pessoas se movia.

Olhei mais atentamente, tentando encontrar uma explicação para aquelas posturas enrijecidas. Havia homens e mulheres, além de garotos e garotas tão novos quanto eu, mas seus rostos eram meio parecidos, como se eles tivessem passado muito tempo numa prateleira, longe do sol, sob camadas de uma poeira fina e pálida.

Vi então que algumas das pessoas se moviam, mas com gestos tão discretos, como de passarinhos, que eu não tinha conseguido distingui-los.

Um homem de rosto cinzento contava as cartas de um baralho, uma, duas, três, quatro... Pensei que ele estava conferindo se o baralho estava completo, mas ao terminar a contagem ele começou tudo outra vez. Ao lado dele, uma senhora gorda brincava com um fio repleto de contas de madeira. Ela levava as contas até uma ponta do fio e então clique, clique, clique, deixava que elas caíssem até a outra ponta.

No piano, uma moça folheava algumas partituras, mas quando percebeu que eu a observava baixou mais a cabeça, fechou a cara e rasgou as folhas.

Minha mãe tocou meu braço e eu a segui sala adentro.

Sentamos em silêncio, num sofá velho que estalava a cada vez que alguém se mexia.

Então meu olhar deslizou das pessoas para o verde incandescente atrás das cortinas diáfanas, e senti como se estivesse dentro da vitrine de uma enorme loja de departamentos. As formas ao meu redor não eram pessoas, mas sim manequins de loja, maquiados para parecerem humanos e arrumados em posições que simulavam vida.

*

Subi as escadas seguindo a jaqueta escura do dr. Gordon.

Lá embaixo, na entrada, eu havia tentado perguntar a ele como seria o tratamento de choque, mas quando abri a boca as palavras não saíram, meus olhos simplesmente se arregalaram e ficaram encarando o rosto sorridente e familiar que flutuava à minha frente como um prato repleto de garantias.

O carpete vermelho terminava no alto da escada, sendo substituído por um linóleo marrom que se estendia ao longo do corredor cheio de portas brancas fechadas. Enquanto eu acompanhava o dr. Gordon, uma porta se abriu em algum lugar e ouvi uma mulher gritando.

Nesse momento uma enfermeira surgiu numa curva do corredor, trazendo uma mulher de roupão azul que tinha um cabelo desgrenhado e comprido. O dr. Gordon deu um passo para atrás, e eu me espremi contra a parede.

Enquanto era arrastada, chacoalhando os braços e tentando se livrar da enfermeira, a mulher dizia: "eu vou pular da janela, eu vou pular da janela, eu vou pular da janela".

A enfermeira, atarracada e musculosa em seu uniforme encardido, usava óculos tão grossos que parecia que quatro olhos vesgos me encaravam de trás das lentes arredondadas. Eu estava tentando adivinhar quais olhos eram verdadeiros e quais eram falsos, e qual dos olhos verdadeiros era o estrábico, quando ela ergueu o rosto e sussurrou, com um sorrisinho largo e conspiratório, como se quisesse me tranquilizar:

— Ela acha que vai pular da janela, mas não pode, porque todas as janelas têm grades!

E quando o dr. Gordon abriu caminho para que eu entrasse numa sala quase vazia nos fundos da casa, notei que ali as janelas realmente tinham grades, e que as portas do quarto e do armário, as gavetas da cômoda e tudo o que podia ser aberto tinha uma fechadura.

Deitei na cama.

A enfermeira vesga voltou. Ela tirou meu relógio e o guardou no bolso. Então começou a retirar os grampos do meu cabelo.

O dr. Gordon destrancou o armário e tirou dali uma mesa de rodinhas, sobre a qual havia uma máquina, e a empurrou até a cabeceira da cama. A enfermeira começou a lambuzar as minhas têmporas com uma pasta fedorenta.

Quando ela se debruçou sobre mim para alcançar o lado da minha cabeça que estava mais perto da parede, seus peitos enormes taparam o meu rosto como uma nuvem ou um travesseiro. Um vago odor medicinal emanava de seu corpo.

— Não se preocupe — sorriu a enfermeira. — Todo mundo fica morrendo de medo na primeira vez.

Tentei sorrir, mas minha pele tinha ficado dura como um pergaminho.

O dr. Gordon colocou duas placas de metal nas minhas têmporas, prendeu-as com uma tira que apertava a minha testa, e me deu um fio para morder.

Fechei os olhos.

Houve um breve silêncio, como uma respiração suspensa.

Então alguma coisa dobrou-se sobre mim e me dominou e me sacudiu como se o mundo estivesse acabando. Ouvi um guincho, *iiii-ii-ii-ii-ii*, o ar tomado por uma cintilação azulada, e a cada clarão algo me agitava e moía e eu achava que meus ossos se quebrariam e a seiva jorraria de mim como uma planta partida ao meio.

Fiquei me perguntando o que é que eu tinha feito de tão terrível.

*

Eu estava sentada numa cadeira de balanço, segurando um pequeno copo de suco de tomate. O relógio tinha voltado ao meu pulso, mas parecia esquisito. Notei que ele tinha sido colocado de ponta-cabeça. Senti os grampos mal enfiados no meu cabelo.

— Como você está se sentindo?

Uma velha luminária de metal veio à minha mente. Era uma das poucas coisas que haviam restado do escritório do meu pai. Tinha uma cúpula de cobre de onde saía um fio velho e rajado que descia pelo suporte de metal até a tomada na parede.

Um dia resolvi pegar a luminária do lado da cama da minha mãe e levar até a minha mesa, do outro lado do quarto. O fio era comprido o bastante e não precisei tirá-lo da tomada. Peguei a luminária e o fio com as duas mãos e segurei firme.

Então algo saiu da lâmpada, um clarão azul que me fez tremer até meus dentes baterem. Tentei tirar as mãos, mas elas estavam grudadas na cúpula, e soltei um grito, ou um grito foi arrancado da minha garganta — eu não o reconheci, mas o ouvi se amplificando e ressoando como se meu espírito estivesse saindo violentamente do corpo.

Minhas mãos se soltaram, e caí na cama da minha mãe. Um pequeno buraco preto marcava a palma da minha mão direita, como se tivesse sido feito com a ponta de um lápis.

— Como você está se sentindo?
— Tudo bem.
Era mentira, eu estava péssima.
— Em que universidade você falou que estudou?
Respondi.
— Ah! — O rosto do dr. Gordon se iluminou com um sorriso lento, quase tropical. — Tinha uma unidade feminina do Exército por lá durante a guerra, não tinha?

*

Os nós dos dedos da minha mãe estavam brancos, como se a pele tivesse se desintegrado durante a espera. Seu olhar passou por mim e parou no dr. Gordon. Ele deve ter aberto um sorriso ou balançado a cabeça, porque a expressão dela ficou mais relaxada.

— Mais alguns tratamentos de choque, senhora Greenwood — ouvi o doutor dizer —, e acho que a senhora vai notar um progresso maravilhoso.

A garota ainda estava sentada no banquinho do piano, as folhas de partitura rasgadas aos seus pés como um passarinho morto. Ela me encarou, eu a encarei de volta. Ela cerrou os olhos e me mostrou a língua.

Minha mãe seguia o dr. Gordon até a porta. Eu fiquei para trás, e quando os dois estavam de costas eu me aproximei da garota e fiz uma careta. Ela botou a língua para dentro e fechou a cara.

Saí da casa, para debaixo do sol.

O furgão preto de Dodo Conway nos esperava como uma pantera sob a sombra de uma árvore.

Aquele furgão havia sido originalmente encomendado por uma senhora da alta sociedade. Era preto, sem detalhes cromados, com assentos de couro, mas quando o veículo chegou a senhora o achou deprimente demais. Parecia um carro fúnebre, afirmou, e todo mundo concordou com ela, e como ninguém quis comprá-lo coube aos Conway economizar algumas centenas de dólares e levá-lo para casa.

Sentada no banco da frente, entre Dodo e minha mãe, eu me sentia apática e derrotada. Sempre que tentava me concentrar, minha mente deslizava rumo ao vazio como um patinador e começava a dar piruetas.

— Estou cheia desse doutor Gordon — eu disse, depois de deixarmos Dodo e seu furgão preto atrás dos pinheiros. — Pode ligar pra ele e dizer que semana que vem eu não vou.

Minha mãe sorriu.

— Eu sabia que minha bebê não era como eles.

Olhei para ela.

— Como quem?

— Como aquelas pessoas horríveis. Aquelas pessoas mortas naquela clínica. — Ela fez uma pausa. — Eu sabia que você iria resolver voltar a ficar bem.

ESTRELA SUCUMBE APÓS 68 HORAS EM COMA

Remexi minha bolsa. Entre os pedaços de papel, o pó compacto, as cascas de amendoim, as moedas, a caixinha azul contendo dezenove giletes, encontrei a foto instantânea que eu havia tirado aquela tarde numa cabine de listras laranjas e brancas.

Aproximei minha imagem da foto da garota morta. Eram idênticas: mesma boca, mesmo nariz. A única diferença estava nos olhos. Na foto instantânea eles estavam abertos, no jornal estavam fechados. Mas eu sabia que, se os olhos da garota morta estivessem abertos, eles me encarariam com a mesma expressão vazia, morta e soturna da foto instantânea.

Devolvi a foto à minha bolsa.

"Vou ficar tomando sol neste banco mais cinco minutos, contando no relógio daquele prédio ali", eu disse a mim mesma. "Então vou a algum lugar colocar meu plano em ação."

Reuni mentalmente um pequeno coro de vozes.

Você tem algum interesse pelo seu trabalho, Esther?

Sabe, Esther, você tem o perfil ideal de uma neurótica.

Você nunca vai chegar a lugar algum desse jeito, você nunca vai chegar a lugar algum desse jeito, você nunca vai chegar a lugar algum desse jeito.

Certa vez, numa noite quente de verão, passei uma hora beijando um estudante de direito de Yale, peludo e com ar de macaco, porque tive pena da feiura dele. Quando terminamos, ele disse: "Conheço o seu tipo, baby. Você vai ser uma careta aos quarenta anos".

— Factício! — disse meu professor de escrita criativa na universidade, após ler um conto meu chamado "O grande fim de semana".

Eu não sabia o que "factício" significava, então fui olhar no dicionário.

Factício, artificial, falso.

Você nunca vai chegar a lugar algum desse jeito.

Fazia vinte e uma noites que eu não dormia.

A coisa mais linda do mundo, pensei, deve ser a sombra, as milhões de formas móveis e imóveis das sombras. Havia sombras em gavetas de escrivaninhas, armários e malas; debaixo de casas, árvores e pedras; no fundo dos olhos e sorrisos das pessoas; a quilômetros e quilômetros de distância, no lado escuro da terra.

Olhei para os dois esparadrapos cor da pele que formavam uma cruz na minha panturrilha direita.

Aquela manhã eu dera o primeiro passo.

Tinha me trancado no banheiro, enchido a banheira de água morna e pegado uma gilete.

Quando perguntaram a um velho filósofo romano, ou alguém do tipo, como ele queria morrer, ele disse que cortaria as veias em um banho quente. Achei que seria fácil, que bastaria deitar na banheira e ver o líquido vermelho brotar dos pulsos, jorrando e jorrando pela água cristalina, até afundar no sono sob a superfície de cor berrante feito papoulas.

Mas quando chegou a hora, a pele do meu pulso pareceu tão branca e indefesa que não consegui fazer nada. Era como se o que eu quisesse matar não estivesse naquela pele ou no leve pulsar azul sob o meu dedão, mas em outro lugar mais profundo e secreto, bem mais difícil de alcançar.

Era preciso dois movimentos. Um pulso, depois o outro pulso. Três movimentos, se contarmos a mudança de gilete de uma mão para a outra. Só aí eu poderia entrar na banheira e me deitar.

Fui até o armário de remédios. Se fizesse aquilo olhando no espelho, seria como assistir a outra pessoa, num livro ou numa peça.

Mas a pessoa no espelho estava paralisada e era estúpida demais para fazer qualquer coisa.

Então achei que podia praticar derramando um pouco de sangue. Sentei na borda da banheira e apoiei meu tornozelo direito sobre o joelho esquerdo. Levantei minha mão direita com a gilete e deixei que ela caísse com o próprio peso, como uma guilhotina, sobre a minha panturrilha.

Inicialmente não senti nada. Então senti um arrepio discreto e profundo, e um filão brilhante e vermelho brotou dos lábios da ferida. O sangue se acumulou, escuro, como uma fruta, e deslizou pelo tornozelo para dentro do meu sapato de verniz preto.

Pensei em entrar na banheira nesse momento, mas percebi que aquela enrolação havia consumido boa parte da manhã e que minha mãe provavelmente chegaria em casa e me descobriria antes do fim.

Então coloquei um esparadrapo sobre o corte, guardei minhas giletes e peguei o ônibus 1130 para Boston.

— Desculpe, querida, não existe metrô para a prisão de Deer Island. É uma ilha.

— Não, não é uma ilha. Costumava ser, mas ela foi aterrada e unida ao continente.

— Não tem metrô.

— Eu preciso ir até lá.

— Ei — disse o gordo no guichê, me olhando através da grade. — Não chora. Quem você está procurando por lá, coração? Algum parente?

As pessoas se empurravam e esbarravam ao meu redor, na escuridão artificialmente iluminada, correndo atrás dos trens que ressoavam pelos túneis intestinais sob a Scollay Square. Eu sentia as lágrimas começarem a jorrar das fontes exaustas dos meus olhos.

— É o meu *pai*.

O gordo consultou um diagrama na parede do guichê.

— Faz o seguinte — ele disse. — Pega o trem naquela plataforma ali, desce em Orient Heights e então pega um ônibus com destino a "The Point". — Ele abriu um sorriso. — Ele vai te deixar no portão da prisão.

*

— Ei, você! — Um jovem vestindo uniforme azul acenou da guarita.

Acenei de volta e segui em frente.

— Ei, você!

Parei e andei lentamente até a guarita encarapitada como uma sala de estar circular no meio das dunas.

— Você não pode continuar. Propriedade da penitenciária, é proibido avançar.

— Achei que fosse permitido andar em qualquer lugar na praia — eu disse. — Desde que você fique na faixa de areia.

O sujeito pensou por um instante.

— Não nesta praia — disse ele.

Ele tinha um rosto agradável e vivaz.

— Legal esse seu lugar — eu disse. — Parece uma casinha.

Ele virou-se e deu uma olhada na sala, com seu tapete trançado e suas cortinas de chita. Ele sorriu.

— Temos até cafeteira.

— Eu morava aqui perto.

— Sério? Eu nasci e cresci nesta cidade.

Olhei para além da faixa de areia e vi o estacionamento, o portão gradeado, a estradinha cercada pelo mar, levando ao que antigamente havia sido uma ilha.

Os prédios de tijolo vermelho da prisão pareciam acolhedores, como se pertencessem a uma universidade à beira-mar. À esquerda, numa pequena colina coberta de grama, observei pontinhos brancos andando de um lado para o outro, acompanhados de pontinhos rosados, ligeiramente maiores. Perguntei ao guarda o que era aquilo.

— É porco e galinha — ele disse.

Pensei que se tivesse tido o bom senso de seguir vivendo naquela cidade, talvez tivesse conhecido aquele agente penitenciário na escola, casado com ele e tido um monte de filhos. Seria bom viver à beira-mar com uma penca de criancinhas, porcos e galinhas, usando o que minha avó chamava de "vestido de ficar em casa", deixando o tempo passar numa cozinha com piso de linóleo brilhante, com braços gordos, bebendo bules e bules de café.

— Como se faz pra entrar na cadeia?

— Você precisa de uma autorização.

— Não, como se faz pra ser *presa*?

— Ah — o guarda riu. — Você tem que roubar um carro, uma loja...

— Tem algum assassino lá?

— Não. Assassinos vão pra uma penitenciária maior, estadual.

— Quem mais fica lá?

— Bom, no começo do inverno sempre chegam uns vagabundos de Boston. Eles jogam um tijolo numa janela, são detidos e aí passam o inverno longe do frio, com televisão, comida e jogos de basquete no fim de semana.

— Legal.

— Legal pra quem gosta — disse o guarda.

Me despedi e comecei a me afastar. Dei uma última olhada para trás, sobre o ombro. O guarda ainda estava na porta, e quando me virei ele ergueu o braço e acenou.

*

O tronco em que me sentei era pesado como chumbo e cheirava a alcatrão. O cilindro sólido e cinzento da torre de água ficava sobre uma colina; aos seus pés, o banco de areia curvava-se sobre o mar. Na maré alta ele desaparecia sob a água.

Eu lembrava bem daquele banco de areia. Ele abrigava um tipo de concha que não se encontrava em nenhum outro ponto da praia.

A concha era grossa, lisa, do tamanho de uma falange. Normalmente era branca, embora às vezes fosse rosa ou cor de pêssego. Parecia um pequeno caramujo.

— Mamãe, aquela moça *ainda* está sentada lá.

Levantei os olhos e vi uma criancinha suja de areia sendo arrastada da beira do mar por uma mulher magricela, de olhos arregalados, vestindo shorts vermelhos e um top de bolinhas vermelhas e brancas.

Eu não esperava que aquela praia fosse acabar dominada por turistas. Nos dez anos em que estive ausente, barraquinhas azuis, rosa e verde-claras brotaram na areia batida como uma plantação de cogumelos sem gosto, e os aviões prateados e os dirigíveis em forma de charuto foram substituídos por jatos que roçavam os tetos das casas, nas barulhentas decolagens do aeroporto do outro lado da baía.

Eu era a única garota na praia de saia e salto alto, e me ocorreu que devia estar chamando a atenção. Havia tirado os sapatos, porque eles afundavam na areia, e saboreei a ideia de que eles ficariam empoleirados naquele tronco, apontando para o mar depois da minha morte, como uma espécie de bússola espiritual.

Apalpei a caixinha de giletes dentro da minha bolsa.

Percebi o quanto era estúpida. Eu tinha as giletes, mas não o banho quente.

Cogitei alugar um quarto. Devia haver uma pensão no meio daquelas casas de veraneio. Mas eu não trazia bagagem. Isso levantaria suspeitas. Além disso, em pensões sempre tem outra pessoa querendo usar o banheiro. Eu mal teria tempo de fazer a coisa e entrar na banheira, e alguém apareceria batendo na porta.

As gaivotas, em suas pernas de pau, miavam como gatos. Então levantaram voo, uma depois da outra, trajando jaquetas cinzentas, gritando e rodeando minha cabeça.

*

— Melhor não ficar aqui, moça, a maré está subindo.

O menininho estava agachado a alguns metros de mim. Ele pegou uma pedra lilás arredondada e atirou-a na água, que a engoliu com um "plop" sonoro. Então ele começou a remexer a areia, e pude ouvir as pedras secas chocando-se feito moedas umas contra as outras.

Ele atirou uma pedra chata sobre a superfície verde e opaca da água, e ela quicou sete vezes antes de desaparecer de vista.

— Por que você não vai pra casa? — perguntei.

O menino atirou outra pedra, mais pesada. Ela afundou depois de quicar duas vezes.

— Não quero.

— Sua mãe está te procurando.

— Não está. — Ele pareceu preocupado.

— Se você for pra casa, eu te dou um doce.

O menino se aproximou.

— Que tipo?

Eu não precisava conferir a minha bolsa para saber que só tinha cascas vazias de amendoim.

— Te dou dinheiro pra comprar doce.

— Ar-*thur*!

Havia uma mulher subindo o banco de areia, escorregando e praguejando. Dava para ver seus lábios se movendo no intervalo dos gritos claros e determinados.

— Ar-*thur*!

Ela protegeu os olhos com as mãos, como se isso pudesse ajudá-la a nos enxergar em meio ao nevoeiro que se adensava.

Dava para sentir que o interesse do menino em mim diminuía à medida que os gritos da mãe aumentavam. Ele começou a fingir que não me conhecia. Chutou algumas pedras, como se procurasse por alguma coisa, e se afastou.

Senti um arrepio.

As pedras jaziam inertes e frias sob meus pés descalços. Tive certa nostalgia dos sapatos pretos. Uma onda se formou e quebrou, tocando o meu pé.

A umidade parecia vir do fundo do oceano, onde peixes brancos e cegos viajavam movidos pela própria luz rumo ao grande frio polar. Imaginei dentes de tubarões e cartilagens de baleia espalhados como lápides por lá.

Esperei, como se o mar pudesse decidir por mim.

Outra onda quebrou aos meus pés, enfeitada de espuma branca, e o frio agarrou-se aos meus tornozelos com uma dor terrível.

Covarde, minha pele crispou-se diante de uma morte como aquela.

Sob uma luz violeta, peguei minha bolsa e voltei pelas pedras frias até o lugar onde meus sapatos faziam sua vigília.

— CLARO QUE A MÃE MATOU ELE.

Olhei para a boca do garoto que Jody queria que eu conhecesse. Os lábios eram grossos e rosados, e uma cara de bebê se ocultava sob o cabelo loiro e sedoso. Seu nome era Cal, o que eu achei que fosse um diminutivo, mas não conseguia imaginar de que nome. A não ser que ele se chamasse Califórnia.

— Como você pode ter certeza que foi ela que matou? — perguntei.

Cal era supostamente muito inteligente, e Jody havia dito ao telefone que era bonitinho e que eu iria gostar dele. Fiquei me perguntando: será que o meu antigo eu gostaria dele?

Era impossível saber.

— Bom, primeiro ela diz não, não e não, depois diz sim.

— Mas aí ela diz não de novo.

Cal e eu estávamos deitados sobre uma toalha com listras laranjas e verdes, numa praia suja do outro lado dos pântanos de Lynn. Jody e Mark, o garoto com quem ela andava saindo, estavam nadando. Cal preferiu conversar, e estávamos falando de uma peça em que um rapaz descobre que tem uma doença no cérebro, resultado das aventuras de seu pai com mulheres duvidosas. No final o cérebro dele, que estava amolecendo gradativamente, sai de órbita de vez, e sua mãe se pergunta se deveria matá-lo ou não.

Eu estava desconfiada de que minha mãe havia ligado para Jody e implorado que ela me convidasse para sair, evitando assim que eu passasse o dia no quarto, com as venezianas fechadas. Eu não queria ir, porque achava que Jody perceberia que eu havia mudado e que qualquer pessoa com um mínimo de noção veria que eu não tinha mais nada dentro da cabeça.

Mas, no carro, no caminho para o norte, e então para o oeste, Jody tinha feito piadas, dado risada e puxado assunto, e não pareceu ligar para o fato de que eu só falava "uau", "puxa" ou "quem diria".

Fizemos cachorros-quentes nas churrasqueiras públicas da praia, e depois de observar atentamente Jody, Mark e Cal, consegui grelhar minha salsicha pelo tempo certo, sem queimá-la ou derrubá-la no fogo como temia. Quando ninguém mais estava olhando, eu a enterrei na areia.

Depois de comer, Jody e Mark correram de mãos dadas para a água, eu me deitei olhando para o céu e Cal começou a falar da tal peça.

O único motivo pelo qual eu me lembrava da peça é porque ela tinha um personagem maluco. Tudo o que eu já lera sobre gente maluca havia se fixado no meu cérebro, enquanto o resto evaporou.

— Mas é o sim que importa — disse Cal. — É para o sim que ela volta no final.

Ergui a cabeça e dei uma espiada no prato azul e brilhante do mar — um prato azul, brilhante e de borda suja. Uma grande rocha cinza, redonda como a extremidade de um ovo, se projetava para fora da água a cerca de dois quilômetros da costa.

— O que era mesmo que ela ia usar pra matar o filho? Esqueci.

Eu não tinha esquecido. Lembrava perfeitamente, mas queria ouvir o que Cal ia dizer.

— Morfina em pó.

— Você acha que existe morfina em pó nos Estados Unidos?

Cal refletiu por um instante, então disse: — Imagino que não. Seria uma coisa muito ultrapassada.

Virei de barriga para baixo e olhei para o outro lado, na direção de Lynn. O fogo das grelhas e o calor da estrada formavam uma névoa vítrea. Através dela, como se uma cortina de água embaçasse a minha visão, pude ver o horizonte borrado de tanques de gás, chaminés de fábricas, guindastes e pontes.

Parecia tudo uma grande bagunça.

Voltei a deitar de costas e tentei soar desinteressada:

— Se você fosse se matar, o que você usaria?

Cal pareceu gostar da pergunta.

— Sempre penso nisso. Eu estouraria meus miolos com uma arma.

Fiquei decepcionada. Era bem coisa de homem querer se matar daquele jeito. A última coisa que eu faria era colocar as mãos em uma arma. E mesmo se fizesse isso, não teria a menor ideia de que parte do meu corpo acertar.

Já tinha lido histórias no jornal sobre pessoas que tentavam dar um tiro em si mesmas, acertavam algum nervo importante e ficavam paralisadas, ou estouravam a cara e acabavam tendo a vida milagrosamente salva por cirurgiões.

Os riscos de usar uma arma pareciam grandes demais.

— Que tipo de arma?

— A espingarda do meu pai. Ele sempre a deixa carregada. Eu só teria que entrar no escritório dele um dia e... — Cal apontou um dedo para a têmpora e fez uma careta cômica. — Click! — Ele arregalou os olhos cinzentos e me encarou.

— Seu pai mora perto de Boston? — perguntei, só para continuar a conversa.

— Não. Em Clacton-on-Sea. Ele é inglês.

Jody e Mark corriam em nossa direção de mãos dadas, pingando como dois cãezinhos apaixonados. Achei que ficaria muito cheio de gente por ali, então me levantei e forcei um bocejo.

— Acho que vou dar uma nadada.

Ficar com Jody, Mark e Cal estava começando a pesar nos meus nervos, como um bloco de madeira colocado sobre as cordas de um piano. Eu sentia que a qualquer momento perderia o controle e começaria a tagarelar sobre como não conseguia mais ler ou escrever e como devia ser a única pessoa a ficar acordada por um mês inteiro sem cair morta de exaustão.

Parecia haver fumaça saindo dos meus nervos, como aquela que saía das churrasqueiras e da estrada. Toda a paisagem — praia, encosta, mar e pedras — tremia diante dos meus olhos como a cortina de um palco.

Fiquei me perguntando em que ponto do espaço aquele azul besta e ilusório do céu ficava preto.

— Vai nadar também, Cal — Jody deu um empurrãozinho amistoso nele.

— Ahhhhh — Cal escondeu o rosto na toalha. — Está muito frio.

Comecei a andar na direção do mar.

Por algum motivo, sob a luz ampla e sem sombras do meio-dia, a água parecia agradável e acolhedora.

Pensei que o melhor jeito de morrer era afogada; o pior, queimada. Buddy Willard havia me dito que alguns daqueles bebês em potes de vidro tinham guelras. Eles estavam num estágio em que eram quase como peixes.

Uma ondinha repleta de papéis de bala, cascas de laranja e algas marinhas quebrou aos meus pés.

Ouvi um ruído surdo atrás de mim, e Cal apareceu.

— Vamos nadar até aquela pedra — apontei.

— Pirou? Fica a uns dois quilômetros daqui.

— Qual é o seu problema? — perguntei. — Tem medinho?

Cal me pegou pelo cotovelo e me atirou na água. Quando estávamos com a água batendo na cintura, ele me empurrou para baixo. Voltei à superfície me debatendo, os olhos ardendo de sal. A água era verde e meio opaca, como um pedaço de quartzo.

Comecei a nadar cachorrinho, sempre olhando para a pedra. Cal nadava *crawl* lentamente. Depois de um tempo ele ergueu a cabeça e parou.

— Não vou conseguir. — Ele estava bem ofegante.

— Ok. Pode voltar.

Resolvi que nadaria até estar cansada demais para voltar. Enquanto avançava, eu sentia o coração batendo como um motor surdo nos meus ouvidos.

Eu sou eu sou eu sou.

*

Aquela manhã eu havia tentado me enforcar.

Assim que minha mãe saiu para trabalhar, tirei o cordão de seda de seu roupão de banho amarelo e, sob a penumbra âmbar do quarto, fiz um nó que deslizava sobre o cordão. Demorei um tempo para conseguir, porque sempre fui péssima com nós e não tinha a menor ideia de como fazer um.

Então comecei a procurar um lugar onde pendurar a corda.

O problema é que a nossa casa tinha o tipo errado de teto. Era baixo, branco, liso, sem lustres ou vigas de madeira à vista. Lembrei com saudade da casa da minha avó, antes de ela vendê-la e vir morar conosco e depois com a tia Libby.

Minha avó morava numa bela casa estilo século xix, com quartos amplos, suportes para lustres, armários altos com varões de madeira robustos, além de um sótão aonde ninguém ia, cheio de baús, gaiolas de papagaios, manequins e vigas grossas como mastros de navio.

Mas era uma casa velha e havia sido vendida, e eu não conhecia mais ninguém que morasse num lugar como aquele.

Depois de um tempo desanimador, em que fiquei andando de um lado para o outro com o cordão de seda amarelo pendurado no pescoço feito um rabo de gato, e sem achar nenhum lugar para pendurá-lo, sentei-me na beira da cama da minha mãe e tentei puxar com força o cordão.

Sempre que eu conseguia apertar o meu pescoço, porém, sentindo o ouvido apitar e o sangue subir para o meu rosto, minhas mãos enfraqueciam e soltavam o cordão, e eu voltava a ficar bem.

Então percebi que meu corpo usava vários truques para se salvar, como fazer com que as minhas mãos perdessem força no último segundo. Se a decisão final dependesse de mim, eu estaria morta num instante.

Eu teria que enganar meu corpo com o resto de consciência que ainda tinha, ou ficaria presa naquela cela estúpida por mais cinquenta anos, sem consciência alguma. E quando as pessoas percebessem que eu havia perdido a cabeça — o que acabaria acontecendo, apesar da discrição da minha mãe —, elas a convenceriam a me colocar em uma clínica psiquiátrica, onde eu seria curada.

Acontece que o meu caso não tinha cura.

Eu havia comprado na farmácia alguns livros de psicopatologia, e meus sintomas combinavam com os casos mais graves descritos nos livros.

A única coisa que eu conseguia ler, além dos jornais sensacionalistas, eram aqueles livros de psicopatologia. Era como se minha mente ainda tivesse uma pequena abertura, para que eu aprendesse tudo o que precisava sobre a minha condição e assim desse um fim decente a ela.

Depois do enforcamento fracassado, fiquei me perguntando se eu não devia simplesmente desistir e me entregar aos médicos, e me lembrei do dr. Gordon e de sua máquina de choques. Eles poderiam usar aquilo em mim quantas vezes quisessem depois que eu fosse trancafiada.

E imaginei minha mãe, meu irmão e meus amigos me visitando, dia após dia, na expectativa de que eu ficasse bem. Então as visitas começariam a rarear, e eles perderiam a esperança, envelheceriam e se esqueceriam de mim.

Isso sem falar que eles teriam pouco dinheiro.

Inicialmente iriam querer que eu tivesse o melhor tratamento, e gastariam todo o dinheiro em uma clínica particular como a do dr. Gordon, mas quando esse dinheiro acabasse eu seria transferida para um hospital público, com centenas de pessoas como eu, numa grande jaula no porão.

Quanto pior você ficava, mais longe eles te escondiam.

*

Cal estava nadando de volta à praia.

Fiquei observando ele sair lentamente da água. Visto contra a areia bege e o mar verde, seu corpo parecia cortado ao meio, como um verme branco. Então ele saiu completamente do verde e se perdeu no bege, entre as dezenas de outros vermes que se contorciam ou simplesmente se refestelavam no chão, entre o céu e o mar.

Dei algumas braçadas e movi os pés. A pedra em forma de ovo não parecia nem um pouco mais perto de quando Cal e eu a vimos da costa.

Percebi que seria inútil nadar até a pedra, porque meu corpo aproveitaria a oportunidade para subir nela e descansar sob o sol, juntando forças para nadar de volta à praia.

A única coisa a fazer era me afogar ali mesmo.

Então eu parei.

Juntei as mãos no peito e mergulhei de cabeça, usando os braços para ganhar impulso. A água fazia pressão nos meus ouvidos e no meu coração. Avancei rumo ao fundo, mas, antes que eu pudesse saber onde estava, a água tinha me cuspido de volta para o sol, as coisas cintilando ao meu redor como pedras semipreciosas — azuis, verdes e amarelas.

Tirei a água dos olhos.

Eu estava ofegante, parecia ter passado por um esforço terrível, mas flutuava com facilidade.

Mergulhei de novo e de novo, e toda vez era impelida para cima como uma rolha.

A pedra cinza ria de mim, flutuando tranquila feito uma tábua de salvação.

Eu sabia quando havia sido derrotada.

Dei meia-volta.

*

Segui pelo corredor empurrando o carrinho das flores, que se agitavam como crianças espertas e inquietas.

Eu me sentia uma besta naquele uniforme verde-musgo de voluntária. Besta e inútil: não era como os médicos e enfermeiras em seus uniformes brancos, ou as faxineiras vestidas de marrom, com seus esfregões e baldes cheios de água encardida, que passavam por mim sem dizer uma palavra.

Se eu estivesse sendo paga, mesmo que fosse um trocado, poderia ao menos considerar aquele um trabalho de verdade. Mas tudo o que eu ganhara depois de uma manhã levando revistas, doces e flores para lá e para cá havia sido um almoço grátis.

Minha mãe havia dito que a cura para alguém que passava muito tempo pensando sobre si mesma era ajudar pessoas que estivessem em situação muito pior, e Teresa me arrumou uma vaga de voluntária no hospital local. Era algo difícil de conseguir, porque todas as mulheres da Liga da Juventude queriam fazer aquilo, mas para a minha sorte a maioria delas estava de férias.

Torci para que me mandassem para uma ala com casos horríveis de verdade, com pessoas que olhariam para meu rosto apático e estúpido, perceberiam o quanto eu era bem-intencionada e seriam gratas a mim. Mas a líder das voluntárias, uma senhora da sociedade que pertencia à nossa igreja, deu uma olhada rápida para mim e disse: "você fica na maternidade".

Então subi de elevador até o terceiro andar e me apresentei à enfermeira-chefe. Ela me deu o carrinho de flores. Eu tinha que colocá-las nos vasos certos, nas camas certas, nos quartos certos.

Antes mesmo de chegar à porta do primeiro quarto, porém, percebi que várias das flores estavam murchas e escuras. Como achei que seria desanimador para uma mulher que acabara de dar à luz assistir a alguém colocando um grande buquê de flores murchas diante da cama, resolvi levar o carrinho até uma pia e comecei a separar todas as flores que estavam mortas.

Então separei as que estavam prestes a morrer.

Como não havia cesto de lixo à vista, quebrei as flores em pedaços e as depositei no fundo da pia branca. Ela estava fria feito uma tumba. Sorri. Deve ser assim que eles colocam os corpos na morgue do hospital. Meu gesto, apesar de discreto, ecoava o gesto dos médicos e das enfermeiras.

Abri a porta do primeiro quarto e entrei empurrando o carrinho. Duas enfermeiras pularam de susto, e me vi cercada por prateleiras e armários de remédios.

— O que você quer? — perguntou uma das enfermeiras, séria. Não era fácil diferenciar uma da outra. Pareciam todas iguais.

— Estou levando as flores para os quartos.

A enfermeira que havia falado colocou a mão no meu ombro e me levou para fora da sala, manobrando o carrinho habilmente com a mão que estava livre. Ela abriu as portas basculantes do quarto ao lado, fez gesto para que eu entrasse e desapareceu.

Pude ouvir risinhos ao longe, logo abafados por uma porta que se fechou.

Havia seis camas no quarto, cada uma delas com uma mulher. Elas estavam todas sentadas, tricotando, folheando revistas, colocando grampos no cabelo, tagarelando feito papagaios.

Achei que elas estariam dormindo ou deitadas, quietas e pálidas, e que eu entraria na ponta dos pés e colocaria os vasos numerados ao lado das camas correspondentes, mas antes que tivesse chance de me orientar, uma loira espalhafatosa, de rosto anguloso, acenou para mim.

Fui até ela, deixando o carrinho no meio do quarto, mas ela fez um gesto impaciente e percebi que queria que eu trouxesse o carrinho comigo.

Com um sorriso solícito no rosto, levei o carrinho até o lado da cama dela.

— Ei, cadê as minhas esporinhas? — perguntou uma mulher grande e balofa do outro lado do quarto, me fuzilando com olhos de águia.

A loira de rosto anguloso curvou-se sobre o carrinho. — Aqui estão minhas rosas amarelas — ela disse —, mas estão misturadas com esses lírios horríveis.

Outras vozes se juntaram ao coro das duas primeiras, todas contrariadas, altas, cheias de queixas.

Eu estava abrindo a boca para explicar que eu tinha jogado um monte de esporinhas mortas na pia, e que alguns dos buquês que eu limpara pareciam tão magros que eu tive que juntá-los a outras flores, quando a porta basculante se abriu e uma enfermeira entrou para ver o motivo da algazarra.

— Enfermeira, ontem à noite o Larry me trouxe um monte de esporinhas.

— Ela acabou com as minhas rosas amarelas.

Corri desabotoando o uniforme verde e, de passagem, enfiei-o na pia junto das flores mortas. Então peguei a escada lateral, que estava deserta, e desci pulando os degraus de dois em dois. Não cruzei com ninguém.

*

— Pra que lado fica o cemitério?

O italiano de jaqueta de couro preta parou e apontou para uma viela nos fundos da igreja metodista. Eu lembrava daquela igreja.

Fui metodista ao longo dos primeiros nove anos da minha vida, até que meu pai morreu e a família mudou de casa e converteu-se ao Unitarismo.

Minha mãe havia sido católica antes de ser metodista. Meus avós e minha tia Libby ainda eram católicos. Tia Libby tinha se afastado do catolicismo do mesmo jeito que a minha mãe, mas então se apaixonou por um italiano católico e voltou à religião.

Eu andava pensando em virar católica. Eu sabia que os católicos consideravam matar a si mesmo um pecado terrível. Se era assim, talvez eles conseguissem me convencer a não fazer isso.

Claro que eu não acreditava em vida após a morte, na concepção da virgem, na Inquisição ou na infalibilidade daquele papa com cara de macaco, mas o padre não precisava saber de nada disso. Eu podia apenas me concentrar no meu pecado, e ele me ajudaria a me arrepender.

O único problema era que as igrejas, mesmo a igreja católica, não tomavam conta de toda a sua vida. Você podia se ajoelhar e rezar o quanto quisesse, mas ainda assim teria que fazer três refeições por dia, ter um emprego e viver no mundo.

Pensei que podia descobrir por quanto tempo era preciso ser católica até virar uma freira. Perguntei à minha mãe, imaginando que ela saberia me orientar.

Ela riu da minha cara. — Você acha que eles vão aceitar alguém como você, assim de cara? Você tem que saber de cor todos aqueles catecismos e credos, e acreditar neles pra valer! Uma garota com a sua cabeça!

Ainda assim, comecei a me imaginar indo falar com algum padre de Boston — teria que ser lá, porque eu não queria que nenhum padre da minha cidade soubesse dos meus planos de suicídio. Padres são fofoqueiros terríveis.

Eu iria vestida de preto, com meu rosto pálido e abatido, me jogaria aos pés do padre e diria, "Oh, padre, me ajude".

Mas isso foi antes das pessoas começarem a me olhar de um jeito esquisito, como aquelas enfermeiras no hospital.

Eu estava convencida de que os católicos não aceitariam uma freira maluca. O marido da tia Libby contou uma história, certa vez, de uma freira que foi enviada pelo convento para fazer um check-up com Teresa. A mulher dizia ouvir acordes de harpa e uma voz repetindo "aleluia" sem parar. Após ser questionada, ela confessou não ter certeza se a voz dizia "aleluia" ou "Arizona". A freira tinha nascido no Arizona. Acho que acabou internada em alguma clínica psiquiátrica.

Puxei o meu véu preto até o queixo e atravessei lentamente os portões de ferro. Era estranho que nenhum de nós tivesse visitado o meu pai, desde que ele fora enterrado naquele cemitério. Minha mãe não nos deixou ir ao enterro porque éramos muito pequenos na época. Como ele morreu no hospital, aquele cemitério e até mesmo sua morte sempre pareceram irreais para mim.

Fazia algum tempo que eu queria dar a meu pai uma compensação pelos anos de abandono e começar a cuidar de sua tumba. Sempre fui sua favorita, e parecia razoável que eu assumisse um luto pelo qual minha mãe nunca havia se interessado.

Se meu pai não tivesse morrido, pensei, teria me ensinado tudo sobre insetos, sua especialidade na universidade. Ele também teria me ensinado alemão, grego e latim, e talvez eu tivesse me tornado luterana. Ele havia sido luterano em Wisconsin, mas a religião saiu de moda na Nova Inglaterra e ele se tornou primeiro um luterano relapso e depois, como dizia minha mãe, um ateu amargo.

Fiquei decepcionada com o cemitério. Ficava na periferia da cidade, no fundo de um vale, e parecia um aterro sanitário.

Eu percorria os caminhos de cascalho e podia sentir o cheiro dos pântanos salgados ao longe.

A parte mais antiga do cemitério era melhor, com suas lápides gastas e monumentos cobertos por musgo, mas logo me dei conta de que meu pai devia estar enterrado na parte nova, datada a partir dos anos quarenta.

As lápides na parte moderna eram toscas e baratas, e aqui e ali havia túmulos com bordas de mármore, como banheiras cheias de terra, e recipientes de metal enferrujado, cheios de flores de plástico, colocados na altura do umbigo do morto.

Uma garoa fina começou a cair do céu cinzento, e fui ficando bem deprimida.

Eu não conseguia achar o meu pai em lugar nenhum.

Nuvens baixas e revoltas moviam-se sobre o mar, no horizonte, além dos pântanos e dos barracos na beira da praia, e gotas de chuva escureciam a capa preta que eu comprara aquela manhã. Uma umidade fria penetrava a minha pele.

Eu havia perguntado à vendedora: — É impermeável?

Ela disse: — Nenhuma capa de chuva é *impermeável*. Elas são à prova de garoa.

Quando perguntei o que aquilo significava, ela disse que era melhor eu comprar um guarda-chuva.

Mas eu não tinha dinheiro para um guarda-chuva. Com as passagens de ônibus de ida e volta para Boston, os amendoins, os jornais, os livros de psicopatologia e as visitas à minha cidade natal à beira-mar, o dinheiro que eu trouxera de Nova York estava quase esgotado.

Eu tinha decidido que colocaria meu plano em ação quando não houvesse mais dinheiro na minha conta, e aquela manhã eu gastara meus últimos tostões na capa de chuva preta.

Então vi o túmulo do meu pai.

Estava bem atrás de outro túmulo, cabeça contra cabeça, do jeito que as pessoas ficam quando não há espaço suficiente num pronto-socorro. A lápide era de um mármore rosa cheio de pintinhas, feito salmão enlatado, e tudo o que havia nele era o nome do meu pai sobre duas datas separadas por um pequeno travessão.

Nos pés da lápide, depositei o buquê de azaleias que eu tinha colhido de um arbusto na entrada do cemitério. Minhas pernas se dobraram e me sentei na grama ensopada. Eu não entendia por que estava chorando tanto.

Foi aí que me lembrei que nunca tinha chorado pela morte do meu pai.

Minha mãe também não tinha chorado. Tinha apenas aberto um sorriso e falado que era até bom que ele tivesse morrido, porque se continuasse vivo teria sido um inválido até o fim da vida, e isso era algo que ele não suportaria — teria preferido morrer.

Encostei meu rosto na superfície lisa do mármore e chorei minha perda sob a chuva fria e salgada.

*

Eu sabia exatamente como agir.

No momento em que os pneus do carro tocaram a rua e o som do motor se extinguiu na distância, pulei da cama e vesti rapidamente a blusa branca, a saia verde e a capa de chuva preta. A capa ainda estava meio úmida, mas logo aquilo não teria mais importância.

Desci as escadas, peguei um envelope azul na mesa de jantar e escrevi cuidadosamente no verso, em letras grandes: *vou dar uma longa caminhada.*

Coloquei a mensagem num lugar que minha mãe veria quando entrasse em casa.

Então dei uma risada.

Tinha me esquecido da coisa mais importante.

Subi as escadas e arrastei uma cadeira até o armário da minha mãe. Subi nela e estiquei o braço até alcançar um cofrinho verde na última prateleira. O cadeado era tão frágil que eu poderia ter aberto a tampa de metal com as minhas próprias mãos, mas queria fazer as coisas de maneira calma e ordeira.

Abri a gaveta superior direita da cômoda da minha mãe e tirei o porta-joias azul de seu esconderijo sob os lenços de linho irlandeses. Destaquei a chave do veludo escuro, abri o cofre e peguei o frasco de pílulas novas. Havia mais do que eu esperava.

Umas cinquenta, pelo menos.

Se eu tivesse esperado que minha mãe me administrasse as pílulas, noite após noite, teria que esperar cinquenta noites até juntar a quantidade suficiente. E em cinquenta noites as aulas da faculdade teriam recomeçado, meu irmão teria voltado da Alemanha e seria tarde demais.

Devolvi a chave ao caos de correntes e anéis baratos do porta-joias, depositei-o sob os lenços na gaveta, pus o cofre de volta na prateleira do armário e levei a cadeira até o lugar exato de onde a tinha retirado.

Então desci até a cozinha. Abri a torneira e enchi um copo grande de água. Peguei o copo e o frasco de pílulas e desci para o porão.

Uma luz fraca e submarina atravessava as fendas das janelas. Havia um vão escuro na parede, atrás do aquecedor a óleo, da altura do meu ombro. Ele avançava até perder-se de vista, sob uma passagem coberta que havia sido adicionada à casa depois do porão ter sido escavado. A passagem acabou construída sobre aquela fenda secreta de piso de terra.

Alguns troncos velhos e apodrecidos bloqueavam a entrada do vão. Coloquei-os de lado. Então pus o copo de água e o frasco de pílulas lado a lado na superfície plana de um dos troncos e comecei a tentar trepar no vão.

Demorei um tempo tentando, mas finalmente consegui. Fiquei agachada como um duende na entrada escura.

Meus pés descalços tocavam a terra. Ela parecia amistosa, porém fria. Fiquei me perguntando quando teria sido a última vez que aquele pedaço de chão tinha visto o sol.

Arrastei os troncos pesados e empoeirados para a entrada do buraco. A escuridão era espessa como veludo. Peguei o copo e o frasco, abaixei a cabeça e engatinhei cuidadosamente rumo à parede do fundo.

Teias de aranha tocavam meu rosto, suaves feito mariposas. Enrolada na capa preta como em minha própria sombra, comecei a tomar as pílulas rapidamente, entre goles de água, uma depois da outra depois da outra.

Inicialmente nada aconteceu, mas quando me aproximei do fim do frasco luzes vermelhas e azuis começaram a piscar diante dos meus olhos. O frasco escapou dos meus dedos e eu me deitei.

O silêncio recuou, revelando as pedrinhas, as conchas, todos os destroços decadentes da minha vida. Então, no limite da visão, ele se recompôs e, numa grande onda, me arremessou para o sono.

14

ESTAVA COMPLETAMENTE ESCURO.

Eu sentia a escuridão, nada mais. Minha cabeça se ergueu, sondando o ambiente como a cabeça de uma larva. Alguém estava gemendo. Então um enorme peso chocou-se como uma pedra contra a minha bochecha, e o gemido foi interrompido.

O silêncio voltou, como água parada se recompondo depois de uma pedra a ter atingido.

Um vento frio me acertou. Eu estava sendo transportada velozmente por um túnel para o centro da terra. O frio parou. Houve um murmúrio, como se muitas vozes discordassem e reclamassem à distância. Então as vozes se calaram.

Um cinzel atingiu meu olho. Uma fenda de luz se abriu, como uma boca ou uma ferida, até que a escuridão voltou. Tentei rolar na direção da luz, mas mãos envolveram meus membros como as bandagens de uma múmia, e eu não conseguia me mover.

Comecei a pensar que estava em uma câmara subterrânea, sob uma luz muito forte, e que o lugar estava cheio de pessoas que por alguma razão me prendiam ao chão.

Então o cinzel me acertou outra vez, e a luz invadiu minha cabeça, e uma voz exclamou através da escuridão grossa, morna e peluda:
— Mãe!

*

O ar tocava e brincava no meu rosto.

Eu sentia os contornos de um quarto ao meu redor, um grande quarto com janelas abertas. Um travesseiro se moldava à minha cabeça, e meu corpo flutuava, sem pressão, entre lençóis finos.

Então senti calor, como se uma mão estivesse pousada sobre o meu rosto. Eu devia estar deitada sob o sol. Se abrisse meus olhos, veria cores e formas debruçando-se sobre mim como enfermeiras.

Abri os olhos.

Estava completamente escuro.

Alguém respirava ao meu lado.

— Não consigo enxergar — eu disse.

Uma voz alegre se ergueu na escuridão. — Existem várias pessoas cegas no mundo. Um dia você vai se casar com um bom sujeito cego.

*

O homem do cinzel voltou.

— Por que você insiste? — perguntei. — Não adianta.

— Você não deveria falar assim. — Seus dedos examinaram o enorme inchaço dolorido sobre meu olho esquerdo. Então ele soltou alguma coisa, e um foco de luz apareceu, irregular feito um buraco na parede. Uma cabeça masculina apareceu na borda do buraco.

— Você consegue me ver?

— Sim.

— Consegue ver mais alguma coisa?

Então me lembrei. — Não consigo ver nada. — O foco diminuiu e ficou preto. — Estou cega.

— Que absurdo! Quem te falou isso?

— A enfermeira.

O homem bufou e terminou de colocar o curativo sobre o meu olho. — Você é uma garota muito sortuda. Sua vista está intacta.

*

— Tem alguém querendo te ver.

A enfermeira sorriu e desapareceu.

Minha mãe apareceu sorridente e contornou a cama. Ela usava um vestido com desenhos de rodas de carroça roxas que a deixava péssima.

Um rapaz alto a seguia. Em princípio não consegui reconhecê-lo, porque meu olho só abria um pouco, mas então vi que era o meu irmão.

— Disseram que você queria me ver.

Minha mãe sentou-se na beira da cama e colocou uma mão na minha perna. Ela tinha um ar amoroso e recriminador, e eu queria que ela fosse embora.

— Acho que eu não falei nada.

— Eles disseram que você estava me procurando. — Ela parecia prestes a chorar. Seu rosto contraiu-se e tremeu feito uma geleia pálida.

— Como você está? — perguntou meu irmão.

Olhei minha mãe nos olhos.

— Igual — eu disse.

*

— Você tem visita.

— Eu não quero visitas.

A enfermeira saiu, sussurrou algo a uma pessoa no corredor e voltou. — Ele gostaria muito de te ver.

Olhei para minhas pernas amarelas saindo do pijama de seda branco que tinham me dado para vestir. A pele flácida tremelicava quando eu me movia, como se não houvesse músculo ali, e estava coberta com uma camada grossa de pelos pretos e curtos.

— Quem é?

— Alguém que você conhece.

— Como é o nome dele?

— George Bakewell.

— Não conheço nenhum George Bakewell.

— Ele disse que te conhece.

Então a enfermeira saiu e um garoto bastante familiar entrou no quarto. Ele disse: — Você se importa se eu me sentar na beira da sua cama?

Ele vestia um jaleco branco, e um estetoscópio saía de seu bolso. Era como se alguém que eu conhecia tivesse se fantasiado de médico.

Eu tinha planejado cobrir minhas pernas se alguém entrasse, mas agora era tarde demais, então as deixei do jeito que estavam, nojentas e horríveis.

"Sou eu", pensei. "Isso sou eu."

— Você lembra de mim, não lembra, Esther?

Espiei o rosto do garoto através da fresta do meu olho bom. O outro olho ainda não tinha aberto, mas o oftalmologista dissera que ele voltaria ao normal em alguns dias.

O garoto me olhava como se eu fosse o mais novo animal do zoológico. Parecia que ele estava prestes a gargalhar.

— Você lembra de mim, não lembra, Esther? — Ele falava devagar, do jeito que as pessoas falam com uma criança. — Sou George Bakewell. Sou da sua igreja. Você saiu com o meu colega de quarto uma vez, em Amherst.

Achei que tivesse finalmente identificado o rosto do garoto. Ele pairava vagamente numa esquina da memória — era o tipo de rosto que eu jamais me daria ao trabalho de relacionar a um nome.

— O que você está fazendo aqui?

— Sou residente neste hospital.

Fiquei me perguntando: como é que aquele George Bakewell podia ter virado médico de uma hora para a outra? Ele também não me conhecia de verdade. Só estava ali porque queria saber como era uma garota louca o suficiente para se matar.

Virei para a parede.

— Sai — eu disse. — Sai daqui e não volta mais.

*

— Quero ver um espelho.

A enfermeira cantarolava, enchendo gavetas com as novas roupas íntimas, blusas, saias e pijamas que minha mãe trouxera na mala de verniz preto.

— Posso ver um espelho?

Tinham me enfiado num vestidinho cinza e branco, mais parecido com um forro de colchão, acompanhado de um cinto largo, vermelho e brilhante, e me colocado numa poltrona.

— Por que eu não posso?

— Porque é melhor não. — A enfermeira fechou a tampa da mala com um pequeno clique.

— Por quê?

— Porque você não está muito bem.

— Ah, deixa eu dar uma olhada.

A enfermeira suspirou e abriu a gaveta de cima da cômoda. Pegou um grande espelho, com uma moldura de madeira que combinava com a cômoda, e o entregou para mim.

Inicialmente eu não vi qual era o problema. Não era um espelho, mas um retrato.

Não dava para saber se a pessoa no retrato era homem ou mulher, porque sua cabeça estava raspada e tufos de cabelo brotavam dela feito penas de galinha. Um lado de seu rosto estava roxo, inchado e sem forma. Ao aproximar-se das bordas o inchaço ficava esverdeado, evoluindo então para um amarelo desbotado. A boca da pessoa estava bege e tinha feridas rosadas nos dois cantos.

A coisa mais impressionante daquele rosto era o acúmulo sobrenatural de cores brilhantes.

Sorri.

A boca no espelho abriu um sorriso.

A outra enfermeira entrou no quarto logo depois do barulho. Ela deu uma olhada no espelho quebrado e me viu cercada pelos pedacinhos brancos, e puxou a enfermeira mais nova para fora do quarto.

— O que foi que eu te *falei*? — eu a ouvia dizer.

— Mas eu só...

— O que foi que eu te *falei*?!

Escutei sem muito interesse. Qualquer pessoa podia derrubar um espelho. Eu não entendia o motivo do escândalo.

A enfermeira mais velha voltou ao quarto e ficou me encarando de braços cruzados.

— Sete anos de azar.

— O quê?

— Eu disse — insistiu a enfermeira aumentando a voz, como se falasse com um surdo — *sete anos de azar.*

A enfermeira mais jovem voltou com uma pá de lixo e uma vassoura e começou a varrer os estilhaços reluzentes.

— Isso é só uma superstição — eu disse.

— Hum! — A segunda enfermeira falava com a mulher que estava varrendo como se eu não estivesse ali. — Lá você-sabe-onde eles vão dar um jeito *nela*!

*

Da janela traseira da ambulância eu via ruas familiares desaparecendo à distância. Minha mãe e meu irmão estavam sentados comigo, um de cada lado.

Eu fingia não saber que estavam me transportando do hospital da minha cidade para um hospital da capital, só para ver o que eles diriam.

— Querem que você fique numa ala especial — disse minha mãe. — Eles não tem esse tipo de coisa no nosso hospital.

— Eu gostava de lá.

Minha mãe espremeu os lábios. — Você deveria ter se comportado melhor, então.

— O quê?

— Você não devia ter quebrado aquele espelho. Talvez assim eles tivessem deixado você ficar.

Claro que eu sabia que o espelho não tinha nada a ver com aquilo.

*

Eu estava sentada na cama, coberta com lençóis até o pescoço.

— Por que não posso me levantar? Eu não estou doente.

— Mudança de turno. Você pode se levantar depois da mudança de turno. — Ela empurrou as cortinas e revelou uma italiana jovem e obesa na cama ao lado.

A italiana tinha cachinhos pretos e vastos, que brotavam do alto da testa, erguiam-se num volume montanhoso e desciam em cascata pelas costas. Sempre que ela se movia, aquele arranjo enorme movia-se com ela, como se fosse feito de um papel duro e negro.

A mulher olhou para mim e deu uma risadinha. — Por que você está aqui? — Sem esperar minha resposta, ela continuou: — Eu estou aqui por causa da minha sogra canadense. — Ela voltou a rir. — Meu marido sabe que não suporto a mulher, mas mesmo assim disse que ela poderia vir nos visitar, e quando ela veio, minha língua pulou para fora da boca e não voltou mais. Eles me levaram ao pronto-socorro e depois me trouxeram pra cá — disse ela, baixando a voz —, junto com os malucos. — E finalizou: — Qual é o seu problema?

Virei meu rosto na direção dela, exibindo o inchaço roxo e verde no olho. — Eu tentei me matar.

A mulher me encarou. Então pegou bruscamente uma revista de fofocas da mesa de cabeceira e fingiu estar lendo.

A porta basculante do outro lado da minha cama abriu-se e o quarto foi invadido por um exército de moças e rapazes vestindo jalecos brancos, seguidos por um homem mais velho e grisalho. Todos tinham sorrisos brilhantes e artificiais. Eles se agruparam ao pé da minha cama.

— E como você está se sentindo esta manhã, senhorita Greenwood?

Tentei descobrir qual deles tinha dito aquilo. Odeio falar para grupos de pessoas. Normalmente escolho uma pessoa e me foco nela, mas aí fico achando que os outros estão me encarando e se sentindo excluídos. Também odeio gente que pergunta como você está e, mesmo sabendo que você está na pior, espera que você responda "tudo bem".

— Estou péssima.

— Péssima. Hmm — disse alguém, e um garoto abaixou a cabeça com um sorrisinho. Outra pessoa anotou algo numa prancheta. Então alguém fez uma cara séria e solene e perguntou: — E por que você se sente péssima?

Fiquei pensando que alguns dos integrantes daquele grupo brilhante podiam perfeitamente ser colegas de Buddy Willard. Talvez eles soubessem que eu o conhecia e estivessem curiosos em me ver — e depois sairiam fofocando a meu respeito. Eu queria me esconder em um lugar longe de todas as pessoas que conhecia.

— Eu não consigo dormir...

Eles me interromperam. — Mas a enfermeira disse que você dormiu essa noite. — Passei os olhos pelo círculo de rostos estranhos e joviais.

— Eu não consigo ler. — Levantei minha voz. — Eu não consigo comer. — Lembrei que andava comendo furiosamente desde que chegara ao hospital.

As pessoas do grupo viraram-se de costas e passaram a murmurar entre si. Finalmente, o homem grisalho tomou a frente.

— Obrigado, senhorita Greenwood. Um dos médicos virá vê-la em poucos instantes.

O grupo então moveu-se para a cama da italiana.

— E como você está se sentindo hoje, senhora... — disse alguém, e o nome dela soou como uma longa fileira de Ls, como "senhora Tomolillo".

A sra. Tomolillo deu uma risada. — Ah, eu estou bem, doutor. Estou muito bem. — Então ela sussurrou algo que eu não consegui entender. Uma ou duas pessoas do grupo olharam na minha direção. Outra delas disse: — Está bem, senhora Tomolillo — e alguém puxou a cortina que nos separava como um muro branco.

Eu estava sentada na ponta de um banco de madeira, num pátio gramado cercado pelas quatro paredes de tijolo do hospital. Minha mãe, usando seu vestido com rodas de carroça roxas, estava na outra ponta. Sua cabeça estava apoiada numa das mãos, o dedo indicador na bochecha e o dedão sob o queixo.

A sra. Tomolillo estava no banco ao lado, com uns italianos de cabelo preto que não paravam de rir. Sempre que minha mãe se movia, a sra. Tomolillo a imitava. Agora ela estava com o indicador na bochecha e o dedão sob o queixo, e sua cabeça dobrava-se para o lado com ar tristonho.

— Não se mova — sussurrei para minha mãe. — Aquela mulher está te imitando.

Minha mãe virou-se, mas num piscar de olhos a sra. Tomolillo colocou suas mãos gordas e brancas no colo e começou a tagarelar com seus amigos.

— Não, ela não está — disse a minha mãe. — Ela não está nem prestando atenção na gente.

Mas no instante em que ela se virou na minha direção, a sra. Tomolillo juntou as pontas dos dedos do jeito que minha mãe tinha acabado de fazer e me lançou um olhar irônico.

Havia tantos médicos ao redor que o gramado estava branco.

Durante todo o tempo que passamos ali, no estreito cone de sol que brilhava entre as altíssimas paredes de tijolo, médicos haviam se aproximado e se apresentado a mim. "Eu sou o doutor Fulanodetal, eu sou o doutor Fulanodetal."

Alguns eram tão jovens que eu sabia que não podiam ser médicos de verdade. Um deles tinha um nome esquisito tipo dr. Sífilis, isso sem falar no sujeito de cabelo preto que era a cara do dr. Gordon — com a diferença de que ele era negro, ao passo que o dr. Gordon era branco —, que se aproximou, apertou minha mão e disse, "eu sou o doutor Pâncreas".

Depois de se apresentarem, os médicos todos se posicionavam a uma distância em que podiam nos escutar. Como eu não podia falar para minha mãe que eles estavam anotando todas as palavras que a gente dizia, me inclinei e sussurrei em seu ouvido.

Minha mãe se afastou bruscamente.

— Oh, Esther, eu queria que você colaborasse. Eles dizem que você não ajuda. Dizem que você não conversa com os médicos e não faz a terapia ocupacional direito.

— Tenho que cair fora daqui — eu disse a ela, decidida. — Aí vou ficar bem. Você me colocou aqui dentro, agora tem que me tirar.

Pensei que se conseguisse persuadir minha mãe a me tirar do hospital, eu podia tentar ganhar sua confiança, como aquele menino com doença cerebral na peça, e convencê-la do que fazer a seguir.

Para minha surpresa, minha mãe disse:

— Está bem, vou tentar te tirar daqui, mas só se for para um lugar melhor. Se eu tentar fazer isso — ela continuou, colocando a mão no meu joelho —, você promete que vai se comportar?

Dei uma olhada ao redor e encarei o dr. Sífilis, que estava a alguns metros fazendo anotações num caderninho quase invisível de tão minúsculo. — Prometo — eu disse em voz alta, para que todos ouvissem.

*

O negro entrou no refeitório dos pacientes com o carrinho de comida. A ala psiquiátrica do hospital era bem pequena — tinha apenas dois corredores em L, com quartos dos dois lados, um nicho de camas atrás da sala de terapia ocupacional, onde eu estava dormindo, e uma pequena área com mesa e cadeiras junto à janela, que funcionava como sala de estar e jantar.

Normalmente quem trazia a nossa comida era um velhote branco, mas desta vez foi um negro. Ele estava acompanhado de uma mulher de sapatos de salto alto azuis, que lhe dava orientações. O negro dava umas risadinhas cretinas.

Então ele trouxe uma bandeja com terrinas de metal e largou-as na nossa mesa, fazendo barulho. A mulher saiu da sala e trancou a porta. Todo o tempo em que ficou na nossa mesa, servindo as terrinas, os talheres amassados e os pratos grossos de porcelana, ele nos encarava com olhos arregalados.

Dava para perceber que éramos as primeiras loucas da vida dele.

Ninguém na mesa se moveu para tirar as tampas das terrinas, e a enfermeira ficou observando se alguém faria isso antes dela ter que ir até lá. Normalmente a sra. Tomolillo já teria tirado a tampa e servido a todos como uma mamãezinha, mas ela havia sido mandada para casa e ninguém parecia disposto a assumir o seu lugar.

Eu estava faminta, então tirei a tampa da primeira terrina.

— Muito gentil da sua parte, Esther — disse com doçura a enfermeira. — Que tal servir-se um pouco de vagem e depois passar para as outras?

Peguei uma colherada e passei a terrina para a enorme ruiva que estava ao meu lado. Aquela era a primeira vez que permitiam que ela se sentasse à mesa. Eu a tinha visto uma vez, no final do corredor em L, parada diante de uma porta com janelas gradeadas e quadradas.

Ela estava gritando, rindo de maneira grosseira e esbarrando as pernas nos médicos que passavam, e o assistente de jaqueta branca que cuidava das pessoas naquela ala estava apoiado no aquecedor do corredor, morrendo de rir.

A ruiva pegou a terrina das minhas mãos e despejou todo o conteúdo em seu prato. As vagens amontoaram-se diante dela e começaram a cair no seu colo e no chão, como canudinhos verdes e duros.

— Oh, senhora Mole! — disse a enfermeira com uma voz triste. — Acho melhor você comer no seu quarto hoje.

A enfermeira devolveu parte da vagem à terrina, passou para a pessoa ao lado e levou a sra. Mole para fora. Ela passou o caminho até seu quarto virando-se na nossa direção e fazendo caretas e ruídos feios.

O negro voltou e começou a recolher os pratos vazios de pessoas que ainda não haviam comido.

— A gente ainda não acabou — eu falei. — Pode esperar.

— Bah, bah! — exclamou o negro, arregalando os olhos e fingindo surpresa. Ele olhou em volta. A enfermeira ainda não tinha voltado, e ele fez uma reverência insolente. — Dona Sujismunda — ele me disse baixinho.

Levantei a tampa da segunda terrina, que continha um amontoado de macarrão frio, unido por um molho grudento. A terceira e última terrina estava cheia de feijão.

Eu sabia perfeitamente bem que não se servia dois tipos de feijão numa mesma refeição. Feijão e cenoura tudo bem, talvez até feijão e ervilhas, mas feijão e vagem jamais. O negro estava só querendo ver até onde iríamos aguentar.

A enfermeira voltou, e o negro se afastou. Comi o máximo que pude do feijão. Então me levantei e dei a volta até onde a enfermeira não pudesse me ver da cintura para baixo, atrás do negro, que limpava a sujeira dos pratos. Ergui o pé e lhe dei um chute forte na panturrilha.

O negro pulou e deu um grito, virando os olhos para mim.

— Oh, senhorita... — ele gemeu, esfregando a perna. — Você não devia ter feito isso, não devia, não devia mesmo.

— Bem feito — eu disse, e o encarei profundamente.

*

— Não vai querer se levantar hoje?

— Não. Me aconcheguei ainda mais na cama e cobri a cabeça com o lençol. Então dei uma olhada para fora. A enfermeira estava balançando o termômetro que tinha acabado de tirar da minha boca.

— *Viu*, está normal. — Como sempre, eu havia conferido o termômetro antes dela recolhê-lo. — *Viu*, está normal, por que você insiste em tirar minha temperatura?

Quis dizer a ela que seria bom ter algo de errado no meu corpo, que antes ter o corpo doente do que a cabeça, mas a ideia me pareceu tão complicada e tediosa que não falei nada. Só me entoquei ainda mais na cama.

Comecei a sentir uma pressão leve e incômoda na minha perna, sobre o lençol. Dei uma espiada. A enfermeira havia deixado a bandeja de termômetros na minha cama enquanto pegava o pulso da pessoa que estava deitada ao meu lado, no lugar da sra. Tomolillo.

Uma onda de desobediência atravessou meu corpo, sedutora e irritante como a dor de um dente mole. Bocejei e me espreguicei, como se fosse me virar, e acertei a bandeja com o pé.

— Oh! — gritou a enfermeira, como se estivesse pedindo socorro, e outra enfermeira veio correndo. — Olha o que você fez!

Coloquei a cabeça para fora do lençol e olhei para a beira da cama. Em volta da bandeja virada brilhava uma estrela de cacos de termômetro, e bolas de mercúrio tremiam como orvalho celestial.

— Desculpe — eu disse. — Foi um acidente.

A segunda enfermeira me encarou com um olhar ameaçador.
— Você fez de propósito. Eu *vi*.

Então ela correu para fora e quase imediatamente dois funcionários vieram e me levaram, com cama e tudo, para o antigo quarto da sra. Mole, não antes de eu ter recolhido do chão uma bolinha de mercúrio.

Trancada no quarto, eu podia ver a cara do negro, uma lua cor de melaço, me olhando através da janela gradeada, mas fingi não perceber.

Abri uma fresta dos meus dedos, como uma criança com um segredo, e sorri ao ver o globo prateado na minha palma. Se derrubasse o globo no chão, ele se quebraria em milhões de pequenas réplicas de si mesmo; se aproximasse uma da outra, elas se fundiriam, sem rachadura nenhuma, formando um só corpo novamente.

Eu sorria sem parar olhando a bolinha prateada.

Não tinha a menor ideia do que tinham feito com a sra. Mole.

O CADILLAC PRETO DE PHILOMENA GUINEA AVANÇAVA SUAVEMENTE, como um carro cerimonial, em meio ao trânsito pesado das cinco da tarde. Logo ele cruzaria uma das pequenas pontes que passavam sobre o rio Charles, e eu abriria a porta sem pensar, me atiraria no meio dos carros e avançaria até a amurada. Bastaria um pulo e a água estaria sobre a minha cabeça.

Eu dobrava lenços de papel para me distrair, até eles ficarem do tamanho de pílulas, e calculava minhas chances. Estava sentada no meio do banco de trás do Cadillac, entre minha mãe e meu irmão. Os dois estavam ligeiramente inclinados para a frente, como barras diagonais diante das portas do carro.

À minha frente eu via o pescoço cor de presunto do motorista, ensanduichado entre um quepe e uma jaqueta azuis. Ao lado dele, como um passarinho frágil e exótico, o cabelo prateado e o chapéu de plumas cor de esmeralda de Philomena Guinea, a famosa escritora.

Eu não tinha muita certeza do motivo da sra. Guinea ter aparecido. Tudo o que sabia era que ela havia se interessado pelo meu caso, e que certa vez, no auge de sua carreira, também tinha passado por uma clínica psiquiátrica.

Minha mãe disse que a sra. Guinea havia lhe enviado um telegrama das Bahamas, onde lera sobre mim em um jornal de Boston. No telegrama ela perguntava, "existe um rapaz nessa história?".

É claro que, mesmo se houvesse um rapaz na história, a sra. Guinea não tinha nada a ver com o assunto.

Mas minha mãe respondeu: "Não, são os escritos da Esther. Ela acha que nunca mais vai escrever de novo".

Então a sra. Guinea pegou um avião de volta a Boston, me tirou daquele hospital acanhado e agora me levava para uma clínica particular que tinha gramados, campos de golfe e jardins, feito um clube de campo, que ela bancaria como uma bolsa de estudos até que os médicos que ela conhecia por lá me curassem.

Minha mãe disse que eu devia ser grata a ela. Que eu havia usado quase todo o seu dinheiro e que se não fosse pela sra. Guinea ela não sabia onde eu teria ido parar. Mas eu sabia. Eu estaria num grande hospital estadual no interior, bem pertinho daquele lugar.

Eu sabia que devia ser grata à sra. Guinea, mas não conseguia sentir nada. Não teria feito a menor diferença se ela tivesse me dado uma passagem para a Europa ou um cruzeiro ao redor do mundo, porque onde quer que eu estivesse — fosse o convés de um navio, um café parisiense ou Bangcoc —, estaria sempre sob a mesma redoma de vidro, sendo lentamente cozida em meu próprio ar viciado.

O céu azul abria sua abóbada sobre o rio, e o rio estava sarapintado de velas de embarcações. Me preparei para a fuga, mas nesse momento minha mãe e meu irmão colocaram a mão sobre a maçaneta da porta. Os pneus roncaram ao passar sobre o chão gradeado da ponte. Água, velas, céu azul e gaivotas passavam ao redor como um cartão-postal improvável, que agora atravessávamos.

Afundei no banco de veludo cinza e fechei meus olhos. O ar da redoma me comprimia, e eu não conseguia me mover.

*

Eu tinha um quarto só para mim outra vez.

Ele me lembrava o quarto na clínica do dr. Gordon — uma cama, uma cômoda, um armário, uma mesa e uma cadeira. A janela tinha uma tela, mas não tinha grades. Meu quarto ficava no primeiro andar, e a janela, pouco acima do chão forrado de agulhas de pinheiro, dava para um pátio arborizado cercado de um muro de tijolos vermelhos. Se eu pulasse, não machucaria nem sequer os joelhos. A superfície interna do muro parecia lisa como vidro.

O trajeto sobre a ponte havia sugado as minhas forças.

Eu tinha perdido uma chance excelente. A água do rio passava sob mim como um drinque intocado. Eu suspeitava que mesmo que minha mãe e meu irmão não estivessem lá, eu não teria conseguido pular.

Quando entrei no prédio principal do hospital, uma jovem magra aproximou-se e se apresentou.

— Meu nome é doutora Nolan. Vou ser a médica da Esther.

Fiquei surpresa. Eu não sabia que havia psiquiatras mulheres. Ela era uma mistura de Myrna Loy com a minha mãe. Usava uma blusinha branca e uma saia comprida presa na cintura por um cinto grosso de couro, além de óculos estilosos em forma de meia-lua.

Mas depois que uma enfermeira me acompanhou pelo gramado até um prédio sombrio de tijolos chamado Caplan, onde eu viveria, a dra. Nolan não veio me ver, e vários homens estranhos apareceram no lugar dela.

Eu ficava deitada na minha cama, sob um cobertor branco e grosso, e eles entravam no quarto, um por um, e se apresentavam. Eu não entendia por que havia tantos médicos e por que eles faziam tanta questão de se apresentar, e comecei a achar que estavam me testando para ver se eu percebia que havia algo errado — e isso me deixou desconfiada.

Até que um médico bonito e grisalho entrou e disse que era o diretor da clínica. Ele começou a falar de peregrinos, de índios, das pessoas que já tinham sido donas daquelas terras, de quais rios corriam por dali, de quem tinha construído o primeiro prédio do hospital, de como ele havia sido destruído por um incêndio, de quem tinha construído o novo prédio — e comecei a achar que ele estava esperando que eu o interrompesse e dissesse que sabia que aquela história de rios e peregrinos era uma grande bobagem.

Mas aí pensei que devia haver alguma verdade no que ele dizia, e comecei a tentar adivinhar o que era verdade e o que não era. Antes que pudesse fazer isso, porém, ele se despediu.

Esperei até que as vozes dos médicos se dissipassem. Então afastei o cobertor branco, coloquei meus sapatos e saí do quarto. Ninguém me parou, e fui andando pelo corredor, entrei em outro ainda maior, até chegar a um refeitório.

Uma copeira de uniforme verde estava colocando a mesa do jantar. Havia toalhas de mesa de linho branco, copos e guardanapos de papel. Armazenei num canto da minha mente a informação de que havia copos de verdade, como um esquilo armazena uma noz. No outro hospital tínhamos que beber em copos de papel e não tínhamos facas para cortar a comida. A carne era sempre tão bem cozida que podíamos cortá-la com o garfo.

Acabei chegando a um grande salão com móveis velhos e um tapete puído. Sentada em uma poltrona, uma garota de rosto pálido e redondo e cabelo preto e curto lia uma revista. Ela me lembrava uma líder do meu antigo grupo de bandeirantes. Olhei para os pés dela, e claro que ela vestia aqueles sapatos baixos de couro marrom com franjas por cima, que supostamente são muito esportivos. As pontas dos cadarços eram enfeitadas com pequenas imitações de bolotas de carvalho. A garota levantou os olhos e sorriu.

— Eu sou a Valerie. Quem é você?

Fingi que não tinha ouvido e saí andando até o fim da ala seguinte. No caminho, passei por uma portinhola baixa. Atrás dela vi algumas enfermeiras.

— Cadê as pessoas?

— Saíram. — A enfermeira estava escrevendo algo sem parar em pedacinhos de fita adesiva. Me apoiei na portinhola para ver o que era, e li E. Greenwood, E. Greenwood, E. Greenwood, E. Greenwood.

— Saíram pra onde?

— Ah, estão fazendo terapia ocupacional, no campo de golfe, jogando badminton.

Notei uma pilha de roupas numa cadeira ao lado da enfermeira. Eram as mesmas roupas que a enfermeira do outro hospital tinha colocado na mala de verniz quando quebrei o espelho. As enfermeiras começaram a colar os adesivos nas roupas.

Voltei ao salão. Eu não entendia o que aquelas pessoas estavam fazendo jogando badminton e golfe. Se faziam aquilo, não deviam estar doentes de verdade.

Sentei perto de Valerie e a observei atentamente. Sim, pensei, ela podia perfeitamente estar em um acampamento de bandeirantes. Ela lia com muito interesse uma cópia surrada da revista *Vogue*.

"O que diabos ela está fazendo aqui?", me perguntei. "Não tem nada de errado com ela."

— Você liga se eu fumar? — perguntou a dra. Nolan, recostando-se na poltrona ao lado da minha cama.

Eu disse que não, que gostava do cheiro da fumaça. Imaginei que com um cigarro aceso talvez ela ficasse mais tempo no quarto. Era a primeira vez que a dra. Nolan vinha falar comigo. Quando ela saísse eu voltaria ao velho vazio.

— Me fala do doutor Gordon — disse ela de repente. — Você gostava dele?

Lancei um olhar desconfiado para a dra. Nolan. Sempre achei que os médicos eram todos mancomunados e que em algum lugar daquele hospital, escondida num canto, devia haver uma máquina exatamente igual à do dr. Gordon, pronta para me arrancar da minha pele.

— Não — eu disse. — Eu não gostava nem um pouco dele.

— Interessante. Por quê?

— Eu não gostei do que ele fez comigo.

— Fez com você?

Contei à dra. Nolan sobre a máquina, as cintilações azuladas, os clarões e o barulho. Enquanto eu falava, ela me olhava sem se mover.

— Isso foi um erro — ela disse. — Não é assim que se faz.

Olhei para ela.

— Se for bem feito — disse a dra. Nolan —, é como pegar no sono.

— Se alguém fizer aquilo comigo mais uma vez, eu vou me matar.

A dra. Nolan disse com firmeza:

— Você não terá nenhum tratamento de choque aqui. E mesmo se tiver — continuou —, vou te explicar tudo antes, e prometo que vai ser muito diferente da sua experiência anterior. Existem pessoas que até *gostam* desse tipo de tratamento.

Depois que a dra. Nolan foi embora, encontrei uma caixa de fósforos no peitoril da janela. Não era uma caixa comum: era minúscula. Ao abri-la, vi uma fileira de pequenos palitos brancos com a ponta rosa. Tentei acender um, mas ele se desfez na minha mão.

Eu não conseguia entender por que a dra. Nolan deixaria uma coisa tão estúpida para mim. Talvez ela quisesse ver se eu devolveria. Com cuidado, guardei os palitinhos na bainha do meu novo roupão de lã. Se a doutora perguntasse sobre eles, eu diria que achei que eram doces e os comi.

*

Uma mulher havia se mudado para o quarto ao lado do meu.

Imaginei que ela fosse a única pessoa que tivesse chegado depois de mim naquele prédio, o que significava que, ao contrário dos outros, ela não sabia como eu estava mal. Pensei que poderia ir visitá-la e tentar fazer amizade.

A mulher estava deitada na cama. Ela usava um vestido roxo até abaixo do joelho, fechado no pescoço com um broche de camafeu. Seu cabelo ruivo estava amarrado num coque de professorinha e um elástico preto prendia seus óculos de aro fino e prateado ao bolso do peito.

— Olá — eu disse, tentando puxar papo, sentando-me na beira da cama. — Meu nome é Esther, qual o seu?

A mulher não se moveu, só olhou para o teto. Aquilo me magoou. Achei que Valerie ou alguma outra pessoa já tivesse dito a ela o quanto eu era estúpida.

Uma enfermeira enfiou a cabeça para dentro do quarto.

— Ah, aí está você — ela disse. — Visitando a senhorita Norris. Que gentil! — E voltou a desaparecer.

Não sei quanto tempo fiquei lá, olhando para a mulher de roxo, me perguntando se seus lábios franzidos e rosados se abririam e o que diriam caso isso acontecesse.

Por fim, sem falar ou olhar na minha direção, a srta. Norris ergueu os pés — calçados com botas altas, pretas e cheias de botões —, lançou-os para o outro lado da cama e saiu andando do quarto. Achei que aquela podia ser uma maneira sutil de se livrar de mim. Discretamente, mantendo alguma distância, segui-a pelo corredor.

A srta. Norris chegou à porta do refeitório e estacou. Ela havia caminhado até ali de maneira precisa, pisando bem no meio das rosas que se entrelaçavam no padrão do carpete. Esperou um instante e então, um pé depois do outro, entrou no refeitório, como se ultrapassasse um pequeno obstáculo da altura de sua canela.

Ela sentou-se diante de uma das mesas redondas, cobertas com toalhas de linho, desdobrou um guardanapo e o depositou no colo.

— Jantar só daqui a uma hora — gritou a cozinheira.

Mas a srta. Norris não respondeu. Manteve-se olhando para a frente, educadamente.

Sentei-me do outro lado da mesa e desdobrei um guardanapo. Não falamos nada, mas ficamos ali, sentadas, num silêncio íntimo e fraterno, até que o sinal do jantar soou no corredor.

*

— Deite-se — disse a enfermeira. — Vou te dar outra injeção.

Virei de bruços na cama e levantei minha saia. Então abaixei as calças do meu pijama de seda.

— Deus do céu, o que você usa aí debaixo?

— Pijama. Assim não preciso ter o trabalho de ficar colocando e tirando o tempo todo.

A enfermeira estalou a língua e disse: — De que lado você prefere? — Era uma velha piada.

Ergui a cabeça e dei uma olhada nas minhas nádegas expostas. Elas tinham manchas roxas, verdes e azuis, resultado das injeções anteriores. O lado esquerdo parecia mais escuro que o direito.

— O direito.

— Você manda. — A enfermeira enfiou a agulha. Me contorci, saboreando a dorzinha. Eu recebia injeções três vezes por dia, e cerca de uma hora depois de cada uma as enfermeiras me traziam uma xícara de suco de fruta adocicado e ficavam me olhando beber.

— Que sorte a sua — disse Valerie. — Você está tomando insulina.

— Não acontece nada.

— Ah, vai acontecer. Eu já tomei. Me avise quando tiver uma reação.

Mas eu nunca tinha reação alguma. Só ficava cada vez mais gorda. Já estava cabendo nas roupas frouxas que minha mãe havia comprado, e quando olhava para minha barriga roliça e meus quadris largos eu pensava que era até bom que a sra. Guinea não tivesse me visto assim, porque parecia que eu estava esperando um bebê.

*

— Você já viu minhas cicatrizes?

Valerie afastou a franja preta e mostrou duas marcas claras, uma de cada lado da testa, como se em algum momento ela tivesse começado a desenvolver chifres e os cortara.

Estávamos caminhando pelos jardins da clínica, eu e ela apenas, acompanhadas pela terapeuta esportiva. Eu vinha ganhando cada vez mais permissões para caminhar. A srta. Norris nunca podia sair.

Valerie disse que a srta. Norris não devia estar no Caplan, mas em um prédio para pessoas em pior estado chamado Wymark.

— Você sabe o que são essas cicatrizes? — insistiu ela.
— Não. O que são?
— Eu sofri uma lobotomia.

Olhei espantada para Valerie, admirando pela primeira vez sua infinita calma marmórea. — Como você se sente?

— Estou bem. Não fico mais irritada. Antes eu vivia irritada. Estava no Wymark, e agora estou no Caplan. Posso ir à cidade, fazer compras ou ver um filme com uma enfermeira.

— O que você vai fazer quando sair?
—Ah, eu não vou sair — riu Valerie. — Eu gosto daqui.

*

— Dia de mudança!
— Por que eu tenho que me mudar?

A enfermeira abria e fechava minhas gavetas despreocupadamente, esvaziava o armário e enfiava os meus pertences em uma pequena mala preta.

Achei que eles estivessem finalmente me mandando para o Wymark.

— Só vamos transferi-la para um quarto da frente — disse alegremente a enfermeira. — Você vai gostar. Tem bem mais sol.

Quando saímos para o corredor, notei que a srta. Norris também estava de mudança. Uma enfermeira, tão nova e alegre quanto a minha, estava na porta do quarto dela, ajudando-a a vestir um casaco roxo com uma gola estreita de pele de esquilo.

Eu havia passado horas ao lado da cama da srta. Norris, ignorando as distrações da terapia ocupacional, das caminhadas e até mesmo dos filmes semanais, aos quais a srta. Norris nunca ia, apenas para observar o círculo pálido e mudo de seus lábios.

Seria incrível se ela de repente abrisse a boca e falasse algo. Eu sairia correndo para anunciar a novidade às enfermeiras, elas me elogiariam por ajudar a srta. Norris e era possível que me dessem autorizações para compras e idas ao cinema no centro — e assim minha fuga estaria garantida.

Mas em toda a minha vigília a srta. Norris não dissera nenhuma palavra.

— Pra onde você está se mudando? — perguntei a ela.

A enfermeira tocou o cotovelo da srta. Norris, e ela se pôs em movimento como uma boneca com rodinhas.

— Ela vai para o Wymark — sussurrou minha enfermeira. — Acho que a senhorita Norris não está evoluindo como você.

Observei a srta. Norris erguer um pé depois do outro e ultrapassar o obstáculo imaginário da soleira da porta.

— Tenho uma surpresa pra você — disse a enfermeira enquanto me instalava em um quarto ensolarado da fachada do prédio, com vista para os campos de golfe. — Alguém que você conhece acabou de chegar.

— Alguém que eu conheço?

A enfermeira riu. — Não me olhe assim. Não é da polícia. — Continuei calada, e ela completou: — Ela diz que é uma velha amiga sua. Está ficando no quarto ao lado. Por que você não vai visitá-la?

Achei que a enfermeira estava brincando e que se eu batesse na porta do quarto ao lado, ninguém responderia — eu entraria e veria a srta. Norris deitada na cama, com seu casaco roxo e sua gola de pele de esquilo, sua boca destacando-se do vaso silencioso de seu corpo como um botão de rosa.

Ainda assim fui até o quarto vizinho e bati na porta.

— Pode entrar! — gritou uma voz animada.

Abri uma fresta da porta e dei uma espiada. Perto da janela, uma moça corpulenta, vestindo culotes de hipismo, olhou para mim e abriu um sorriso.

— Esther! — Ela parecia sem fôlego, como se tivesse acabado de chegar de uma longa corrida. — Que bom te ver. O pessoal falou que você estava aqui.

— Joan? — eu disse com hesitação, para então exclamar, confusa e incrédula: — Joan!

Joan abriu um sorriso que revelou seus enormes e inconfundíveis dentes brilhantes.

— Sou eu mesma. Imaginei que você ficaria surpresa.

O QUARTO DE JOAN ERA UMA RÉPLICA EXATA DO MEU, com armário, escrivaninha, mesa, cadeira, um lençol branco com um grande C azul. Imaginei que, ao saber onde eu estava, ela tivesse alugado um quarto na clínica só para tirar uma com a minha cara. Isso explicaria por que dissera à enfermeira que éramos amigas. Eu só a conhecia de longe.

— Como você veio parar aqui? — perguntei, encolhida em sua cama.

— Eu li sobre você — disse Joan.

— O quê?

— Eu li sobre você e resolvi fugir.

— Como assim? — perguntei, mantendo a calma.

— Bem — disse Joan, reclinando-se na poltrona de chita da clínica —, eu estava fazendo um bico de verão para o presidente de uma fraternidade, tipo a maçonaria, sabe, só que eles não eram maçons, e estava me sentindo péssima. Tinha joanetes, mal conseguia caminhar, no final estava tendo que usar botas de borracha em vez de sapatos pra trabalhar, e você pode imaginar o que *aquilo* fez com a minha moral...

Pensei que Joan tivesse enlouquecido — quem usa botas de borracha para ir trabalhar? Ou isso, ou estava querendo ver se eu era louca o suficiente para acreditar naquela história. Além do mais, só velhos têm joanetes. Resolvi fingir que achava que Joan era louca e que estava ali apenas para não contrariá-la.

— Sempre me sinto péssima sem sapatos — eu disse, com um sorriso ambíguo. — Seus pés doíam muito?

— Terrivelmente. E meu chefe — que tinha acabado de se separar da mulher, mas não conseguia ir até o fim do divórcio porque isso ia contra as regras da Fraternidade — ficava me chamando para a sala dele sem parar, e meus pés doíam como o diabo, e bastava eu sentar de volta na minha mesa que o interfone tocava de novo, e ele tinha mais alguma coisa pra me dizer...

— Por que você não se demitiu?

— Ah, eu fiz isso, mais ou menos. Tirei uma licença médica. Fiquei em casa. Parei de ver as pessoas. Guardei o telefone numa gaveta e nunca mais atendi... Aí meu médico me mandou ver um psiquiatra, num grande hospital. A consulta era ao meio-dia, e eu estava numa situação lamentável. Ao meio-dia e meia a recepcionista me falou que o doutor tinha saído para almoçar. Ela me perguntou se eu gostaria de esperar, e eu disse que sim.

— Ele voltou? — A história parecia complicada demais para que Joan tivesse simplesmente a inventado. Deixei que falasse, para ver onde aquilo iria parar.

— Voltou. Eu estava prestes a me matar, imagina. Disse a mim mesma: "se esse médico não me ajudar, é o fim". A recepcionista me levou por um longo corredor, e quando chegamos à porta ela virou e disse, "você não se importa se o doutor estiver acompanhado de alguns estudantes, não é?". O que eu podia dizer? "De modo algum", eu disse. Entrei na sala e dei com nove pares de olhos me encarando atentamente. Nove! Dezoito olhos no total. Agora, se a recepcionista tivesse me falado que haveria nove pessoas naquela sala, eu teria ido embora na hora. Mas lá estava eu, e era tarde demais para fazer algo. Bom, nesse dia em especial eu estava vestindo um casaco de peles...

— Em *agosto*?

— Ah, era um daqueles dias frios e úmidos, e pensei, é o meu primeiro psiquiatra, sabe como é. Enfim, enquanto eu falava o psiquiatra ficou olhando pro meu casaco de peles, e dava pra perceber o que ele achava de eu querer pagar a consulta com desconto de estudante. Eu podia ver os cifrões de dinheiro nos olhos dele. Bom, contei pra ele um monte de coisa, sobre as joanetes, o telefone na gaveta, sobre como queria me matar, e então ele pediu que eu esperasse lá fora enquanto discutia o caso com os outros, e quando fui chamada de volta, sabe o que ele me disse?

— O quê?

— Ele cruzou as mãos, olhou pra mim e disse: "Senhorita Gilling, nós decidimos que o melhor tratamento pra você é a terapia de grupo".

— Terapia de *grupo*? — Achei que minhas palavras tinham soado falsas, mas Joan não percebeu.

— Foi o que ele disse. Agora imagina eu querendo me matar e sentando pra falar disso com um bando de estranhos, a maioria deles em pior estado do que eu...

— Que loucura. — Eu não queria, mas estava ficando envolvida com a história. — Isso é *inumano*.

— Foi exatamente o que eu disse. Voltei pra casa e escrevi uma carta pro médico, uma linda carta sobre como um homem como ele não tinha a menor condição de ajudar pessoas doentes...

— Você recebeu alguma resposta?

— Não sei. Esse foi o dia em que li sobre você.
— Como assim?
— Ah — disse Joan —, sobre como a polícia achou que você estava morta e tal. Tenho uma pilha de recortes em algum lugar.
— Ela se levantou e senti um cheiro forte de cavalo que fez cócegas nas minhas narinas. Joan fora campeã de salto na gincana anual da universidade, e me perguntei se ela andava dormindo num estábulo.

Joan remexeu em sua mala aberta e voltou com um monte de recortes de jornal.

— Dá só uma olhada.

O primeiro recorte mostrava uma foto grande e ampliada de uma garota sorrindo, com sombras escuras nos olhos e os lábios pintados de preto. Eu não tinha ideia de onde aquela foto vulgar havia sido tirada até ver os brincos e o colar da Bloomingdale cintilando como estrelas de mentira.

BOLSISTA DESAPARECIDA. MÃE AFLITA

Debaixo da foto havia uma reportagem contando que a tal bolsista havia desaparecido de casa no dia 17 de agosto, usando saia verde e camisa branca, e que deixara um bilhete dizendo que daria uma longa caminhada. *Quando a senhorita Greenwood não voltou à meia-noite*, dizia a reportagem, *sua mãe chamou a polícia local.*

O recorte seguinte trazia uma foto minha ao lado da minha mãe e do meu irmão. Estávamos sorrindo no quintal de casa. Eu também não tinha ideia de quem havia tirado aquela foto, até que percebi que estava usando macacão e tênis branco, e lembrei que aquela foi a roupa que usei durante o verão em que trabalhei colhendo espinafre, e que numa tarde quente Dodo Conway havia passado em casa e tirado algumas fotos da família. *A senhora Greenwood pediu que esta foto fosse publicada na esperança de que isso ajude a convencer sua filha a voltar para casa.*

PÍLULAS PARA DORMIR TERIAM DESAPARECIDO COM A GAROTA

Uma foto escura, tirada à noite, de cerca de doze pessoas de cara redonda num bosque. Achei que as pessoas no canto pareciam estranhas e baixinhas demais, até que percebi que eram cachorros. *Cães farejadores usados nas buscas da garota desaparecida. O sargento da polícia Bill Hindly afirma que as perspectivas não são boas.*

GAROTA ENCONTRADA VIVA!

A última foto mostrava alguns policiais erguendo e colocando na ambulância um grande rolo de lençol com uma cabeça em forma de repolho na ponta. A matéria dizia que minha mãe estava no porão lavando a roupa da semana quando ouviu gemidos discretos saindo de um buraco em desuso...

Larguei os recortes sobre a colcha branca.

— Fica com eles — disse Joan. — Você devia guardá-los num álbum.

Dobrei os recortes e os coloquei no bolso.

— Eu li sobre você — continuou Joan. — Não sobre como eles te encontraram, mas sobre tudo o que aconteceu até aquele momento, e juntei todo meu dinheiro e peguei o primeiro avião para Nova York.

— Por que Nova York?

— Ah, achei que seria mais fácil de me matar em Nova York.

— O que você fez?

Joan abriu um sorrisinho inocente e esticou os braços, virando as palmas das mãos para cima. Como uma cordilheira em miniatura, vergões grossos e vermelhos atravessavam a carne branca de seus pulsos.

— Como você fez isso? — Pela primeira vez me ocorreu que Joan e eu podíamos ter algo em comum.

— Soquei a janela da minha colega de quarto.

— Que colega de quarto?

— Minha antiga colega de quarto. Ela estava trabalhando em Nova York, e como eu não sabia mais onde ficar e meu dinheiro estava acabando, fui ficar com ela. Meus pais me acharam lá. Ela escreveu pra eles dizendo que eu estava estranha e meu pai foi me buscar de avião e me trouxe de volta.

— Mas agora você está bem — eu disse, com convicção.

Joan me encarou com seus olhos brilhantes e cinzentos. — Acho que sim — ela disse. — Você não está?

*

Eu havia caído no sono depois do jantar.

Fui acordada por uma voz alta. *Senhora Bannister, senhora Bannister, senhora Bannister, senhora Bannister*. Ao despertar percebi que quem gritava era eu e que estava batendo na lateral da cama. A figura astuta e sarcástica da sra. Bannister, a enfermeira da noite, apareceu.

— Não queremos que você quebre isso.

Ela tirou meu relógio de pulso.

— Qual o problema? O que aconteceu?

O rosto da sra. Bannister torceu-se num rápido sorriso. — Você teve uma reação.

— Uma reação?

— Sim, como você está se sentindo?

— Estranha. Meio leve, aérea.

A sra. Bannister me ajudou a sentar na cama.

— Você vai ficar melhor agora. Vai ficar melhor rapidinho. Quer um pouco de leite quente?

— Sim.

E quando a sra. Bannister levou o copo aos meus lábios, deixei o leite correr pela minha língua até a garganta, saboreando-o com luxúria, como um bebê saboreia sua mãe.

*

—A senhora Bannister disse que você teve uma reação. — Sentada numa poltrona ao lado da janela, a dra. Nolan pegou uma minúscula caixa de fósforos. Era igual à caixa que eu escondera na bainha do meu roupão, e por um momento me perguntei se uma enfermeira a descobrira e devolvera a ela sem eu perceber.

A dra. Nolan riscou um fósforo na lateral da caixa. Uma chama quente e amarela se formou, e observei a doutora a sugar para dentro do cigarro.

— A senhora B. disse que você estava se sentindo melhor.

— Por um tempo sim. Agora voltei a ser eu mesma.

— Tenho uma novidade pra você.

Esperei. Fazia não sei quantos dias que eu passava as manhãs, tardes e noites na espreguiçadeira da saleta de leitura, embrulhada em meu cobertor branco, fingindo ler. Eu tinha a ligeira sensação de que a dra. Nolan estava me dando alguns dias de descanso para então repetir o que dissera o dr. Gordon: "Sinto muito, mas como você não parece ter melhorado, acho que teremos que partir para o tratamento de choque…".

— Bem, você não quer saber o que é?

— O quê? — perguntei, já me preparando para o pior.

— Você vai ficar um tempo proibida de receber visitas.

Olhei para a dra. Nolan com surpresa. — Mas isso é maravilhoso!

— Eu achei que você ia gostar da novidade — disse ela sorrindo.

Então olhei, e a dra. Nolan fez o mesmo, para a lata de lixo ao lado da escrivaninha. Dali saía uma dúzia de botões de rosa cor de sangue.

Aquela tarde minha mãe viera me visitar.

Ela era apenas mais uma em uma longa lista de visitas — meu antigo patrão; a senhora da Ciência Cristã, com quem caminhei pelo gramado e que me falou do nevoeiro que sai da terra na Bíblia, e o nevoeiro era o erro, e meu problema era acreditar naquele nevoeiro, e no minuto em que eu parasse de acreditar ele desapareceria e eu veria que sempre estive bem; meu professor de inglês do ensino médio, que apareceu e tentou me ensinar a jogar palavras cruzadas porque achava que aquilo ajudaria a reavivar meu interesse pelas palavras; e Philomena Guinea, que não estava nem um pouco satisfeita com o que os médicos estavam fazendo e fez questão de dizer isso a eles sem parar.

Eu odiava aquelas visitas.

Estava sentada na saleta de leitura ou no meu quarto quando uma enfermeira sorridente aparecia e anunciava a chegada de um visitante. Uma vez trouxeram até um pastor da igreja unitária, de quem nunca gostei. Ele passou o tempo todo muito nervoso, e deu para ver que ele me achou louca de pedra, porque eu disse que acreditava no inferno e que pessoas como eu tinham que viver no inferno antes de morrer para compensar o fato de que não iriam para lá depois, já que não acreditavam em vida após a morte e que depois que a gente morria acontecia exatamente aquilo em que a gente acreditava.

Eu odiava aquelas visitas porque sentia que elas ficavam comparando minha obesidade e meu cabelo seco com aquilo que eu havia sido e com o que elas queriam que eu fosse, e eu sabia que saíam de lá completamente desconcertadas.

Achei que se me deixassem sozinha eu poderia ter alguma paz.

Minha mãe era a pior. Ela nunca me censurava, mas ficava implorando, com uma expressão de sofrimento, que eu dissesse o que ela tinha feito de errado. Dizia que sabia que os médicos achavam que ela tinha feito alguma besteira, porque ficavam enchendo-a de perguntas sobre quando parei de usar fraldas, sendo que eu havia sido perfeitamente educada desde pequena e nunca lhe dera trabalho algum.

Aquela tarde minha mãe me trouxe as rosas.

— Guarda pro meu enterro — eu disse.

O rosto da minha mãe contraiu-se e ela pareceu prestes a chorar.

— Mas Esther, você não lembra que dia é hoje?

— Não.

Achei que fosse o Dia dos Namorados.

— É o seu *aniversário*.

Foi aí que joguei as rosas no lixo.

— O que ela fez foi uma coisa idiota — eu disse à dra. Nolan.

A doutora concordou com a cabeça. Parecia saber o que eu queria dizer.

— Odeio minha mãe — eu disse, e esperei pela reação.

Mas a dra. Nolan apenas sorriu, como se algo tivesse a agradado imensamente, e disse: — Imagino.

— VOCÊ ESTÁ COM SORTE HOJE.

A jovem enfermeira tirou a bandeja do café da manhã e me deixou enrolada no meu cobertor branco, como um passageiro pegando ar no convés de um navio.

— Sorte por quê?

— Bom, não sei se já podia te contar, mas hoje você vai se mudar para o Belsize. — Ela me olhava com ar ansioso.

— O Belsize? — eu disse. — Não posso ir pra lá.

— Por que não?

— Não estou pronta. Não estou bem o bastante.

— Claro que você está. Não se preocupe, eles não estariam te transferindo se você não estivesse bem o bastante.

Depois que a enfermeira saiu, fiquei tentando decifrar a nova artimanha da dra. Nolan. O que ela estava tentando provar? Eu não tinha mudado. Nada tinha mudado. E o Belsize era o melhor alojamento de todos. Depois do Belsize as pessoas voltavam para seus trabalhos, escolas e casas.

Joan estaria lá, com seus livros de física, seus tacos de golfe, suas raquetes de badminton e sua voz sussurrante. Joan, marcando a fronteira entre mim e os quase-curados. Eu vinha acompanhando seu progresso desde que ela deixara o Caplan, graças aos boatos que corriam pelo hospital.

Joan podia passear, fazer compras, ir à cidade. Juntei todas as notícias de Joan em uma pequena pilha de amargura, embora as tivesse recebido com aparente satisfação. Joan era o duplo sorridente da melhor versão do meu antigo eu, especialmente criada para me perseguir e atormentar.

Talvez Joan já tivesse ido embora quando eu chegasse ao Belsize.

Pelo menos no Belsize eu poderia esquecer os tratamentos de choque. Várias mulheres no Caplan haviam levado choques. Eu sabia quem elas eram, porque não recebiam as bandejas de café na mesma hora que as outras. Elas faziam o tratamento de choque enquanto tomávamos café da manhã em nossos quartos, e então apareciam no saguão, quietas e distantes, levadas como crianças pelas enfermeiras, e tomavam seu café da manhã por ali.

Toda manhã, quando eu ouvia a enfermeira bater na porta com a minha bandeja, um imenso alívio me invadia, porque eu sabia que estava fora de perigo naquele dia. Eu não entendia como a dra. Nolan podia dizer que as pessoas dormiam durante o tratamento de choque, se ela nunca havia passado por um. Como ela podia saber se o paciente não *parecia* estar dormindo, enquanto lá dentro sentia as cintilações azuladas e o barulho?

*

Um piano soava no fim do corredor.

Fiquei calada durante o jantar, ouvindo a conversa das mulheres do Belsize. Elas vestiam roupas da moda e estavam cuidadosamente maquiadas, e várias eram casadas. Algumas tinham feito compras na cidade, outras tinham visitado amigas. Passaram o jantar inteiro trocando piadas internas umas com as outras.

— Até ligaria pro Jack — disse uma mulher chamada Dee-Dee —, só que acho que ele não vai estar em casa. Sei exatamente onde ele se enfiou...

A mulher sentada à minha mesa, uma baixinha agitada, deu uma risada. — Hoje eu quase consegui o que queria do doutor Loring. — Ela esbugalhou os olhos azuis como uma pequena boneca. — Eu trocaria fácil o velho Percy por um modelo mais recente.

Do outro lado da sala, Joan devorava seu presunto e tomate cozido com grande apetite. Ela parecia perfeitamente à vontade entre aquelas mulheres e me tratava friamente, com ligeiro sarcasmo, como se eu não passasse de uma conhecida tola e inferior.

Eu havia ido para a cama logo depois do jantar, mas aí ouvi o piano e imaginei Joan, DeeDee e Loubelle, a loira, junto com todas as outras, rindo e falando de mim pelas costas na sala de estar. Deviam estar comentando como era horrível ter pessoas como eu no Belsize, e como eu devia estar no Wymark e não lá.

Resolvi acabar com aquele falatório.

Com o cobertor jogado como uma estola ao redor dos meus ombros, desci o corredor rumo à luz e ao barulho.

Passei o resto da noite ouvindo DeeDee martelando algumas de suas composições no piano, enquanto as outras jogavam bridge e tagarelavam, como num dormitório estudantil, com a diferença de que eram pelo menos dez anos mais velhas que estudantes universitárias.

Uma delas, uma mulher alta e grisalha de voz grossa chamada sra. Savage, havia estudado em Vassar. Dava para perceber que era uma mulher da sociedade, porque ela só falava de debutantes. Parecia ter duas ou três filhas, e naquele ano todas elas iriam debutar, só que ela havia estragado os planos sendo internada numa clínica psiquiátrica.

DeeDee tinha uma música chamada "O leiteiro", e todas diziam que ela devia gravá-la porque seria um sucesso. Primeiro ela dedilhava uma melodiazinha, parecida com o galope de um pônei vagaroso, e então introduzia outra, como o assobio do leiteiro, e as duas melodias se misturavam.

— Isso é muito bonito — eu disse, como quem não quer nada.

Joan estava apoiada no canto do piano, folheando a última edição de uma revista de moda, e DeeDee sorriu para ela como se as duas compartilhassem um segredo.

— Ei, Esther — disse Joan segurando a revista —, não é você aqui?

DeeDee parou de tocar. — Deixa eu ver. — Ela pegou a revista, deu uma espiada na página que Joan mostrava e olhou para mim.

— Ah, não — disse DeeDee. — De jeito nenhum. — Ela olhou de novo para a revista e para mim. — Nunca!

— Mas *é* ela, não é, Esther? — disse Joan.

Loubelle e a sra. Savage se aproximaram do piano. Eu fui junto, fingindo saber do que se tratava.

A foto na revista mostrava uma garota num tomara que caia branco armado, rindo de orelha a orelha e cercada por um bando de rapazes. Ela estava segurando um copo cheio de um drinque transparente e parecia olhar fixamente para o meu ombro ou para algo atrás de mim, ligeiramente à esquerda. Um bafo suave soprou no meu pescoço. Olhei para trás.

A enfermeira da noite havia entrado sem ser notada, com seus sapatos de sola de borracha.

— Não brinca — disse ela —, é você mesmo?

— Não, não sou eu. A Joan está enganada. É outra pessoa.

— Ah, fala que é você! — gritou DeeDee.

Mas eu fingi que não ouvi e me afastei.

Loubelle implorou à enfermeira que completasse a mesa de bridge. Puxei uma cadeira para assistir, embora não entendesse nada do jogo porque não tivera tempo de aprender na faculdade, como todas as garotas ricas faziam.

Olhei para os rostos sérios e achatados dos reis, valetes e rainhas e escutei a enfermeira falar da sua vida difícil.

— Vocês não sabem o que é ter dois empregos — ela disse. — De noite fico aqui, cuidando de vocês...

Loubelle riu. — Ah, a gente está bem. Não tem ninguém melhor que a gente aqui, você sabe disso.

— É, *vocês* estão bem. — A enfermeira desembrulhou um chiclete cor-de-rosa e ofereceu o pacote para a mesa. — *Vocês* estão bem, são aquelas doidinhas do hospital estadual que me tiram o sono.

— Então você trabalha nos dois lugares? — perguntei, com interesse súbito.

— Isso mesmo. — A enfermeira me lançou um olhar sério, e percebi que ela achava que eu não tinha nada que estar no Belsize. — Você não gostaria de lá nem um pouquinho, Lady Jane.

Achei estranho ela me chamar de Lady Jane, quando sabia perfeitamente o meu nome.

— Por quê? — insisti.

— Ah, não é bom como aqui. Isto é quase um clube de campo. Lá eles não têm nada. Não tem terapia ocupacional, nem passeios...

— Por que elas não podem passear?

— Faltam fun-ci-o-ná-ri-os. — A enfermeira fez uma boa jogada e Loubelle soltou um gemido. — Podem anotar, senhoritas: quando juntar cascalho o suficiente, vou comprar um carro e me mandar.

— Vai se mandar daqui também? — perguntou Joan.

— Pode apostar. Só vou atender clientes particulares. Isso quando tiver vontade...

Parei de escutar o que ela dizia.

Senti que a enfermeira havia sido instruída a me mostrar quais eram as minhas alternativas. Ou eu ficava boa, ou desabava feito uma estrela cadente do Belsize para o Caplan, e então para o Wymark, e finalmente, quando a dra. Nolan e a sra. Guinea tivessem desistido de mim, para o hospital estadual.

Me enrolei no cobertor e afastei minha cadeira.

— Frio? — perguntou a enfermeira com rudeza.

— Sim — eu disse, saindo da sala. — Estou congelando.

*

Acordei aquecida e tranquila em meu casulo branco. Um feixe de luz solar, pálido e invernal, cintilava no espelho, no tampo da escrivaninha, nas maçanetas de metal. Do fim do corredor ouvia-se o falatório das criadas na cozinha, preparando as bandejas de café da manhã.

Ouvi a enfermeira bater na porta ao lado, bem no fim do corredor. A voz sonolenta da sra. Savage ecoou, e a enfermeira entrou com a bandeja tilintante. Pensei, com uma ponta de prazer, na cafeteira fumegante, na xícara de café e na caneca de creme, todos de porcelana azul com margaridas brancas.

Estava começando a me acostumar com aquilo tudo.

Se eu ia cair, que fosse abraçada aos meus pequenos prazeres, pelo máximo de tempo possível.

A enfermeira bateu na minha porta e entrou alegremente, sem esperar que eu respondesse.

Era a nova enfermeira — elas sempre mudavam. Tinha um rosto fino e cor de areia, com cabelo dourado e grandes sardas salpicando o nariz ossudo. Por algum motivo, a visão da enfermeira me incomodou, e foi só quando ela atravessou o quarto para abrir as persianas verdes que percebi que parte da estranheza vinha do fato de que estava de mãos vazias.

Abri a boca para perguntar pela minha bandeja, mas a fechei imediatamente. Talvez ela estivesse me confundindo com alguém. Enfermeiras recém-chegadas sempre faziam isso. Alguém no Belsize devia estar fazendo tratamento de choque sem que eu soubesse, e a nova enfermeira havia achado que era eu.

Esperei até que a enfermeira terminasse seu pequeno circuito pelo quarto, alisando, esticando, arrumando, e saísse levando uma bandeja a Loubelle na porta ao lado.

Calcei os chinelos, arrastei o cobertor comigo — a manhã estava luminosa, mas muito fria — e atravessei rapidamente o corredor rumo à cozinha. Uma criada de uniforme cor-de-rosa estava despejando o conteúdo de uma grande chaleira em uma série de cafeteiras de porcelana.

Olhei com amor para as bandejas enfileiradas; os guardanapos de papel branco, dobrados em firmes triângulos isósceles, cada um ancorado pelo peso de seu respectivo garfo de prata; a cúpula pálida dos ovos moles, colocados sobre cálices de porcelana azul; as tigelas em forma de concha da geleia de laranja. Tudo o que eu precisava fazer era esticar o braço e pedir a minha bandeja, e o mundo voltaria à sua perfeita normalidade.

— Houve um engano — eu disse à copeira, apoiando-me no balcão e falando em voz baixa e sigilosa. — A nova enfermeira esqueceu de levar minha bandeja de café da manhã hoje.

Abri um sorriso largo, para mostrar que não tinha guardado mágoas.

— Nome?

— Greenwood. Esther Greenwood.

— Greenwood, Greenwood, Greenwood. — O indicador gordo da copeira correu pela lista de pacientes do Belsize pendurada na parede da cozinha. — Greenwood, sem café da manhã hoje.

Agarrei a borda do balcão com as duas mãos.

— Tem que ser um engano. Tem certeza de que é Greenwood?

— Greenwood — disse a copeira com firmeza, no momento em que a enfermeira entrou na cozinha.

A enfermeira lançou um olhar de interrogação para mim e para a copeira.

— A senhorita Greenwood quer a bandeja dela — disse a copeira, evitando meus olhos.

— Ah — disse a enfermeira, sorrindo para mim —, você vai receber a bandeja mais tarde hoje, senhorita Greenwood, já que…

Mas eu não esperei ela terminar. Saí cegamente pelo corredor, não para o meu quarto, porque eles iriam me procurar lá, mas para a saleta de leitura, bem menor que a do Caplan, diga-se de passagem, mas uma saleta ainda assim, num canto tranquilo do corredor, aonde Joan, Loubelle, DeeDee e a sra. Savage nunca iam.

Me encolhi no fundo da saleta com o cobertor sobre a cabeça. Não era tanto o tratamento de choque que me afligia, mas a traição descarada da dra. Nolan. Eu gostava da dra. Nolan, amava-a, tinha confiado e me aberto para ela, que jurou me avisar com antecedência se algum dia eu tivesse que passar por outro tratamento de choque.

Se ela tivesse me contado na véspera, óbvio que eu teria passado a noite em claro, aterrorizada e cheia de maus pressentimentos, mas pela manhã estaria recomposta e preparada. Teria descido o corredor acompanhada de duas enfermeiras e passado com dignidade por DeeDee, Loubelle, a sra. Savage e Joan, como um condenado friamente resignado com sua execução.

A enfermeira se agachou e me chamou pelo nome.

Eu me afastei e me espremi ainda mais no canto. A enfermeira desapareceu. Eu sabia que ela voltaria logo, com dois brutamontes, e que eles me carregariam, urrando e esperneando, diante de uma plateia sorridente reunida na sala de estar.

A dra. Nolan passou o braço ao meu redor e me abraçou como uma mãe.

— Você disse que ia me *contar*! — gritei, ainda envolvida pelo cobertor amarfanhado.

— Mas *estou* contando agora — disse a dra. Nolan. — Vim mais cedo especialmente pra isso, e vou cuidar pessoalmente de você.

Meus olhos inchados a encararam. — Por que você não me contou ontem à noite?

— Achei que você não ia conseguir dormir. Se eu soubesse...

— Você *falou* que ia me contar.

— Escuta, Esther — disse ela. — Eu vou com você. Vou ficar do seu lado o tempo todo, pra garantir que tudo vai dar certo, do jeito que eu prometi. Vou estar lá quando você acordar e vou te trazer de volta.

Olhei para a dra. Nolan. Ela parecia bem chateada.

Esperei um minuto, então disse: — Promete que você vai estar lá.

— Prometo.

A dra. Nolan pegou um lenço branco e secou o meu rosto. Então enlaçou seu braço no meu, como uma velha amiga, me ajudou a levantar e saímos para o corredor. Meu cobertor enrolou-se no meu pé. Deixei-o cair, mas a doutora não pareceu perceber. Passamos por Joan, que saía de seu quarto. Lancei um sorriso desdenhoso para ela, que se encolheu e esperou até que tivéssemos ido embora.

a redoma de vidro 237

A dra. Nolan abriu uma porta no final do corredor e me conduziu por um lance de escadas até os misteriosos corredores subterrâneos que, através de uma rede complexa de túneis e abrigos, ligavam os vários prédios do hospital.

As paredes eram cobertas de azulejos de banheiro, brancos e brilhantes, com lâmpadas instaladas a intervalos regulares no teto preto. Macas e cadeiras de roda repousavam aqui e ali, encostadas aos canos barulhentos que corriam e ramificavam-se em um intricado sistema nervoso ao longo das paredes claras. Me agarrei ao braço da dra. Nolan, e vez ou outra ela me dava um apertão encorajador.

Paramos diante de uma porta verde, onde se lia "Eletroterapia" em letras pretas. Recuei, e a dra. Nolan esperou. Então eu disse, "vamos acabar logo com isso", e entramos.

As únicas pessoas na sala de espera, além de mim e da doutora, eram um homem pálido num velho roupão marrom e sua enfermeira.

— Quer sentar? — perguntou a dra. Nolan, apontando para um banco de madeira, mas minhas pernas estavam tão pesadas que pensei que seria difícil me levantar quando o pessoal do tratamento de choque chegasse.

— Prefiro ficar de pé.

Foi aí que uma mulher alta e cadavérica de avental branco surgiu por uma porta interna. Achei que estava atrás do homem de roupão marrom, já que ele havia chegado primeiro, e me surpreendi quando ela veio em minha direção.

— Bom dia, dra. Nolan — disse a mulher, colocando o braço ao redor dos meus ombros. — Essa é a Esther?

— Sim, senhora Huey. Esther, esta é a senhora Huey. Ela vai cuidar de você. Falei de você pra ela.

A mulher parecia ter mais de dois metros de altura. Ela inclinou-se gentilmente sobre mim, e notei que seu rosto, com dentes tortos projetando-se para fora, já havia sido tomado de espinhas. Parecia um mapa das crateras da Lua.

— Acho que posso te levar agora mesmo, Esther — disse ela.
— O senhor Anderson não se importa de esperar, não é, senhor Anderson?

O sr. Anderson não disse nada. Com o braço da sra. Huey ao redor do meu ombro, fui conduzida à próxima sala. A dra. Nolan entrou logo atrás.

Pela fresta dos meus olhos, que não ousei abrir completamente por medo de que a visão completa me matasse, vi a cama alta com lençóis brancos e lisos, a máquina atrás da cama e uma pessoa usando máscara — não dava para saber se era homem ou mulher — atrás da máquina. Nas pontas da cama havia outras pessoas de máscara.

A dra. Huey me ajudou a subir na cama e me deitou de costas.
— Fala comigo — eu disse.

A dra. Huey começou a falar em voz baixa e calma, passando a pomada nas minhas têmporas e encaixando os pequenos eletrodos nos dois lados da minha cabeça. — Vai ficar tudo bem, você não vai sentir nada, basta morder isso... — Ela colocou algo na minha boca e, em pânico, eu mordi — e a escuridão me apagou como giz sobre um quadro negro.

— ESTHER.

Acordei ensopada, de um sono profundo, e a primeira coisa que vi foi o rosto da dra. Nolan flutuando à minha frente e repetindo "Esther, Esther".

Esfreguei os olhos com a mão mole.

Atrás da dra. Nolan vi o corpo de uma mulher vestindo um robe xadrez amarrotado, jogada sobre uma maca como se tivesse acabado de desabar de uma grande altura. Antes que eu pudesse assimilar mais alguma coisa, porém, a dra. Nolan me conduziu por uma porta e saímos para o ar fresco e o céu azul.

Todo o calor e o medo haviam sido expurgados. Eu me sentia surpreendentemente em paz. A redoma de vidro pairava, suspensa, alguns centímetros acima da minha cabeça. Eu estava aberta para o ar que soprava ao meu redor.

— Foi como eu te falei que seria, não foi? — disse a dra. Nolan, enquanto caminhávamos de volta para o Belsize, pisando sobre folhas secas que estalavam sob os nossos pés.

— Sim.

— Bom, vai ser sempre assim — disse ela com convicção. — Você vai receber o tratamento de choque três vezes por semana, às terças, quintas e sábados.

Engoli em seco.

— Por quanto tempo?

— Isso depende — disse a dra. Nolan. — De você e de mim.

*

Peguei a faca de prata e quebrei a ponta do meu ovo. Então larguei a faca e olhei para ela. Tentei lembrar o motivo de já ter amado facas, mas minha mente escapuliu da armadilha do pensamento e alçou voo como um pássaro pelo ar.

Joan e DeeDee estavam sentadas lado a lado na banqueta do piano. DeeDee ensinava Joan a tocar uma parte do "Bife" enquanto ela tocava a outra.

Pensei que era triste que Joan parecesse tão equina, com aqueles dentes enormes e olhos esbugalhados, mais parecidos com pedrinhas cinzentas. Não era à toa que ela não conseguira sequer segurar um rapaz como Buddy Willard. E o marido de DeeDee estava obviamente morando com alguma amante e tornando-a amarga feito uma gata velha e bolorenta.

*

— Te-nho uma car-ta — cantarolou Joan, enfiando a cabeça despenteada para dentro da minha porta.

— Bom pra você. — Mantive os olhos fixos no meu livro. Desde que o tratamento de choque acabara, após uma série curta de cinco sessões, e eu ganhara permissões para ir à cidade, Joan me perseguia como uma enorme e ofegante mosca-das-frutas, como se a simples proximidade permitisse que ela sugasse a doçura da minha melhora. Seus livros de física haviam sido confiscados, assim como as pilhas de cadernos espiral empoeirados, cheios de anotações, que abarrotavam seu quarto, e ela estava de castigo outra vez.

— Não quer saber de *quem* é?

Joan entrou no quarto e sentou-se na minha cama. Ela me dava nos nervos. Eu queria mandá-la sumir dali, mas não conseguia.

— Tá — eu disse, enfiando o dedo entre as páginas e fechando o livro. — De quem?

Joan tirou um envelope azul-claro do bolso da saia e o agitou provocativamente.

— Mas que coincidência! — eu disse.

— Como assim que coincidência?

Fui até minha escrivaninha, peguei um envelope azul-claro e o agitei diante de Joan como um lenço de adeus. — Recebi uma carta também. Me pergunto se as duas são iguais.

— Ele está melhor — disse Joan. — Já saiu do hospital.

Houve uma pequena pausa.

— Você vai se casar com ele?

— Não — eu disse. — Você vai?

Joan deu um sorriso evasivo. — Eu não gostava muito dele, na verdade.

— Como é?

— Era da família que eu gostava.

— Do senhor e da senhora Willard?

— Sim. — A voz de Joan descia pela minha espinha como vento gelado. — Eu amava os dois. Eles eram tão legais, tão felizes, tão diferentes dos meus pais. Eu ia sempre visitá-los... — Ela fez uma pausa. — ... até você aparecer.

— Desculpe — eu disse. — Se você gostava tanto deles, por que parou de ir vê-los?

— Ah, eu não podia — disse Joan. — Não com você saindo com o Buddy. Teria parecido... sei lá, *estranho*.
Refleti um instante. — Imagino que sim.
Joan hesitou. — Você vai... deixar ele te visitar?
— Não sei.

Inicialmente achei que seria horrível receber a visita de Buddy na clínica psiquiátrica — ele provavelmente só viria para se exibir e confraternizar com os outros médicos. Mas agora me parecia que seria um passo: eu poderia colocá-lo em seu lugar, renunciar a ele, a despeito do fato de que eu não tinha ninguém — dizer que não havia nenhum tradutor simultâneo, mas que ele era a pessoa errada e que eu havia desistido daquilo. — Você vai?

— Sim — sussurrou Joan. — Talvez ele traga a mãe dele. Vou pedir pra ele trazer...

— A *mãe* dele?

Joan fez um beicinho. — Eu gosto da senhora Willard. É uma mulher maravilhosa. Ela tem sido uma mãe pra mim.

Eu tinha uma imagem da sra. Willard na cabeça, com seus *tweeds* coloridos, seus sapatos confortáveis e suas frases de efeito sábias e maternais. O sr. Willard era seu garotinho, e sua voz era aguda e clara como a de uma criança. Joan e a sra. Willard. Joan... e a sra. Willard...

Eu havia batido na porta de DeeDee naquela manhã, para pedir emprestadas algumas partituras para quatro mãos. Esperei alguns minutos e, achando que DeeDee tinha saído e que eu poderia pegar as partituras em sua escrivaninha, abri a porta e entrei no quarto.

Mesmo no Belsize as portas tinham trancas, mas os pacientes não tinham as chaves. Uma porta fechada significava privacidade e era respeitada como uma porta trancada. Você batia uma vez, duas, e ia embora. Lembrei disso quando me vi parada em meio à escuridão profunda e aromática do quarto, meus olhos quase inúteis devido à luz do corredor.

Quando me acostumei com a penumbra, vi um vulto levantar-se da cama. Alguém deu uma risadinha baixa. O vulto arrumou o cabelo, e dois pedregulhos me encararam através do negrume. DeeDee estava deitada sobre os travesseiros, as pernas nuas sob o penhoar de lã verde, e me olhava com um sorriso irônico. Um cigarro brilhava entre os dedos de sua mão direita.

— Eu só queria... — eu disse.

— Eu sei — disse DeeDee. — As partituras.

— Olá, Esther — disse Joan, e sua voz cavernosa me deu vontade de vomitar. — Espera, eu vou tocar com você.

Agora Joan olhava para mim e dizia, cheia de convicção: — Eu nunca gostei de Buddy Willard. Ele achava que sabia tudo. Achava que sabia tudo sobre as mulheres...

Olhei para Joan. Apesar de me dar nos nervos, apesar da minha velha e arraigada antipatia, ela me fascinava. Era como observar um marciano, ou um sapo particularmente esquisito. Seus pensamentos não eram meus pensamentos, seus sentimentos não eram meus sentimentos, mas éramos próximas o suficiente para que seus pensamentos e sentimentos parecessem uma versão distorcida e soturna dos meus.

Às vezes eu me perguntava se havia inventado a Joan. Outras vezes me perguntava se ela continuaria a brotar durante as minhas crises, me lembrando de quem eu havia sido, de tudo o que eu tinha passado, e se seguiria vivendo sua própria crise — independente da minha, mas parecida com ela — debaixo do meu nariz.

— Não entendo o que as mulheres veem em outras mulheres — eu disse à dra. Nolan na consulta daquela tarde. — O que uma mulher vê em outra que ela não vê num homem?

A dra. Nolan ficou em silêncio, então disse: — Ternura.
Aquilo calou a minha boca.

— Eu gosto de você — seguia dizendo Joan. — Gosto de você mais do que de Buddy.

Enquanto ela se esticava na minha cama com um sorriso bobo, lembrei de um pequeno escândalo ocorrido no dormitório da faculdade quando uma veterana gorda e peituda, inocente como uma vovó e dedicada estudante de religião, começou a passar tempo demais com uma caloura alta e desajeitada, conhecida por sempre acabar precocemente abandonada, das formas mais engenhosas, quando saía com alguém. Elas viviam juntas, e dizia-se que certa vez alguém entrou no quarto da garota gorda e flagrou as duas abraçadas.

— Mas o que elas estavam *fazendo*? — perguntei na época. Sempre que pensava em homens com homens e mulheres com mulheres, tinha dificuldade em imaginar o que eles faziam.

— Oh — disse a espiã. — Milly estava sentada na cadeira, Theodora estava deitada na cama, e Milly estava fazendo carinho no cabelo de Theodora.

Aquilo me decepcionou. Esperava a revelação de um tipo específico de delito. Fiquei me perguntando se tudo o que as mulheres faziam umas com as outras era ficar deitadas e abraçadas.

Claro, a famosa poeta da minha faculdade vivia com outra mulher — uma intelectual clássica, velha e atarracada, de cabelo chanel. Quando contei a ela que um dia queria me casar e ter um monte de filhos, ela me olhou horrorizada. — Mas, e a sua *carreira*? — ela exclamou.

Minha cabeça doía. Por que eu atraía aquelas velhas esquisitas? Havia essa poeta famosa, Philomena Guinea, Jota Cê, a mulher da Ciência Cristã e sabe-se lá mais quem, e todas queriam de certa forma me adotar e, como pagamento por seu cuidado e influência, queriam que eu me parecesse com elas.

— Eu gosto de você.

— Aí fica difícil, Joan — eu disse, pegando o meu livro. — Porque eu não gosto de você. Pra ser sincera, você me dá vontade de vomitar.

E saí do quarto, deixando Joan largada na minha cama feito um cavalo velho.

*

Esperei o médico, enquanto me perguntava se eu devia me mandar dali. Eu sabia que o que eu estava fazendo era ilegal — em Massachussetts pelo menos, porque o estado era abarrotado de católicos —, mas a dra. Nolan me disse que esse médico era um velho amigo dela, além de um homem sábio.

— Qual o motivo da consulta? — quis saber bruscamente a recepcionista, vestida num uniforme branco e riscando meu nome numa lista.

— Como assim, o *motivo*? — Eu esperava que só o médico fosse me perguntar aquele tipo de coisa. A sala estava cheia de outras pacientes esperando por seus médicos, muitas das quais estavam grávidas ou com bebês de colo, e senti seus olhos em minha barriga reta e virginal.

A recepcionista me encarou, e fiquei vermelha.

— Contracepção, não é? — ela disse, simpática. — Só queria saber quanto vamos te cobrar. Você é estudante?

— S-sim.

— Então vai custar a metade. Cinco dólares, em vez de dez. Mando a fatura pra casa?

Eu estava prestes a dar a ela o endereço de casa, onde eu provavelmente estaria quando a fatura chegasse, mas então imaginei minha mãe abrindo o envelope e descobrindo o que era. O único outro endereço que eu tinha era a caixa postal que as pessoas usavam para disfarçar o fato de que viviam numa clínica psiquiátrica. Mas achei que a recepcionista fosse reconhecer o número, então disse que era melhor pagar logo e tirei cinco dólares do rolo de notas na minha bolsa.

Os cinco dólares eram parte do dinheiro que Philomena Guinea havia me enviado como uma espécie de presente por estar ficando boa. Imaginei o que ela pensaria se soubesse para que eu estava usando o dinheiro.

Sabendo ou não, Philomena Guinea estava comprando a minha liberdade.

— Odeio a ideia de ficar sob a tutela de um homem — eu havia dito à dra. Nolan. — Um homem não tem preocupação nenhuma no mundo, enquanto a possibilidade de ter um bebê paira sobre a minha cabeça como uma espada, me fazendo andar na linha.

— Você agiria diferente se não tivesse que se preocupar com um bebê?

— Sim — eu disse —, mas... — E contei à dra. Nolan sobre a advogada casada e sua defesa da castidade.

A dra. Nolan esperou que eu terminasse, então explodiu numa gargalhada. — Propaganda! — ela disse, e rabiscou o nome e o endereço do médico num papel.

Folheei nervosamente um exemplar de *Baby Talk*. Rostos gordos e brilhantes dos bebês sorriam para mim, página após página — bebês carecas, bebês cor de chocolate, bebês com a cara do Eisenhower, bebês rolando pela primeira vez, bebês procurando por chocalhos, bebês comendo a primeira colherada de alimento sólido, bebês fazendo todas as coisas necessárias para amadurecer, passo a passo, e encarar um mundo agitado e instável.

Senti um cheiro que era uma mistura de cereal infantil, leite azedo e fraldas fedendo a bacalhau, e me senti infeliz e frágil. Como parecia fácil ter bebês para aquelas mulheres! Por que eu era tão distante e pouco maternal? Por que eu não tinha vontade de devotar minha vida a uma série de bebês gordos, como Dodo Conway?

Eu ficaria louca se tivesse que cuidar de um bebê o dia todo.

Olhei para o bebê no colo da mulher à minha frente. Eu não tinha a menor ideia da idade dele. Nunca consegui adivinhar esse tipo de coisa em bebês — por mim ele podia falar pelos cotovelos e ter vinte dentes atrás de seus lábios rosados. Sua cabecinha oscilava sobre seus ombros — ele parecia não ter pescoço — e ele me observava com uma expressão sábia e platônica.

A mãe do bebê sorria sem parar, segurando aquele bebê nos braços como se fosse a primeira maravilha do mundo. Fiquei encarando a mãe e o bebê em busca de uma pista que explicasse sua satisfação mútua, mas, antes de ter chegado a alguma conclusão, o médico me mandou entrar.

— Você quer um contraceptivo — ele disse alegremente, e eu respirei aliviada achando que ele não era o tipo de médico que fazia perguntas embaraçosas. Eu tinha considerado a possibilidade de dizer a ele que planejava me casar com um marinheiro assim que o navio dele atracasse no cais da Marinha de Charleston, e que só não tinha um anel de noivado porque éramos muito pobres, mas na última hora decidi deixar aquela história para lá e disse apenas "sim".

Subi na mesa de exame pensando: "estou subindo rumo à liberdade. Vou me libertar do medo, de me casar com a pessoa errada — Buddy Willard, no caso — só por causa do sexo, daquelas instituições para onde vão todas as garotas pobres que deviam ter usado contraceptivo como eu, porque o que quer que elas tenham feito, elas acabarão fazendo de novo…".

Voltei para a clínica com minha caixinha embrulhada em papel pardo no colo, como a sra. Fulana voltando de um dia na cidade com um bolo para a tia solteirona ou um chapéu do Filene's Basement. Aos poucos, minha suspeita de que católicos tinham visão de raio X diminuiu, e fiquei mais à vontade. Eu tinha aproveitado bem meu dia de compras.

Eu era dona de mim mesma.

O próximo passo seria achar um homem decente.

— EU VOU SER PSIQUIATRA.

Joan falava com o entusiasmo ciciante de sempre. Estávamos bebendo cidra de maçã no salão do Belsize.

— Ah — eu disse secamente. — Legal.

— Tive uma longa conversa com a doutora Quinn, e ela acha perfeitamente possível. — A dra. Quinn era a psiquiatra de Joan, uma mulher solteira, brilhante e perspicaz. Sempre achei que se ela fosse minha médica eu provavelmente ainda estaria no Caplan ou, mais provavelmente, no Wymark. Havia algo de abstrato na dra. Quinn, o que encantava Joan mas me dava calafrios.

Enquanto Joan tagarelava sobre egos e ids, foquei o pensamento em algo diferente: o pacote marrom na minha gaveta. Eu nunca conversava sobre egos e ids com a dra. Nolan. Na verdade eu não sabia sobre o que conversava com ela.

— Estou indo morar fora daqui...

Voltei a prestar a atenção em Joan. — Onde? — perguntei, tentando esconder minha inveja.

A dra. Nolan havia dito que minha faculdade me aceitaria de

volta para o segundo semestre, com a recomendação dela e a bolsa de estudos de Philomena Guinea, mas como os médicos proibiram que nesse meio tempo eu voltasse a morar com a minha mãe, eu estava vivendo na clínica até que as aulas recomeçassem.

Ainda assim, achava injusto que Joan saísse de lá antes de mim.

— Onde? — insisti. — Eles não vão deixar você morar sozinha, né? — Fazia apenas uma semana que Joan tinha voltado a ganhar permissões para sair.

— Ah, não, claro que não. Vou morar em Cambridge com a enfermeira Kennedy. A companheira de quarto dela acabou de se casar, e ela precisa de alguém pra dividir o apartamento.

— Parabéns. — Ergui meu copo de cidra e brindamos. Apesar de minhas profundas restrições, eu achava que sempre teria carinho por Joan. Era como se tivéssemos sido forçadas a conviver devido a alguma circunstância avassaladora, como a guerra ou a doença, e compartilhássemos um mundo comum. — Quando você vai sair?

— No começo do mês.

— Legal.

Joan ficou pensativa. — Você vai me visitar, não vai, Esther?

— Claro.

Mas pensei comigo: "Acho que não".

*

— Tá doendo — eu disse. — Deveria doer?

Irwin ficou em silêncio. Então disse: — Às vezes dói.

Eu havia conhecido Irwin nos degraus da biblioteca Widener. Eu estava no topo da longa escadaria, olhando os prédios de tijolo vermelho que cercavam o pátio repleto de neve e me preparando para pegar o bonde de volta para a clínica, quando um jovem alto e

de óculos, de aspecto feio mas inteligente, apareceu e perguntou:
— Você sabe que horas são?

Dei uma olhada no meu relógio. — Quatro e cinco.

Então o homem passou o monte de livros que estava carregando de um braço para o outro, revelando um pulso ossudo.

— Mas você tem relógio!

O homem olhou com pesar para seu relógio, ergueu-o e chacoalhou. — Está quebrado. — Abriu um sorriso cativante. — Aonde você está indo?

Eu quase falei, "estou voltando pra minha clínica psiquiátrica", mas o homem pareceu promissor, então mudei de ideia. — Pra casa.

— Quer tomar um café antes?

Hesitei. Tinha que estar de volta à clínica até o jantar, e não queria me atrasar às vésperas de ser liberada.

— Um cafezinho *bem* pequeno?

Decidi praticar minha nova personalidade normal com aquele homem. Enquanto eu tentava decidir o que faria, ele contou que seu nome era Irwin e que era um professor de matemática muito bem pago. — Certo — eu disse, acertando o passo com o dele e descendo a longa escadaria congelada ao seu lado.

Foi só depois de conhecer o escritório de Irwin que resolvi seduzi-lo.

Ele vivia num apartamento escuro e confortável, desses que ficam abaixo do nível na rua, numa região degradada dos arredores de Cambridge, e me levou de carro até lá — para uma cerveja, disse — depois de três xícaras de café amargo numa lanchonete de estudantes. Sentamos em poltronas de couro no seu escritório, cercados por montanhas de livros empoeirados e incompreensíveis, repletos de fórmulas imensas que se espalhavam elegantemente pelas páginas, como poemas.

Estava bebendo o meu primeiro copo de cerveja — nunca fiz questão de cerveja gelada durante o inverno, mas aceitei o copo para ter em que me segurar — quando a campainha tocou.

Irwin pareceu envergonhado. — Pode ser que seja uma moça. Ele tinha o hábito estranho e antiquado de chamar mulheres de moças.

— Tudo bem — eu disse, com um gesto largo. — Pode trazê-la.

Irwin balançou a cabeça. — Ela iria ficar irritada com você.

Sorri enquanto dava um gole no cilindro âmbar de cerveja gelada.

A campainha soou outra vez, agora com uma batida categórica. Irwin suspirou e levantou-se para atender. No momento em que ele saiu da sala, me enfiei no banheiro e, escondida pelas venezianas sujas, observei o rosto de monge de Irwin surgir na fresta da porta.

Uma mulher eslava, grande e peituda, usando um suéter volumoso de lã de ovelha, calças roxas e um gorro preto que combinava com as galochas de salto alto forradas, bufava palavras inaudíveis no ar invernal. A voz de Irwin chegava até mim através do corredor gelado.

— Desculpe, Olga... estou trabalhando, Olga... não, acho que não, Olga... — ele dizia, enquanto a boca vermelha da moça se movia, e suas palavras, transformadas em vapor branco, flutuavam entre os ramos de lilases ao lado da porta. Então, por fim: — Talvez, Olga... tchau, Olga.

Fiquei admirando de perto a vastidão dos seios recobertos de lã da moça, que se afastava e descia a escada fazendo ranger os degraus, seus lábios brilhantes transmitindo uma espécie de amargura siberiana.

*

— Imagino que você tenha várias namoradas em Cambridge — eu disse alegremente, pescando um *escargot* com um palito em um dos restaurantes metidos a franceses de Cambridge.

— Eu costumo me dar bem com as moças — admitiu Irwin com um sorrisinho modesto.

Peguei a concha vazia e sorvi o molho de ervas. Eu não sabia se aquilo era certo, mas, depois de meses da dieta saudável e insossa da clínica, eu estava faminta por manteiga.

Liguei para a dra. Nolan de um telefone do restaurante e pedi permissão para passar a noite em Cambridge com Joan. Claro que eu não tinha a menor ideia se Irwin me convidaria para seu apartamento depois do jantar, mas achei que o modo com que ele havia despachado a moça eslava — mulher de um outro professor — parecia promissor.

Inclinei o pescoço para trás e virei uma taça de Nuits-St.-Georges.

— Você gosta mesmo de vinho — observou Irwin.

— Só de Nuits-St.-Georges. Fico imaginando São Jorge... com o dragão...

Irwin pegou minha mão.

Eu queria que o primeiro homem com quem eu dormisse fosse inteligente — só assim eu teria respeito por ele. Irwin era professor aos vinte e seis anos e tinha a pele clara e imberbe de um garoto prodígio. Eu também precisava de alguém bastante rodado, para compensar minha inexperiência, e nesse sentido as moças de Irwin me tranquilizavam. Finalmente, como garantia, eu queria alguém que eu não conhecesse e nem viesse a conhecer — um tipo sacerdotal e distante, como nas histórias sobre rituais primitivos.

Ao final da noite, eu não tinha dúvida nenhuma a respeito de Irwin.

A descoberta da corrupção de Buddy Willard fez com que minha virgindade pesasse como um fardo sobre minha cabeça. Ela havia sido tão importante para mim, durante tanto tempo, que adquiri o hábito de protegê-la a qualquer custo. Já fazia cinco anos que eu a protegia, e estava cansada daquilo.

Foi só quando Irwin me pegou nos braços, já no apartamento, e me levou para o quarto escuro, que murmurei, tonta e mole de vinho:

— Sabe, Irwin, acho que tenho que te contar... eu sou virgem.

Irwin riu e me jogou na cama.

Alguns minutos depois, uma exclamação de surpresa mostrou que Irwin não havia acreditado muito em mim. Havia sido uma sorte ter começado o controle de natalidade naquele dia, porque no meu estado de torpor eu jamais lembraria de realizar uma operação tão delicada e necessária. Fiquei deitada, extasiada e nua, sobre o cobertor grosso de Irwin, esperando que a transformação milagrosa se fizesse.

Mas tudo o que senti foi uma dor aguda e muito forte.

— Tá doendo — eu disse. — Deveria doer?

Irwin ficou em silêncio. Então disse: — Às vezes dói.

Algum tempo depois Irwin se levantou e foi ao banheiro, e ouvi barulho de chuveiro. Eu não sabia se Irwin tinha feito o que planejava, ou se minha virgindade tinha obstruído as coisas de alguma forma. Queria perguntar a ele se continuava virgem, mas estava nervosa demais para isso. Um líquido morno escorria pelas minhas pernas. Baixei a mão e toquei nele.

Quando levantei a mão na direção da luz que saía do banheiro, as pontas dos meus dedos estavam pretas.

— Irwin — eu disse, nervosa. — Me traz uma toalha.

Irwin reapareceu, uma toalha de banho amarrada na cintura, e me jogou uma toalha menor. Coloquei-a entre as minhas pernas e a retirei. Parte dela ficou preta de sangue.

— Estou sangrando! — gritei, e me sentei na cama.

— Ah, isso costuma acontecer — tranquilizou-me Irwin. — Vai ficar tudo bem.

Foi aí que as histórias de lençóis nupciais manchados de sangue e cápsulas de tinta vermelha concedidas a noivas já defloradas voltaram à minha mente. Fiquei me perguntando por quanto tempo eu sangraria e me deitei com a toalha entre as pernas. Então me dei conta de que o sangue era a resposta que eu procurava. Eu não podia mais ser virgem. Sorri no escuro, me sentindo parte de uma grande tradição.

Apliquei furtivamente a parte limpa da toalha na minha ferida, pensando que, assim que o sangramento cessasse, eu pegaria o bonde da madrugada para a clínica. Eu queria refletir em paz sobre a minha nova condição. Mas a toalha voltou escura e ensopada.

— Acho que... é melhor eu ir pra casa — eu disse, sem forças.

— Não tão cedo.

— Sim, acho que é melhor.

Perguntei se podia pegar emprestada a toalha de Irwin e a comprimi entre as coxas, como um curativo. Vesti minhas roupas suadas. Irwin se ofereceu para me levar de carro, mas como eu não queria que ele soubesse que eu morava numa clínica psiquiátrica, peguei o endereço de Joan na minha bolsa. Irwin conhecia a rua dela e saiu para dar partida no carro. Eu tinha receio de contar a ele que ainda estava sangrando. Contava os minutos para que aquilo parasse.

Enquanto Irwin me conduzia pelas ruas desertas e cheias de neve, porém, senti o líquido morno atravessando as barreiras da toalha e da saia e chegando ao assento do carro.

Estávamos passando diante de uma série de casas iluminadas quando o carro começou a diminuir a velocidade, e pensei que eu tinha dado muita sorte em não ter me livrado da minha virgindade em casa ou no dormitório da faculdade, onde seria impossível manter a discrição.

Joan abriu a porta com uma expressão de surpresa e alegria. Irwin beijou minha mão e pediu que Joan cuidasse bem de mim.

Fechei a porta e me apoiei nela, sentindo o sangue fugir do meu rosto de uma só vez.

— O que foi, Esther? — disse Joan. — O que diabos aconteceu?

Fiquei me perguntando quando Joan iria perceber o sangue escorrendo pelas minhas pernas e entrando, grudento, nos meus sapatos de verniz preto. Tive a impressão de que, mesmo que eu tivesse recebido um tiro, Joan seguiria me encarando com o ar vazio, esperando que eu pedisse por uma xícara de café ou um sanduíche.

— Aquela enfermeira está aqui?

— Não, está de plantão no Caplan…

— Que bom. — Abri um sorrisinho amargo enquanto o sangue voltava a atravessar a toalha encharcada para começar sua viagem tediosa até meus sapatos. — Quer dizer… que ruim.

— Você está esquisita — disse Joan.

— É melhor arrumarmos um médico.

— Por quê?

— Rápido.

— Mas…

Ela continuava sem perceber nada.

Me agachei com um breve grunhido e tirei um dos meus sapatos da Bloomindale's, cheio de rachaduras de frio. Ergui o sapato diante dos olhos esbugalhados de Joan e o virei para baixo — e a vi assistir à torrente de sangue que caía sobre o tapetinho bege.

— Meu Deus! O que é isso?

— Estou tendo uma hemorragia.

Joan me levou — ou me arrastou — para o sofá e me deitou. Então colocou algumas almofadas sob os meus pés sujos de sangue, ergueu-se e exclamou: — Quem era aquele homem?

Por um instante pensei que Joan se recusaria a chamar um médico até que eu confessasse tudo o que acontecera aquela noite com Irwin, e que mesmo depois disso seguiria se recusando, só para me punir. Mas então percebi que ela realmente estava levando a sério a minha explicação, que tinha extrema dificuldade para compreender o motivo de eu ter ido para a cama com Irwin, e que achava que a aparição dele não passava de uma provocação da minha parte.

— Ah, era um sujeito aí — eu disse, com um gesto displicente. Senti outra golfada de sangue chegando e contraí os músculos da barriga num gesto de desespero. — Pega uma toalha.

Joan saiu e voltou quase na mesma hora com uma pilha de toalhas e lençóis. Como uma enfermeira graduada, ela tirou minhas roupas ensopadas de sangue, deu um suspiro ao chegar à toalha tingida de vermelho e a trocou por uma nova. Fiquei deitada, tentando desacelerar as batidas do meu coração, como se cada uma delas produzisse uma nova golfada de sangue.

Lembrei-me de um curso apavorante que fiz sobre o romance vitoriano, em que todas as mulheres morrem, pálidas e nobres, entre torrentes de sangue, depois de partos complicados. Talvez Irwin tivesse me machucado de alguma maneira terrível e obscura, e eu estivesse realmente morrendo ali, deitada no sofá de Joan.

Joan sentou-se num pufe e começou a telefonar para uma longa lista de médicos de Cambridge. O primeiro não atendeu. Ela começou a explicar o meu caso para o segundo, mas então calou-se, disse "entendi" e desligou.

— Qual o problema?

— Ele só atende clientes ou emergências. É domingo.

Tentei erguer o braço e olhar meu relógio, mas minha mão parecia uma pedra e não queria se mexer. Domingo — o paraíso dos médicos! Médicos nos clubes de campo, médicos na praia, médicos com amantes, médicos com esposas, médicos na igreja, médicos em iates, médicos em todas as partes, teimando em ser pessoas e não médicos.

— Pelo amor de Deus — eu disse —, fala pra eles que é uma emergência.

O terceiro médico não atendeu ao telefone e o quarto desligou no momento em que Joan mencionou a palavra menstruação. Ela começou a chorar.

— Joan, olha só — eu disse, com esforço. — Liga pro hospital municipal. Explica que é uma emergência. Eles vão ter que me socorrer.

Joan animou-se e discou um novo número. O serviço de emergência disse que se eu conseguisse ir até o hospital, seria atendida por um médico de plantão. Joan chamou um táxi.

Joan insistiu em ir comigo. Apertei com certo desespero o bolo de toalhas limpas contra meu corpo. Impressionado pelo endereço que Joan deu a ele, o taxista dobrava a toda velocidade as esquinas iluminadas pelo sol nascente, até parar cantando os pneus diante da entrada do pronto-socorro.

Deixei Joan pagando o taxista e entrei correndo na sala vazia e iluminada. Uma enfermeira surgiu de trás de um biombo branco. Antes que Joan chegasse à porta, piscando e arregalando os olhos como uma coruja míope, contei rapidamente à enfermeira a verdade sobre o meu problema.

O médico de plantão apareceu. Subi, com a ajuda da enfermeira, na mesa de exames. A enfermeira murmurou algo para o médico, que assentiu com a cabeça e começou a retirar as toalhas ensanguentadas. Senti seus dedos começando a me examinar, enquanto ao meu lado, dura como um soldado, Joan segurava minha mão, não sei se querendo me dar forças ou pedir ajuda.

— Ai! — gemi, depois de um movimento particularmente doloroso.

O médico soltou um assobio.

— Você é uma em um milhão...

— Como assim?

— Isso só acontece muito raramente.

O médico sussurrou algo para a enfermeira, que correu para uma mesinha lateral e trouxe rolos de gaze e alguns instrumentos metálicos. — Consigo ver — disse o doutor agachando-se — exatamente onde está a raiz do problema.

— Mas dá pra consertar?

O médico riu. — Ah, dá pra consertar sim, sem dúvida.

*

Acordei com uma batida na minha porta. Já passava da meia-noite, e um silêncio mortal tomava a clínica. Eu não conseguia imaginar quem poderia estar acordada àquela hora.

— Pode entrar! — eu disse, acendendo a luz do abajur.

A porta abriu com um clique, e o rosto vivaz da dra. Quinn surgiu na fresta. Fiquei surpresa. Eu sabia quem ela era e costumava cumprimentá-la com um aceno de cabeça quando nos cruzávamos no corredor, mas nunca havíamos conversado.

Ela disse: — Senhorita Greenwood, posso entrar um minuto?

Assenti com a cabeça.

A dra. Quinn entrou no quarto e fechou delicadamente a porta atrás de si. Usava um de seus impecáveis blazers azul-marinho, com uma camisa lisa branquíssima brotando do decote.

— Desculpe incomodar, senhorita Greenwood, ainda mais a esta hora da noite, mas achei que você poderia nos ajudar com a Joan.

Por um segundo achei que a dra. Quinn iria me culpar pelo retorno de Joan à clínica. Eu ainda não tinha certeza do quanto Joan sabia, depois da nossa ida ao pronto-socorro, mas alguns dias depois ela voltara a viver no Belsize, mantendo, porém, bastante liberdade para visitar a cidade.

— Vou fazer o que puder — eu disse.

A dra. Quinn sentou-se na beira da minha cama com uma expressão séria. — Nós gostaríamos de saber onde Joan está. Achamos que você poderia ter uma ideia.

Tive uma vontade súbita de me dissociar completamente de Joan. — Não sei — eu disse, fria. — Ela não está no quarto?

Fazia tempo que o toque de recolher do Belsize havia soado.

— Não, Joan tinha permissão para ir ao cinema na cidade esta noite e ainda não voltou.

— Com quem ela estava?

— Ela estava sozinha. — A dra. Quinn fez uma pausa. — Você tem alguma ideia de onde ela poderia passar a noite?

— Ela vai voltar, com certeza. Alguma coisa deve ter segurado ela na cidade. — Mas eu não tinha ideia do que poderia ter segurado Joan até altas horas em Boston.

A dra. Quinn balançou a cabeça. — O último bonde passou uma hora atrás.

— De repente ela vai voltar de táxi.

A dra. Quinn soltou um suspiro.

— Você tentou com aquela menina, a Kennedy? — continuei. — Lá onde a Joan morava?

A dra. Quinn fez que sim com a cabeça.

— A família?

— Ah, ela nunca vai lá... mas tentamos com eles também.

A dra. Quinn permaneceu mais alguns instantes no quarto silencioso, como se pudesse farejar alguma pista ali. Então disse: — Bom, vamos fazer o que for possível — e saiu.

Apaguei a luz e tentei voltar a dormir, mas o rosto de Joan flutuava à minha frente, sorridente e sem corpo, como o gato de Alice. Até pensei ouvir a voz dela ciciando na escuridão, mas então percebi que era só o vento da noite batendo nas árvores da clínica...

Fui acordada com outra batida na porta, agora quando o dia começava a clarear, cinza e gelado.

Desta vez eu mesma a abri.

Diante de mim estava a dra. Quinn. Ela estava em posição de sentido, como um sargento franzino, mas seus contornos pareciam curiosamente borrados.

— Achei que você devia saber — disse ela. — Joan foi encontrada.

O uso da voz passiva gelou o meu sangue.

— Onde?

— No bosque, perto dos lagos congelados...

Abri minha boca, mas nenhuma palavra saiu.

— Uma das enfermeiras a encontrou — continuou a dra. Quinn. — Agorinha mesmo, vindo para o trabalho...

— Ela não está...

— Morta — disse a dra. Quinn. — Sinto dizer que ela se enforcou.

A NEVASCA COBRIU DE BRANCO O GRAMADO DA CLÍNICA — não uma precipitação de Natal, mas uma daquelas tempestades de janeiro, que acumulam dois metros de neve e fecham escolas, escritórios e igrejas, estendendo, por um ou mais dias, um lençol branco e puro sobre os cadernos, agendas e calendários.

Dentro de uma semana, se eu fosse aprovada na entrevista com os diretores da clínica, o carrão preto de Philomena Guinea me conduziria rumo ao oeste e me depositaria diante dos portões de ferro forjado da minha faculdade.

O coração do inverno!

Massachussetts estaria mergulhada em uma tranquilidade marmórea. Eu imaginava as vilazinhas cheias de neve, como nos quadros de Grandma Moses, os pântanos estalando com seus rabos-de-gato secos, os lagos onde sapos e peixes descansavam sob uma fina camada de gelo, os bosques agitando-se com o vento.

Mas sob aquela cobertura falsamente limpa e nivelada a topografia continuaria a mesma, e em vez de São Francisco, Europa ou Marte, o que eu encontraria era a velha paisagem, com seus riachos, colinas e árvores. De certa forma parecia simples recomeçar, seis meses depois, do lugar que eu tinha abandonado com tanta convicção.

Claro que todo mundo saberia o que aconteceu comigo.

A dra. Nolan havia me alertado, de maneira bem direta, que muitas pessoas me tratariam com certa distância ou me evitariam, como se eu fosse uma leprosa. O rosto da minha mãe voltou à minha mente, uma lua pálida e recriminadora, em sua última visita à clínica, a primeira desde o meu aniversário de vinte anos. Uma filha no manicômio! Eu tinha sido capaz de fazer aquilo com ela. Ainda assim, ela obviamente decidira me perdoar.

— Vamos continuar de onde paramos, Esther — ela havia dito, com seu sorriso doce de mártir. — Vamos fingir que tudo não passou de um sonho ruim.

Um sonho ruim.

Para a pessoa dentro da redoma de vidro, vazia e imóvel como um bebê morto, o mundo inteiro é um sonho ruim.

Um sonho ruim.

Eu lembrava de tudo.

Lembrava dos cadáveres e de Doreen e da história da figueira e do diamante de Marco e do marinheiro no Common Park e da enfermeira vesga e dos termômetros quebrados e do negro com dois tipos de feijão e dos nove quilos que ganhei graças à insulina e da rocha que se erguia entre o céu e o mar como uma caveira cinzenta.

Talvez o esquecimento, como uma nevasca suave, pudesse entorpecer e esconder aquilo tudo.

Mas aquilo tudo era parte de mim. Era a minha paisagem.

*

— Tem um homem querendo te ver!

A enfermeira sorridente enfiou a cabeça coberta de neve para dentro do quarto, e por um momento de confusão pensei estar realmente de volta à faculdade — e aqueles móveis brancos e elegantes, aquela vista para árvores e montes nevados, pareciam um progresso e tanto diante da escrivaninha e das cadeiras lascadas do meu velho quarto, com sua vista para o pátio vazio. "Um homem querendo te ver", a garota da portaria havia dito aquela vez, pelo interfone do dormitório.

O que havia de tão diferente entre nós, no Belsize, e as garotas jogando bridge, fofocando e estudando na universidade para onde eu estava prestes a retornar? Aquelas garotas também viviam dentro de um tipo de redoma.

— Pode entrar! — eu disse, e Buddy Willard, com um boné cáqui nas mãos, entrou no quarto.

— Oi, Buddy — eu disse.

— Oi, Esther.

Ficamos ali, olhando um para o outro. Esperei por um sinal qualquer de emoção, por menor que fosse. Nada. Nada além de um grande e amigável tédio. Sua jaqueta cáqui parecia tão insignificante e alheia a mim quanto a cerca marrom na qual ele se apoiara um ano antes, no sopé daquela pista de esqui.

— Como você chegou aqui? — perguntei, enfim.

— Carro da minha mãe.

— No meio dessa neve?

— Bom — sorriu Buddy —, na verdade eu atolei lá fora. A subida foi demais pra mim. Tem algum lugar onde eu possa arrumar uma pá?

— Pode pedir pra um dos funcionários.

— Legal. — Buddy virou-se para ir embora.

— Espera, eu vou te ajudar.

Buddy olhou para mim, e vi em seus olhos um quê de estranheza — o mesmo misto de curiosidade e cautela que eu vira nos olhos da cientista cristã, do meu antigo professor de inglês e do pastor unitarista que costumavam me visitar.

— Ei, Buddy — eu ri. — Eu estou bem.

— Eu sei, eu sei, Esther — disse Buddy apressadamente.

— É você que não está em condição de desatolar carros, Buddy. Não sou eu.

E de fato Buddy me deixou fazer a maior parte do trabalho.

O carro havia derrapado na ladeira escorregadia que levava ao manicômio e caído numa vala, ficando com apenas uma roda sobre a estrada.

O sol, após emergir da mortalha cinzenta das nuvens, brilhava com força de verão sobre as colinas intocadas. Interrompi o trabalho para observar aquela vastidão imaculada e senti a mesma excitação de quando vejo árvores e plantas parcialmente cobertas por água — como se a ordem natural do mundo tivesse sido ligeiramente alterada, entrando numa nova fase.

Eu estava feliz pelo carro atolado na neve. Aquilo evitara que Buddy ficasse me fazendo as perguntas que eu sabia que ele iria fazer — e que ele acabou fazendo, numa voz baixa e nervosa, durante o chá da tarde no Belsize. DeeDee nos espiava como uma gata invejosa detrás de sua xícara. Depois da morte de Joan, DeeDee havia passado um tempo no Wymark, mas agora estava novamente entre nós.

— Andei pensando... — disse Buddy, pousando desajeitadamente sua xícara no pires.

— O que você andou pensando?

— Andei pensando... Quer dizer, pensei que talvez você possa me responder uma coisa. — Buddy procurou meus olhos e vi, pela primeira vez, como ele tinha mudado. No lugar do velho sorriso confiante, que costumava iluminar seu rosto com a facilidade e a frequência de um flash de máquina fotográfica, ele exibia uma expressão séria, até hesitante — a expressão de um homem que não costuma conseguir o que quer.

— Vou responder se puder, Buddy.

— Você acha que existe algo em mim que *deixa* as mulheres loucas?

Não consegui me segurar e explodi numa gargalhada — talvez devido à seriedade da expressão de Buddy e ao sentido que a expressão "louca" costumava ter numa frase como aquela.

— O que quero dizer — insistiu Buddy — é que eu saí com a Joan, depois com você... E primeiro você... ficou... e depois a Joan...

Dei uma cutucada em uma migalha de bolo, levando-a até uma gota de chá.

— Claro que não foi você! — ouvi a dra. Nolan dizer. Eu a havia procurado para falar de Joan, e foi a única vez que lembro dela ter ficado irritada. — Ninguém teve culpa. Foi *ela*. — E então a dra. Nolan me explicou que mesmo os melhores psiquiatras têm pacientes que se suicidam, e que nem eles, que teoricamente seriam os maiores responsáveis, sentem-se assim...

— Você não teve nada a ver com o que aconteceu com a gente, Buddy.

— Tem certeza?

— Absoluta.

— Bom — disse Buddy, após um suspiro. — Fico feliz por isso.

E virou seu chá como se fosse um tônico fortificante.

*

— Ouvi que você vai nos deixar.

Acertei meu passo com o de Valerie, no pequeno grupo que passeava sob supervisão de uma enfermeira. — Só se os médicos autorizarem. Minha entrevista é amanhã.

A neve rangia sob os nossos pés, e ao redor eu ouvia o gotejar musical dos cristais de gelo, que derretiam com o sol do meio-dia e voltariam a congelar antes da noite cair.

Em meio a toda aquela luz, as sombras dos pinheiros escuros ficavam cor de lavanda. Eu seguia com Valerie pelo labirinto das trilhas escavadas na neve do manicômio. Os médicos, enfermeiras e pacientes circulando pelas outras trilhas pareciam ter rodinhas nos pés, suas pernas ocultas pela neve acumulada.

— Entrevistas! — bufou Valerie. — Isso não vale nada. Se eles querem te liberar, eles te liberam.

— Tomara.

Diante do Caplan me despedi de Valerie e de seu rosto de Dama da Neve, atrás do qual pouca coisa, boa ou ruim, podia acontecer. Saí caminhando sozinha, minha respiração formando nuvens brancas mesmo com todo aquele sol. O último grito de Valerie, cheio de alegria, foi: — Até logo! A gente se vê!

"Não se depender de mim", pensei.

Mas eu não tinha certeza. Eu não tinha certeza de nada. Como eu poderia saber se um dia — na faculdade, na Europa, em algum lugar, em qualquer lugar — a redoma de vidro não desceria novamente sobre mim, com suas distorções sufocantes?

Foi Buddy Willard quem falou, como que para se vingar do fato de que era eu, e não ele, quem estava tirando seu carro do atoleiro:

— Fico me perguntando com quem você vai se casar agora, Esther.

— O quê? — eu disse, jogando a neve sobre um montinho e lutando para tirar dos olhos os flocos que voejavam ao meu redor.

— Fico me perguntando com quem você vai se casar agora, Esther. Agora que você passou... — e o gesto de Buddy abarcou a colina, os pinheiros e os edifícios sóbrios e nevados que quebravam a paisagem montanhosa — ... por aqui.

Claro que eu não sabia quem iria querer se casar comigo depois de eu ter passado por onde passei. Eu não tinha a menor ideia.

*

— Tenho uma conta aqui, Irwin.

Eu falava em voz baixa no bocal do telefone da clínica, no saguão principal do prédio da administração. Primeiro suspeitei que a operadora estivesse escutando de sua mesa, mas ela passou o tempo todo conectando e desconectando fios sem nem piscar.

— Sim — disse Irwin.

— É uma conta de vinte dólares referente a um atendimento no pronto-socorro, em dezembro, e um retorno uma semana depois.

— Sim — disse Irwin.

— O hospital diz que estou recebendo a conta porque mandaram pra você e não tiveram resposta.

— Tá bom, tá bom, vou fazer um cheque agora. Vou fazer um cheque em branco pra eles. — A voz de Irwin alterou-se sutilmente. — Quando vou te ver?

— Você quer mesmo saber?

— Muito.

— Nunca — eu disse, e desliguei decidida.

Passei um instante me perguntando se Irwin mandaria o cheque para o hospital depois daquilo. Então pensei, "Claro que ele vai. Ele é um professor de matemática, não vai querer deixar nada sem solução".

Eu me sentia inexplicavelmente apática e aliviada.

A voz de Irwin não significava nada para mim.

Era a primeira vez, desde o nosso único encontro, que a gente se falava, e eu tinha quase certeza de que seria a última. Irwin não tinha como entrar em contato comigo, a não ser que fosse até a casa da enfermeira Kennedy, mas ela havia se mudado sem deixar rastros depois da morte de Joan.

Eu estava completamente livre.

*

Os pais de Joan me convidaram para o enterro.

A sra. Gilling disse que eu era uma das melhores amigas de Joan.

— Você sabe que não precisa ir — disse a dra. Nolan. — Você pode dizer que eu recomendei que você não fosse.

— Eu vou — eu disse, e de fato fui, e passei toda a cerimônia me perguntando o que era que eu estava enterrando.

No altar, cercado por flores pálidas, o caixão parecia ainda maior — a sombra escura de algo que não estava lá. A luz das velas desbotava os rostos ao meu redor, e ramos de pinheiro, remanescentes do Natal, davam um aroma sepulcral ao ar gelado.

Ao meu lado, as bochechas de Jody brilhavam como maçãs, e identifiquei na pequena congregação os rostos de outras garotas que conheciam Joan, gente da faculdade e da minha cidade natal. Num banco da frente, DeeDee e a enfermeira Kennedy curvavam as cabeças cobertas com lenços.

Atrás do caixão, das flores e dos rostos do padre e dos presentes, vi o gramado do cemitério local, com túmulos projetando-se para fora da neve alta como chaminés sem fumaça.

Haveria um buraco preto no chão duro. Aquela sombra se casaria com esta, o solo amarelado típico da nossa localidade fecharia a ferida em meio à branquidão e outra nevasca apagaria os traços do túmulo recém-escavado de Joan.

    Respirei fundo e ouvi a batida presunçosa do meu coração.

    Eu sou, eu sou, eu sou.

*

Os médicos estavam fazendo sua reunião semanal — negócios antigos, negócios recentes, admissões, dispensas, entrevistas. Fingindo ler uma velha *National Geographic* na biblioteca da clínica, eu esperava a minha vez.

    Pacientes acompanhados de enfermeiras percorriam as estantes repletas de livros, falando em voz baixa com a bibliotecária da clínica, ela própria uma ex-interna. Olhei para ela — míope, solitária, inexpressiva — e me perguntei se ela sabia que estava curada, que, diferentemente de seus clientes, tinha a saúde perfeita.

    — Não tenha medo — havia dito a dra. Nolan. — Eu estarei lá, junto com outros médicos que você conhece e alguns convidados. O dr. Vinning, nosso diretor, vai te fazer umas perguntas, e então você vai poder ir embora.

    Mas, apesar das garantias da dra. Nolan, eu estava morrendo de medo.

    Sempre imaginei que no dia da minha saída eu estaria segura e consciente de tudo o que viria pela frente — afinal de contas, eu havia sido "analisada". Tudo o que eu via diante de mim, no entanto, eram pontos de interrogação.

    Fiquei lançando olhadelas impacientes para a porta da sala de reuniões. Minhas meias estavam no lugar, meus sapatos pretos estavam rachados mas engraxados, minha blusa de lã vermelha era tão exuberante quanto os meus planos. Algo de velho, algo de novo…

Mas eu não estava indo me casar. Devia haver um ritual para quem nasce pela segunda vez — remendada, recauchutada, pronta para pegar a estrada novamente. Eu estava pensando nisso quando a dra. Nolan surgiu do nada e tocou o meu ombro.

— Pronto, Esther.

Me levantei e a segui até a porta aberta.

Fiz uma pausa para respirar antes de entrar e vi o médico grisalho que havia me falado sobre rios e peregrinos no meu primeiro dia, o rosto diminuto e cadavérico da sra. Huey e alguns olhos que pensei reconhecer por detrás das máscaras brancas.

Os olhos e rostos se viraram na minha direção, e guiada por eles, como se puxada por um fio mágico, entrei na sala.

ESTE LIVRO, COMPOSTO NAS FONTES FAIRFIELD E GT SECTRA DISPLAY,
FOI IMPRESSO EM PAPEL LUX CREAM 60G/M², NA AR FERNANDEZ.
SÃO PAULO, BRASIL, JULHO DE 2025.